A PROPOS DE L'AUTEUR

Après cinq ans passés dans le désert d'Arizona où elle élevait des chevaux, Linda Lael Miller est revenue vivre à Spokane, dans l'Etat de Washington, où elle est née. C'est dans ces cadres grandioses de l'Ouest américain qu'elle place ses personnages, des héros aux tempéraments forts et impétueux à l'image de la nature sauvage qui les entoure.

Promesse d'alliance

LINDA LAEL MILLER

Promesse d'alliance

SAGA
LES MARIÉES DE BLISS COUNTY

♦ SAGAS ♦

HARLEQUIN

Collection : SAGAS

Titre original : THE MARRIAGE PACT

Traduction française de ISABEL WOLFF-PERRY

HARLEQUIN®
est une marque déposée par le Groupe Harlequin

SAGAS®
est une marque déposée par Harlequin.

HARLEQUIN

83-85, boulevard Vincent-Auriol, 75646 PARIS CEDEX 13.

Service Lectrices — Tél. : 01 45 82 47 47

www.harlequin.fr

ISBN 978-2-2803-4873-7 — ISSN 2426-993X

Prologue

Mustang Creek, Wyoming
Un samedi de septembre

Les deux côtés de la rue ombragée étaient encombrés de voitures sur plus d'un kilomètre et dans les deux sens, semblait-il.

Comme il était pressé, Tripp Galloway décida de garer le vieux pick-up de son beau-père en double file, à côté de la limousine qui attendait les mariés. Il passa au point mort, tira le frein à main et bondit hors du véhicule, sans prendre le temps de couper le contact et de refermer la portière.

Le chauffeur de la limousine, un homme aux joues flasques et au teint rubicond, tuait le temps en déambulant sur le trottoir, son portable collé à l'oreille. Ce type n'avait qu'une hâte, de toute évidence : que la fiesta soit terminée pour pouvoir toucher son argent et rentrer chez lui.

Néanmoins, lorsqu'il s'aperçut que Tripp s'éloignait en laissant son pick-up sans surveillance, il interrompit sa conversation, le temps de protester :

— Hé, mec, tu ne vas tout de même pas te garer là, comme ça ! Je…

Tripp passa sous la tonnelle et remonta l'allée sans répondre.

Les portes de la vénérable église de briques rouges de Mustang Creek, un des plus anciens monuments du comté, étaient ouvertes, malgré la fraîcheur de cet après-midi d'automne.

A l'intérieur régnait un silence étrange, ce qui pouvait être bon signe… ou franchement inquiétant, songea-t-il.

Cela dit, si la cérémonie avait été terminée — c'est-à-dire s'il était arrivé trop tard pour empêcher ce qui lui apparaissait comme un suicide matrimonial —, l'orgue aurait retenti, et les notes de musique se seraient envolées vers le ciel, non ?

D'un autre côté, ce silence pouvait tout aussi bien signifier que Hadleigh Stevens était en train de prononcer le « oui » fatidique.

Auquel cas, le mal était fait.

Prenant son courage à deux mains, Tripp accéléra le pas. Jouant des coudes, il se fraya un chemin parmi l'assistance et entra dans l'église.

Par bonheur, personne ne tenta de l'en empêcher. La journée allait être particulièrement éprouvante pour Hadleigh, inutile de faire monter la tension d'un cran en y ajoutant une bagarre en bonne et due forme, songea-t-il.

Sans compter qu'il se trouvait dans une église, pas dans un saloon.

Il continua donc à avancer, remarquant à peine les invités entassés sur les bancs.

Il n'y avait plus grand-chose à faire, à Mustang Creek, une fois le grand rodéo du mois de juillet passé. Du coup, ce mariage était l'événement de la saison. Déjà en temps normal, il aurait fait l'objet de bien des commentaires. Vu l'esclandre que Tripp s'apprêtait à faire, la journée risquait d'entrer dans les annales.

Il continua à avancer, et il lui sembla que le temps s'étirait étrangement, qu'il passait au ralenti, comme dans un film.

Hadleigh Stevens était là-bas, tout en blanc et splendide, même de dos. Son voile piqué de minuscules diamants fantaisie qui brillaient de mille feux retombait sur son dos fin presque entièrement dénudé en une cascade scintillante. Elle se tenait aux côtés de son fiancé, face au pasteur qui vit Tripp arriver. Le vieil homme haussa les sourcils, soupira bruyamment et referma son bréviaire d'un geste si sec que le claquement résonna comme une balle de revolver rebondissant sur un panneau en acier.

Un frémissement agita la petite assemblée. Les invités se mirent à murmurer entre eux.

Et Tripp se prépara à l'affrontement qui, là non plus, ne vint pas.

Hadleigh, intriguée, se retourna et sursauta en le voyant à quelques pas d'elle, les santiags couvertes des pétales de rose qui avaient été répandus dans l'allée.

Elle ne dit pas un mot, ne laissa pas échapper le moindre cri de surprise — ou de colère —, mais même à travers les couches du voile qui lui dissimulait le visage, Tripp vit ses yeux lumineux s'écarquiller de stupeur.

Au bout de quelques secondes interminables néanmoins, son étonnement fit place à une fureur toute féminine.

Elle pivota sur elle-même et s'avança vers lui, manquant de justesse de se prendre les pieds dans le bas de sa robe, ce qui n'arrangea guère son humeur, bien évidemment.

Et Tripp, malgré son expérience d'ancien combattant et sa fonction de pilote de ligne, s'aperçut que son cœur battait à tout rompre. Pire encore, il sentit le rouge lui monter aux joues.

Dis quelque chose, bon sang !, lui ordonna une voix intérieure — celle de Will, pour être précis, son ami hélas décédé, le frère aîné de Hadleigh.

Il s'éclaircit la voix et demanda d'un ton léger :

— J'arrive trop tard pour la question fatidique ? Le pasteur a déjà demandé si quelqu'un avait une raison valable de s'opposer à cette union ?

Il entendit de nouvelles voix étouffées derrière lui, puis des chuchotements ainsi que quelques rires nerveux. Mais dans l'immédiat, c'était le cadet de ses soucis.

Le visage de Hadleigh s'empourpra sous le voile. Elle ouvrit la bouche… pour la refermer aussitôt.

Le pasteur, un homme replet qui commençait à perdre ses cheveux, s'appelait John Deever. Quand il ne prêchait pas la bonne parole, ne mariait pas les gens et n'enseignait pas la religion au lycée de Mustang Creek, il élevait des porcs. En période de rush, il lui était arrivé d'enfiler sa salopette de travail sous ses vêtements ecclésiastiques, de manière à s'occuper de ses bestiaux sans avoir à repasser chez lui pour se changer.

— Cette intervention me semble tout à fait déplacée, déclara-t-il d'un ton sentencieux que démentait la lueur amusée, dans ses yeux.

Oakley Smyth, le futur marié, finit par se retourner, lui aussi. Il parut vaguement choqué de se trouver là, dans une église, entouré de gens et confronté à un obstacle inattendu. Il ressemblait à un homme que l'on vient de tirer d'un profond sommeil, pour ne pas dire d'un coma. Il dévisagea Tripp et, lorsqu'il eut compris les implications de cette intervention de dernière minute, plissa les yeux. Son visage rasé de frais s'empourpra violemment.

— Qu'est-ce que c'est que ce..., commença-t-il, laissant en suspens la fin de sa phrase.

— Parce que pour ma part, poursuivit Tripp, il se trouve que j'en ai une, moi, de raison. Et une bonne !

Hadleigh, son bouquet nuptial crispé entre les mains et les joues brillant comme des néons, fit trois pas dans sa direction. Trois pas décidés. Ses yeux lançaient des éclairs.

De toute évidence, elle aurait volontiers troqué son petit arrangement de fleurs roses et blanches contre un revolver au barillet chargé.

— Qu'est-ce qu'il te prend, Tripp ? lança-t-elle sèchement. Que viens-tu faire ici ?

— Mettre un terme à cette petite plaisanterie, répondit-il simplement, jugeant la question de la jeune femme purement rhétorique, tant la réponse lui paraissait évidente.

Un ange passa.

— Pour... pourquoi ? murmura-t-elle, aussi atterrée que furieuse à présent.

Agée de dix-huit ans, Hadleigh Stevens était une beauté en puissance, mais pas encore tout à fait une femme, du moins de l'avis de Tripp. Pour lui, elle était toujours la petite sœur de son ami Will, celle qu'il avait promis de protéger. Une gamine, encore trop naïve pour savoir ce qui était bon pour elle — et surtout à mille lieues de s'imaginer qu'elle était passée à deux doigts du désastre !

Au lieu de lui répondre, il regarda Smyth dans les yeux et lui demanda, d'un ton très calme :

— Je lui explique pourquoi elle ne doit pas t'épouser, Oakley ou tu préfères t'en charger toi-même ?

Le futur marié n'avait pas bougé. Seuls les quelques tics nerveux qui lui crispaient le visage trahissaient sa nervosité.

A sa place, Tripp ne se serait pas laissé faire. Il aurait cassé la figure à tout homme qui aurait eu le culot de faire irruption à son mariage et de tout gâcher au dernier moment. Eglise ou pas église.

Question de principe.

Oakley, non. Il déglutit à plusieurs reprises, puis secoua la tête, une seule fois et très lentement.

Son témoin, qui se tenait à sa droite, contemplait le plafond comme s'il était pris d'une passion soudaine pour ses poutres de bois.

Aucun des invités ne s'interposa non plus.

On aurait dit que l'assemblée tout entière se tenait à l'extérieur d'une bulle impénétrable dans laquelle s'affrontaient Hadleigh, son fiancé et Tripp.

La jeune femme fusillait toujours Tripp du regard. Elle tremblait encore de rage, mais elle avait les larmes aux yeux à présent, et sa lèvre inférieure tremblait légèrement.

Ne pleure pas, la supplia silencieusement Tripp. *Tout, mais pas ça, Hadleigh.*

Elle était blessée au plus profond d'elle, désemparée. Et quand il la voyait dans cet état-là, il se sentait mal, lui aussi. C'était une des lois de son univers.

— Comment peux-tu me faire une chose pareille ? chuchota-t-elle.

Il ne répondit pas. Le désarroi qui faisait trembler sa voix lui fendit le cœur.

Il avait la ferme intention de s'expliquer, bien sûr. Mais

plus tard. Dans un endroit calme, là où il n'aurait pas la moitié du comté de Bliss comme témoin. Aussi tendit-il simplement une main pour que Hadleigh la prenne, comme elle l'avait si souvent fait étant enfant, quand elle avait peur et que Will n'était pas là pour la rassurer.

Mais au lieu d'accepter son aide, elle brandit son bouquet des deux mains et le laissa retomber sur les doigts de Tripp. Il y avait des roses, et Tripp laissa échapper un « aïe ! » involontaire.

— Il est hors de question que j'aille où que ce soit avec toi, déclara-t-elle, un peu calmée et respirant par à-coups.

Elle redressa les épaules et releva le menton d'un air de défi.

— Je suis venue ici pour me marier et c'est exactement ce que je vais faire. Parce que j'aime Oakley et qu'il m'aime en retour, figure-toi. Alors merci de sortir de cette église qui est un lieu sacré, je te rappelle.

Tripp soupira. Manifestement, toutes les parties présentes, à l'exception de la principale concernée, avaient compris que la fête était finie.

Il n'y aurait pas de mariage aujourd'hui.

Pas de réception, pas de pièce montée, pas de lune de miel.

Tripp tenta de raisonner la jeune femme — ce qui était d'autant plus ambitieux qu'elle n'avait manifestement qu'une envie : lui arracher les yeux.

— Hadleigh, si tu veux bien…

Elle voulut le frapper une nouvelle fois, au visage, pour changer. Et elle y mit une telle énergie qu'elle en perdit l'équilibre et plongea en avant. Tripp esquiva le coup, retint la jeune femme et la hissa sur son épaule comme l'aurait fait un pompier — c'est-à-dire sans ménagement.

— Tu es toujours aussi têtue, bon sang ! marmonna-t-il entre ses dents.

Elle était plus lourde qu'elle ne le paraissait — ce qu'il se garda bien de lui faire remarquer ! Plus grave, il se retrouva aussitôt noyé par des pans de soie blanche et de dentelle parsemée de brillants qui l'empêchaient de voir où il allait.

Et, en digne fille du Wyoming, Hadleigh se débattit sans

relâche, hurlant et le frappant avec ce qu'il restait de son bouquet. Stoïque, il descendit l'allée principale, foulant aux pieds les pétales de rose, sans accorder un regard aux invités, de part et d'autre de l'allée, sortit de l'église et se retrouva sous les rayons pâles du soleil.

Personne n'avait rien dit. Personne ne s'était interposé, alors que Hadleigh hurlait à qui voulait l'entendre que l'on était en train de l'enlever, que c'était un délit, et qu'elle avait besoin d'aide. Personne. Pas même son fiancé.

A longues enjambées, Tripp se dirigea vers son pick-up qui l'attendait, le moteur si souvent trafiqué toussant bruyamment. Le chauffeur de la limousine était toujours au même endroit, la cigarette au bec et le portable vissé à l'oreille. Toutefois, lorsqu'il vit Tripp émerger de l'église, une Hadleigh vociférante sur l'épaule, il écarquilla les yeux et, pour la deuxième fois en moins de dix minutes, interrompit sa conversation.

Hadleigh avait dû venir à bout de son bouquet, car elle se mit soudain à marteler le dos de Tripp de ses deux poings, dans l'intention évidente de lui réduire un rein — voire les deux ! — en bouillie.

Le pick-up, enfin !

Tripp poussa un soupir de soulagement avant de prendre Hadleigh et tout son attirail de mariée à bras-le-corps, d'ouvrir la portière du passager et de déposer la jeune femme sur le siège avec un minimum d'égards. Il fourra ensuite le voile et la traîne à l'intérieur de la cabine et ferma la portière d'un geste sec. Il s'était attendu à ce que Hadleigh tente de prendre la fuite, mais le temps qu'elle se dégage de ses froufrous et trouve la poignée, il était déjà installé derrière le volant.

Il démarra sans attendre.

A priori, la jeune femme était trop sensée pour sauter d'un véhicule en marche. Toutefois, ses goûts en matière d'hommes donnant à douter de son QI légendairement élevé, Tripp referma une main d'acier sur son bras. Mieux valait éviter les mauvaises surprises.

Elle tenta de se dégager, mais sans succès. Elle bouillonnait de colère, à présent. L'énergie qui émanait d'elle aurait suffi à alimenter la chaudière d'une locomotive avant l'ascension d'une côte particulièrement raide !

— Je n'arrive pas à croire que tu aies pu faire une chose pareille ! s'écria-t-elle quand il se décida à lui relâcher le bras.

Ils roulaient à soixante à l'heure, de sorte qu'elle ne risquait plus de sauter du pick-up. Mais un nouveau problème ne tarda pas à se poser. Cette fichue robe remplissait pratiquement toute la cabine, avec les risques que cela comportait. La situation rappela à Tripp le jour où Will et lui — encore si jeunes que leurs dents définitives n'avaient pas fini de pousser — avaient versé un paquet de lessive en poudre dans la grande fontaine, devant le tribunal de Bliss River. En deux secondes, la mousse les avait dépassés d'une bonne tête.

— J'ai pu, répondit-il calmement.

Hadleigh repoussa son voile sur son front, révélant un visage strié de mascara, ainsi qu'un regard féroce, qu'elle braqua sur lui. Voyant qu'un de ses faux cils s'était détaché et s'accrochait à sa paupière comme un moucheron à un pare-brise, il éclata de rire. Et s'en voulut aussitôt.

Il savait qu'il était franchement idiot de rire d'une femme en colère, d'une femme qu'il avait humiliée en public. Seulement cela avait été plus fort que lui. Et puis…

Et puis si Will le voyait de là-haut, il devait être fier de lui. Danser avec une maman ourse aurait été plus aisé — et beaucoup moins risqué ! — que d'arracher Hadleigh à la perspective d'une vie entière auprès des Oakley Smyth de ce monde.

Pourtant, il y était parvenu.

Déjà tendue, l'atmosphère devint carrément électrique.

— Tu trouves ça drôle en plus ? lança Hadleigh avec hargne, avant de croiser les bras.

Ce qui ne fut pas une mince affaire, avec toute cette masse de tissu ! Tripp ravala difficilement un nouveau rire.

— Oui, admit-il. Je trouve ça drôle. Et je te parie qu'un jour, cela te fera rire, toi aussi.

— Je pourrais te faire arrêter, si je voulais !

— Vas-y, répliqua-t-il d'un ton léger. Demande à Spence

Hogan de me mettre en taule. Tu sais aussi bien que moi que j'en ressortirai aussitôt.

Il s'interrompit et fronça les sourcils d'un air songeur.

— Cela dit, maintenant que tu m'en parles, j'ai une question à lui poser, à mon vieux pote Spence. J'aimerais savoir pourquoi il ne t'a pas enfermée jusqu'à ce que tu retrouves la raison et que tu rompes avec Smyth.

Il jeta un regard prudent vers elle et poursuivit d'un ton dédaigneux :

— *Smyth*. Il faut être sacrément prétentieux pour avoir un nom aussi courant que ça et l'écrire avec un *y* !

— Tu crois connaître Oakley ? protesta Hadleigh avec fougue. Eh bien, permets-moi de te dire que ce n'est pas le cas ! Tu te trompes complètement sur son compte.

— C'est toi qui ne le connais pas.

— Nous sommes amoureux l'un de l'autre ! Du moins, nous *l'étions* jusqu'à ce que tu viennes t'immiscer dans nos affaires ! Qu'est-ce que je vais dire aux gens, moi, après un scandale pareil, Tripp ? Tu as pensé aux préparatifs, à la fortune que nous avons dépensée, mamie et moi, pour acheter cette robe, sans compter les fleurs, la pièce montée et les robes des demoiselles d'honneur pour Bex et Melody ? Et je ne parle pas de la montagne de cadeaux qui s'empilent dans la salle à manger. Je vais devoir les rendre un par un et…

Au lieu de terminer sa phrase, elle se mura dans un profond silence. Tripp attendit quelques minutes avant de tenter de la ramener à la raison.

— C'est de l'amour que tu es amoureuse, Hadleigh. Du concept de l'amour, rien d'autre. Ah, et au passage, il ne t'est pas venu à l'idée que lorsqu'un homme aime une femme, qu'il l'aime *vraiment*, je veux dire, il s'oppose violemment à ce qu'un autre homme la lui enlève le jour même de ses noces ?

Cette belle logique sembla légèrement déstabiliser la jeune femme.

— Oakley est un gentleman, lui au moins, finit-elle par lâcher, avec un certain mépris. Pas une brute de *cow-boy* convaincu de pouvoir tout régler à coups de poing.

— Tu as quelque chose contre les cow-boys, maintenant ? lui demanda-t-il de son plus bel accent traînant.

Le visage poupin de la jeune femme s'enflamma.

— Ferme-la, Tripp. C'est plus prudent.

Mais la prudence n'avait jamais été son fort, aussi demanda-t-il, curieux :

— Pendant qu'on y est, tu peux m'expliquer pourquoi tu t'es collé des faux cils ? Ils sont très bien comme ça, tes cils !

Hadleigh poussa un petit cri étranglé.

— Tu as bientôt fini, avec tes questions à la noix ? s'exclama-t-elle, la voix vibrante de colère.

OK. Il était inutile d'espérer avoir une conversation digne de ce nom. Mieux valait se taire.

Il s'aperçut soudain que Hadleigh n'avait pas attaché sa ceinture de sécurité. En temps normal, il aurait insisté pour qu'elle le fasse. Les choses étant ce qu'elles étaient, il laissa tomber. De toute manière, elle ne la trouverait jamais, dans cet amas de dentelle virginale.

Virginale…

Hadleigh était-elle toujours vierge ? Oakley Smyth — ou un autre allumé du même genre — avait-il réussi à la convaincre de s'offrir à lui ?

La question le tourmenta pendant un bon moment, et cela, bien que l'activité sexuelle de Hadleigh Stevens ne le regarde en rien. D'accord, dix-huit ans était un jeune âge, mais pas tant que ça, finalement. Et il n'était pas rare que de très jeunes femmes franchissent le pas, qu'elles soient mariées ou non.

Il décida de ne pas s'aventurer sur ce terrain. Cela serait revenu à mettre le feu aux poudres.

Et plutôt que de s'attarder sur la question, il se concentra sur sa conduite.

Ce fut dans un silence pesant qu'ils traversèrent la rue principale de la petite ville de Mustang Creek, plutôt endormie à cette heure. Tripp vit défiler la poste, le supermarché et l'ancien cinéma — condamné, deux ou trois crises économiques auparavant, à une fermeture définitive.

Et peu à peu, il se détendit suffisamment pour sourire au souvenir de la préadolescente qu'avait été Hadleigh. A l'époque, elle était un peu gauche, avait les genoux constamment écorchés, les coudes proéminents et les dents mal alignées. Avec ses taches de rousseur et ses grands yeux curieux, elle ne perdait pas une occasion de traîner avec Will et lui, et leurs autres copains. Ce n'était pas si loin dans le temps, bon sang ! Et si elle avait beaucoup changé depuis, elle avait encore bien des choses à accomplir avant de s'attacher à un homme pour le restant de ses jours.

A commencer par faire des études.

Elle avait obtenu des résultats hors du commun, aux examens d'entrée à l'université. A tel point que les meilleurs établissements du pays lui avaient proposé une bourse. Et puis ne voulait-elle pas voir un peu de pays, sortir des limites du Wyoming, du Montana et du Colorado ? S'essayer à différents métiers, histoire de voir ce dont elle avait véritablement envie dans la vie ? Prendre un appartement et vivre seule pendant quelque temps ? Ce n'étaient pourtant pas les possibilités qui manquaient !

Il fut soudain assailli par une pensée, terriblement dérangeante, mais qui aurait expliqué la hâte avec laquelle la jeune femme s'était lancée dans ce mariage… Et comme l'idiot qu'il pouvait être, il posa immédiatement la question qu'il aurait dû garder pour lui :

— Hadleigh, tu… tu n'es pas enceinte, dis ?

Il l'aurait giflée que cela n'aurait pas été pire. Occupée à décoller ses faux cils, elle se figea.

— Bien sur que non, répondit-elle, lorsqu'elle eut retrouvé l'usage de la parole. Oakley et moi avons, ou plutôt *avions* l'intention d'avoir des enfants, comme tout le monde, mais pas tout de suite.

Ses yeux se remplirent de nouvelles larmes d'indignation, auxquelles il s'efforça de ne pas prêter attention.

Il n'y avait rien d'étonnant à ce qu'elle soit à la fois à cran et déçue, à bien y songer. Après tout, cette journée aurait dû être la plus belle de sa vie — et peut-être la verrait-elle ainsi dans quelque temps, même si, en cet instant, elle ne pouvait que penser le contraire.

Quoi qu'il en soit, elle n'était pas enceinte, c'était l'essentiel. Et il en conçut un réel soulagement. Il n'en laissa rien transparaître, cependant, et s'efforça de dissimuler l'émoi qui s'était emparé de lui à l'idée que Hadleigh, d'ordinaire si raisonnable, ait pu porter l'enfant de… cet homme — surtout quand l'homme en question aurait été plus que susceptible de lui briser le cœur avant même que leur lune de miel ne soit terminée.

Car Hadleigh était vraiment unique. Le genre de femme qui méritait d'être sincèrement aimée, chérie et protégée.

Elle et ses enfants à naître.

— Si Oakley t'aime vraiment, déclara-t-il soudain d'une voix râpeuse, il n'abandonnera pas la partie. Il attendra que tu sois prête à devenir son épouse.

Elle détourna la tête, et il en déduisit qu'elle pleurait et qu'elle ne voulait pas qu'il le voie. Et soudain, il sentit son cœur se serrer.

— Dis-moi. Explique-moi pourquoi tu as fait ça, murmura-t-elle, détachant soigneusement chaque mot.

Pourquoi ? La question était simple. La réponse…

Sa préoccupation principale avait été de sortir Hadleigh de cette église avant qu'elle ne devienne la propriété d'Oakley Smyth et ne fiche sa vie en l'air. Il n'avait pas vraiment réfléchi à ce qu'il ferait ensuite. A présent, il devait étudier la situation. Et s'y confronter.

Il ne pouvait pas ramener Hadleigh dans la petite maison qu'elle partageait avec sa grand-mère. Du moins pas tout de suite. Alice Stevens était probablement restée dans l'église pour sauver ce qui restait à sauver et tenter de tuer les inévitables ragots dans l'œuf.

La tâche ne serait pas facile, d'ailleurs. Les langues iraient bon train, et Tripp pouvait difficilement rester enfermé avec Hadleigh, ne serait-ce que le temps qu'Alice rentre chez elle. Les gens risquaient d'en déduire que s'il était allé aussi loin pour empêcher la jeune femme d'épouser Oakley Smyth, il se pouvait fort bien qu'il fasse plus que l'aider à sécher ses larmes.

Cela dit, il devait parler à Hadleigh, et ce le plus tôt possible. La conversation, qui ne serait pas des plus aisées, devait avoir lieu en terrain neutre, si possible. Le ranch de Jim, son beau-père, c'était hors de question, puisqu'il était à plusieurs kilomètres de là et que, selon toute vraisemblance, Jim ne serait pas là, lui non plus, à cette heure de la journée. Profitant de la lumière du jour, il serait dans la nature, occupé à réparer des clôtures ou à rassembler les quelques têtes de bétail qui avaient survécu à l'hiver.

— Tu m'as entendue ? Alors, réponds, Tripp Galloway, gronda Hadleigh, toujours aussi hargneuse. Tu ne t'en tireras pas si facilement. Il est hors de question que tu fasses comme s'il ne s'était rien passé ! Tu viens de bousiller le mariage de mes rêves, je te signale. Et je ne suis prête ni à oublier ni à te pardonner !

Tripp ne prit pas la menace à la légère, bien au contraire. Subitement, une certaine tristesse s'empara de lui. Si c'était le prix à payer pour avoir fait ce qu'il considérait comme son devoir, eh bien soit.

Mais ce serait douloureux.

Apercevant le Bad Billy's Burger Palace & Drive-Thru, au loin, il se résigna à en faire le lieu où se tiendrait cette discussion au sommet. Avec un peu de chance, l'endroit ne serait occupé que par quelques rares touristes et, en dehors du personnel, il n'y aurait aucune oreille indiscrète pour écouter ce qui se disait. Mieux encore, si on les voyait, on pourrait dire sans mentir qu'il ne s'était rien passé de suspect entre Tripp et la jeune femme qu'il avait arrachée à Oakley Smyth au dernier moment. Et de toute manière, il y avait gros à parier que tous ceux qui s'étaient un tant soit peu intéressés au spectacle soient toujours sur les lieux du scandale, à se demander d'un air affligé où allait le monde, comme s'ils ne s'étaient pas délectés de la scène, du début à la fin.

— Tripp ?

— Je t'ai entendue, répondit-il avec lassitude, quand il fut décidé.

Il mit son clignotant et s'aperçut qu'il avait un peu faim. Rien de plus normal à cela : il n'avait pas eu le temps d'avaler quoi que ce soit avant d'emprunter la fameuse autoroute 405, en Californie, pour gagner le hangar où il garait son Cessna d'occasion et de s'envoler pour le Wyoming. Les voies aériennes au-dessus de Los Angeles avaient été aussi encombrées que celles de l'autoroute, et il avait mis un temps fou, bien plus qu'il ne l'avait escompté. Tant et si bien que lorsqu'il avait enfin atterri sur la petite piste de Bliss River, à une cinquantaine de kilomètres de Mustang Creek, il était à deux doigts de devenir fou.

Comme il le lui avait demandé par téléphone, Jim avait mis à sa disposition l'antiquité qui lui servait de véhicule. En plus de faire le plein et de mettre la clé de contact dans leur cachette, son beau-père avait griffonné un mot au dos d'une vieille page de calendrier — celle d'un jour d'avril 1994, pour être précis.

Je n'ai pas le temps de t'attendre. Deux des veaux sont malades, alors j'ai demandé à Charlie, mon nouveau garçon de ferme, de me suivre jusqu'ici pour que je puisse te déposer le pick-up et rentrer avec lui ensuite.

A tout à l'heure au ranch, mon garçon.

P.-S. Surtout, vas-y doucement, quand tu annonceras la nouvelle à la petite. Elle risque d'être légèrement froissée, donc aussi réceptive à ce que tu pourras lui dire qu'un chat sauvage coincé dans un tonneau de mélasse.

Ce sage conseil en tête, Tripp avait repris la route, alternant entre voies rapides et raccourcis mal pavés, le pied au plancher la plupart du temps, tant il voulait arriver à destination avant que le pasteur ait rendu officielle l'union des deux jeunes gens.

Bien que le danger soit passé dorénavant, il ne put réprimer un frisson à l'idée de Hadleigh en Mme Oakley Smyth…

Le mariage aurait pu être annulé, bien sûr. A condition

toutefois que la nuit de noces n'ait pas encore eu lieu. A condition aussi que Hadleigh se laisse convaincre. Et en admettant qu'elle accepte de regarder la réalité en face, il y aurait sans doute eu une longue bataille juridique. Dans l'intervalle, Oakley aurait très bien pu trouver le moyen de persuader sa belle de rester sa femme, et pour longtemps, cette fois-ci.

Hadleigh plissa les yeux pour regarder à travers le pare-brise couvert de poussière et fit une moue incrédule.

— Le Bad Billy's ? demanda-t-elle, en le voyant pénétrer dans le parking du restaurant. Qu'est-ce qu'on vient faire ici ?

— Manger. Je meurs de faim.

Il se glissa entre deux voitures, tout près de l'entrée de l'établissement, et constata que le parking était presque désert, ce qui était bon signe. Moins il y aurait de témoins, mieux il se sentirait.

— Par ailleurs, j'ai cru comprendre que tu attendais une réponse à ta question, ajouta-t-il.

— Je suis en robe de mariée, grommela Hadleigh, entre ses dents.

Des dents parfaitement alignées, nota-t-il, pensant avec une certaine nostalgie à l'époque récente où Will l'appelait « bouche en métal ». Elle hésitait à sourire, en ce temps-là. Et elle zozotait terriblement, avec son appareil dentaire.

— J'avais remarqué, répondit-il, avant de couper le contact et de tirer le frein à main.

— Tu ne peux pas me ramener à la maison, tout simplement ?

Elle avait une toute petite voix à présent, signe qu'elle commençait à s'épuiser. Ce n'était que temporaire, il le savait. D'ici à une poignée de secondes, à moins qu'il ne se trompe fort, elle ressortirait ses griffes pour les lui planter dans les yeux, s'il lui en laissait la possibilité.

— Pense à ta réputation, Hadleigh. A ton avis, que diraient les gens, si on restait seuls chez toi, après ce qui vient de se passer ?

— Tiens, tu te soucies du qu'en-dira-t-on, maintenant ?

C'est nouveau, ça ! rétorqua-t-elle, levant les yeux au ciel. Eh bien figure-toi que j'essaie de ne pas y penser, moi, à ma réputation. Parce qu'elle vient d'être foulée aux pieds ! A moins que ce détail ne t'ait échappé ?

En guise de réponse, il descendit de voiture et alla ouvrir la portière de sa passagère. Elle cherchait quelque chose. Le verrou probablement, pour l'empêcher d'entrer. Dans son agitation du moment, il ne lui était sûrement pas venu à l'idée qu'il avait les clés…

— Tu marches ou tu veux que je te porte ? s'enquit-il, allant jusqu'à s'incliner légèrement, dans un effort de courtoisie.

Elle déploya sa robe devant elle en un nuage vaporeux, et posa un pied hésitant à terre. Il n'était pas question pour elle d'accepter son aide, manifestement.

L'ourlet scintillant de sa tenue resplendissante balaya le gravier jonché de mégots de cigarettes, d'emballages de chewing-gum et de pailles écrasées. Tripp avança la main pour soulever un pan de la robe.

— Ne me touche pas ! ordonna-t-elle, visiblement hors d'elle.

Sur ces belles paroles, elle passa devant lui, telle une reine faisant son entrée à la Cour, ou montant sur la guillotine avec la dignité de l'innocence bafouée. Son voile, qui ne tenait plus que par quelques épingles à cheveux, avait laissé échapper quelques mèches de ses magnifiques cheveux châtains, coiffés en chignon.

— Je ne me permettrais pas, répondit-il, un sourire aux lèvres. De te toucher, je veux dire.

Il accéléra le pas pour passer devant la jeune femme qui avançait plus vite que prévu, poussa la lourde porte et la maintint ouverte, le temps que Hadleigh se glisse à l'intérieur.

Elle le foudroya du regard et, la tête haute, passa sans s'arrêter devant le panneau demandant aux clients d'attendre que l'on vienne les installer.

Comme Tripp l'avait espéré, il n'y avait que quelques clients dans la salle, et un inconnu, perché sur un tabouret au bout du comptoir, un café à la main et une part de tarte à la cerise devant lui.

Tripp sentit son estomac gargouiller.

Hadleigh gagna le box le plus proche d'un pas majestueux et se glissa sur la banquette en vinyle, non sans avoir bataillé avec ses jupes et ses jupons. Bien que le spectacle soit cocasse, Tripp remarqua sa pâleur et, de nouveau, sentit son cœur se serrer.

De compassion ? De remords ?

Un peu des deux, sans doute.

Il prit place face à elle.

Une serveuse se précipita vers leur table, les yeux écarquillés. S'il était parfaitement envisageable d'entrer dans un fast-food en grande tenue à Los Angeles ou à Las Vegas, à Mustang Creek, dans le Wyoming, cela ne se faisait pas.

Ou plutôt, cela ne s'était encore jamais vu.

— Et pour vous, ce sera ? demanda-t-elle, aussi calmement que si elle avait servi de jeunes mariées en robe blanche tous les jours. Le plat du jour est un pain de viande avec de la salade en garniture et la sauce de votre choix.

Comme il s'attendait à moitié à entendre Hadleigh annoncer que l'on venait de la kidnapper et qu'il convenait d'appeler la police, Tripp fut agréablement surpris de l'entendre répondre d'un ton ferme :

— Je prendrai un cheeseburger cuit à point et un milk-shake au chocolat. Avec de la crème Chantilly.

— Pour moi, ce sera le plat du jour, enchaîna-t-il d'une voix un peu plus rauque qu'il ne l'aurait voulu. Sauce au bleu, sur la salade, s'il vous plaît.

La serveuse nota soigneusement la commande et repartit au pas de course comme si elle avait une foule de clients à servir.

— Je n'ai pas bu un seul milk-shake en six semaines, dit Hadleigh, vaguement sur la défensive.

Comme s'il avait été d'humeur à critiquer son choix !

— Il n'y a pas un centimètre de trop, dans cette fichue

robe, poursuivit-elle. Ce n'est pourtant pas faute d'avoir fait de la gym et de m'être nourrie exclusivement de salade verte !

Tripp dissimula tant bien que mal son amusement.

— Tu as de la marge, avança-t-il prudemment.

Il était sincère. Hadleigh lui paraissait parfaite, à lui. Plus que parfaite, d'ailleurs, si on s'attardait sur la manière dont cette robe épousait ses courbes…

— Merci, rétorqua-t-elle d'un ton aussi boudeur que son expression.

— Vois le bon côté des choses ! Tu peux t'empiffrer autant que tu le veux, maintenant ! Débrouille-toi pour que les coutures de ta robe ne craquent pas avant que tu sois chez toi, c'est tout !

Elle l'observa un instant, ses yeux tachetés d'or lègèrement plissés. Même ainsi, barbouillée de mascara, elle était belle, même si on devinait que la femme en elle était encore en pleine floraison.

— Je ne sais pas si tu te rends compte que mon existence est fichue et que c'est ta faute, laissa-t-elle sèchement tomber.

— Ne dis pas de bêtises, Hadleigh. Je te rappelle que tu n'as que dix-huit ans. Ton *existence*, comme tu dis, n'a pas encore commencé.

— Ça, c'est ton avis. Pas le mien. Je suis très mûre pour mon âge.

— Tu parles !

— Encore une fois, c'est ton opinion et je ne suis pas d'accord avec toi. Sans compter que, pour le cas où tu l'aurais oublié, il est parfaitement légal de se marier à dix-huit ans.

Une petite pause, assortie d'un froncement de sourcils qui ne parvint pas à l'enlaidir, puis elle reprit :

— Et puisque mamie ne s'y est pas opposée, je ne vois pas ce qui te permet de…

— Alors là, je t'arrête tout de suite ! Je suis prêt à parier tout ce que tu veux que ta grand-mère n'a pas vu cette union d'un bon œil. Elle n'aurait pas eu la force physique de te sortir de cette église, *manu militari*, c'est tout ! Et ne viens pas me dire qu'elle n'a pas essayé de te convaincre d'attendre un peu avant de te laisser passer la bague au doigt. Parce que je connais trop bien Alice pour en croire un seul mot. Tu n'as pas voulu l'écouter, voilà tout ! Tu n'en as fait qu'à ta tête, comme d'habitude.

Hadleigh rougit violemment et détourna les yeux. De toute évidence, il avait vu juste : Alice avait émis un certain nombre de réserves au sujet du mariage de sa petite-fille.

— C'est elle ? s'exclama soudain Hadleigh quand elle fut remise de son trouble. Je veux dire… C'est elle qui t'a demandé de revenir et de… de faire ce que tu as fait ?

— Non. Ta grand-mère n'a rien à voir là-dedans. Je suis les nouvelles du coin sur Internet. C'est comme ça que j'ai appris que tu t'apprêtais à te marier.

Hadleigh rumina pendant quelques secondes, puis son visage s'empourpra et elle lança :

— Tu n'as jamais aimé Oakley ! Mon frère non plus, d'ailleurs. Je ne comprends pas ce que vous avez contre lui, du reste. Il est adorable !

« Adorable » n'était pas le mot qu'il aurait choisi pour définir Oakley Smyth. Même s'il était en classe avec eux — ce qui, soit dit en passant, lui faisait sept ans de plus que Hadleigh —, Will et lui avaient soigneusement évité de le fréquenter, c'est vrai. Mais la question n'était pas là.

Il ne s'agissait pas de l'opinion qu'il avait d'Oakley Smyth, qui avait été un sale type, de la maternelle au lycée. Non. Il s'agissait d'une promesse qu'il avait faite à Will, des années auparavant, tandis que son ami agonisait dans un hôpital de fortune, en Afghanistan. De ça et de l'enquête qu'il avait fait mener sur le compte de Smyth, bien qu'il le connaisse depuis toujours, dès qu'il avait appris qu'il allait épouser Hadleigh. Une intuition, en quelque sorte. Guidée par la quasi-certitude qu'il trouverait des détails peu reluisants.

Ce qui n'avait pas manqué.

C'est pourquoi il était là, dans sa ville natale, attablé face à Hadleigh qu'il avait arrachée à son destin, moins d'une demi-heure auparavant.

La serveuse déposa leur assiette devant eux et tourna

les talons, non sans les avoir observés rapidement, tous les deux, d'un air interrogateur.

Hadleigh ne toucha pas à son hamburger. Ni lui à son plat du jour.

Au lieu de cela, il parla calmement de cette danseuse légère de Laramie, une dénommée Callie Barstow, avec laquelle Oakley Smyth avait vécu pendant cinq ans, jusqu'à la semaine précédente, pour être exact. Une femme à qui il avait fait deux enfants — un fils de quatre ans et une petite fille de six mois — qui portaient le nom de leur mère. Apparemment, le clan Smyth ne connaissait pas leur existence ou avait décidé de les ignorer.

D'après le rapport qu'on lui avait fait, Callie commençait à être lasse de toutes ces cachotteries. Elle voulait être respectée et surtout assistée sur le plan financier. Et elle voulait que ses enfants soient reconnus comme dignes héritiers en puissance de la fortune des Smyth. Oakley s'était dérobé, manifestement. Non content de ne pas épouser la mère de ses enfants, il avait refusé de la présenter à sa famille. De guerre lasse, Callie avait expliqué à son entourage immédiat que cette situation avait assez duré et qu'elle allait prendre des mesures. Si Oakley ne parlait pas de sa progéniture à ses parents, elle s'en chargerait elle-même.

Soucieux d'empêcher cette confrontation embarrassante et conscient qu'il n'y arriverait pas indéfiniment, Oakley avait rompu avec sa danseuse. Sans cesser de subvenir aux besoins de ses enfants — un point en sa faveur, Tripp devait bien l'avouer, même s'il lui en coûtait —, il s'était mis à courtiser ouvertement Hadleigh. Dans l'espoir, à n'en pas douter, de coiffer Callie au poteau et d'amortir le choc que constituerait sa révélation en épousant une femme que les siens jugeaient acceptable, sur le plan social.

Car, bien que pauvres par comparaison avec les Smyth, les Stevens faisaient partie du décor, au sens littéral du terme. Ils étaient dans la région depuis toujours, et leur nom était respecté dans tout l'Etat. Les ancêtres de Hadleigh et de Will Stevens avaient été parmi les premiers à arriver, en 1850, et ce bien avant l'invasion de hordes en quête de terres qui avait suivi la guerre de Sécession. Or, dans des endroits tels que Mustang Creek, ce genre de détail avait une certaine importance.

Les frasques de Smyth auraient été pardonnables — tout le monde avait un passé, après tout — s'il avait vraiment rompu avec Callie Barstow. Or il avait continué à la voir à intervalles réguliers.

Regarder Hadleigh absorber tout cela constitua une véritable épreuve pour Tripp. La plus dure qu'il ait jamais eu à endurer, mis à part la perte de sa mère puis, quelques années plus tard, les heures passées au chevet de Will mourant, dans un endroit inhospitalier, si loin de chez eux.

D'autres auraient exigé des preuves, des photos, des documents, n'importe quoi. Un gage qu'il ne mentait pas.

Hadleigh se contenta d'écouter.

Et elle le crut. Et très vite la désillusion, le chagrin, la honte se succédèrent dans son regard.

Mais le pire était à venir, cependant, car lorsqu'il eut terminé son récit, elle lui demanda de l'emmener avec lui à Los Angeles.

La réponse qu'il fut forcé de lui donner la blessa presque autant que la fin de son conte de fées.

— C'est impossible, Hadleigh. Ma femme ne comprendrait pas.

1

Mustang Creek, Wyoming, dix ans plus tard
Mi-septembre

Tripp Galloway se tourna vers Ridley, son fidèle compagnon, un jeune labrador noir affligé d'un strabisme convergent, qu'il avait acheté encore tout petit à un vieux bonhomme, sur l'aire d'une autoroute de Seattle.

— Ça y est, mon chien. On est presque arrivés.

Pour toute réponse, Ridley lui jeta un vague coup d'œil et bâilla bruyamment.

Tripp ne put réprimer un soupir.

— Je t'accorde que, pour l'instant, cela n'a rien de bien excitant.

Ridley poussa un grognement entendu, puis se détourna pour presser son museau contre la vitre du pick-up, déjà maculée de bave et de traces de pattes. C'était sa manière de signifier qu'il avait envie de sortir la tête de la voiture afin, si cela ne dérangeait pas son maître, de laisser ses oreilles battre dans le vent comme deux drapeaux couverts de poils.

Amusé malgré lui, Tripp appuya sur la commande pour baisser la vitre. Aussitôt, un vacarme inévitable emplit la cabine du véhicule. Ridley, lui, était au paradis, et comme d'habitude, Tripp se demanda comment il parvenait à respirer, avec tout cet air qui lui arrivait droit dans la gueule.

Il soupira de nouveau. Encore un des grands mystères de la vie canine, apparemment.

Les environs de Mustang Creek ne tardèrent pas à lui apparaître. Ici, une supérette, là une station-service, un peu plus loin, quelques caravanes finissant de rouiller sur des emplacements envahis par les herbes folles, et enfin, un nombre surprenant d'entrepôts pour une ville aussi petite.

Encore un signe des temps, songea-t-il avec une pointe d'amertume.

Les gens possédaient tellement d'objets que leur maison et leur garage ne suffisaient plus à les contenir. Au lieu de réfléchir et d'essayer de comprendre quel vide intérieur ils essayaient de remplir en consommant à outrance, ils continuaient à acheter et louaient un endroit pour entreposer ce dont ils ne parvenaient pas à se débarrasser. A ce train-là, la planète entière serait bientôt encombrée de cartons pleins à ras bord et oubliés depuis longtemps.

Tripp hocha la tête avec résignation et se concentra sur son retour au bercail. Il était revenu à plusieurs occasions, au fil des ans. Pour Thanksgiving ou pour Noël, pour les enterrements et les mariages — dont un qu'il n'était pas près d'oublier ! — ou encore pour la soirée des anciens du lycée. Mais cette fois, ce serait différent.

A la basse saison, Mustang Creek était une bourgade endormie, nichée dans une immense vallée surplombée de tous côtés par des montagnes majestueuses. L'endroit se réveillait en été, quand les vacanciers traversaient la région en camping-car ou en monospace pour faire admirer le Grand Teton à leur famille, sur la route qui les menait à Yellowstone. L'autre période de pointe était l'hiver. Des visiteurs du monde entier venaient là pour skier, se régaler d'un des plus beaux paysages de la planète et, fort heureusement pour les autochtones bousculés dans leurs petites habitudes, dépenser des fortunes.

Tripp arrivait en plein milieu de la brève accalmie qui courait du début du mois de septembre à la mi-novembre, et il avait hâte de s'installer dans le ranch de son beau-père pour y effectuer un *vrai* travail. Physique donc fatigant. Après toutes ces années à tenir sa modeste — bien que prospère — compagnie de charters à Seattle, il en était arrivé à un constat pour le moins ironique : il avait passé plus de temps derrière son bureau que dans son cockpit, là où il aurait vraiment aimé être. Du coup, il ne rêvait plus que de travaux laborieux, de cette satisfaction un peu perverse que l'on pouvait tirer d'une journée à suer sang et eau, et à l'issue de laquelle on se couchait, fourbu et heureux.

Il avait donc procédé à un certain nombre de changements radicaux. Vendre sa société et ses six petits avions en était un. Mettre son appartement avec vue imprenable sur Elliott Bay et, un peu plus loin, sur la chaîne de montagnes enneigées d'Olympic en location, un deuxième.

Les embouteillages, les coups de klaxon, le brouhaha ambiant et les foules citadines ne lui manqueraient pas, loin de là !

En résumé, il était prêt pour sa reconversion rurale.

Plus que prêt, même.

Il allait pouvoir se pencher sérieusement sur certains épisodes douloureux de son passé, à présent qu'il avait renoncé à vivre à cent à l'heure, toujours entre deux graphiques et trois réunions, sans parler de ces textos, e-mails et coups de fil intempestifs.

L'heure était aux décisions.

Et maintenant. Il n'avait que trop tardé, dans ce domaine.

Ici, à la campagne, il lui serait impossible d'esquiver les vrais problèmes, ceux qui lui trottaient dans la tête pratiquement vingt-quatre heures sur vingt-quatre et qu'il refoulait depuis des années. La mort de sa mère alors qu'il n'avait que seize ans, pour commencer. Puis les heures passées au chevet de son meilleur ami mourant, à des milliers de kilomètres de chez eux. Et pour finir, son couple qui avait rapidement battu de l'aile et fini par imploser, huit ans auparavant. Car si, de toute évidence, Danielle et lui vivaient mieux séparés qu'ensemble, le divorce avait constitué une épreuve, et pas des moindres.

Depuis lors, il avait fréquenté un bon nombre de femmes en prenant bien garde à ne pas trop s'impliquer dans ces relations. Dès que sa conquête du moment commençait à parler de maison ou d'enfants, à laisser traîner des catalogues de mariages extravagants dans son salon, il s'éclipsait à la vitesse grand V !

Non qu'il se refuse catégoriquement à fonder un foyer, bien au contraire. C'était même son vœu le plus cher.

Un vœu qu'il avait sincèrement pensé partager avec Danielle.

Sauf qu'il s'était trompé.

A tel point que lorsque sa femme et lui avaient décidé de reprendre leur liberté puisqu'ils n'étaient pas plus d'accord sur ce point que sur la plupart des autres, cela n'avait pas été la séparation qui l'avait affecté pendant des mois — pour ne pas dire des années —, mais la fin d'un rêve.

L'échec.

Sur toute la ligne.

Il repoussa ces mornes pensées dès l'instant où il atteignit le cœur de la petite ville. Ridley avait cessé de prendre l'air. A présent, il observait son nouvel environnement, la langue pendante.

Mustang Creek en soi valait le déplacement, il fallait bien l'avouer. La rue principale ayant conservé son cachet de vieille ville du Far West, les façades des bâtisses, les trottoirs et les panneaux indicateurs étaient en bois. Il restait même quelques abreuvoirs pour chevaux devant certains commerces. Toutefois, bien qu'un bon nombre d'entreprises aient repris le nom d'anciens débits de boisson, tels que le Rusty Bucket ou le Diamond Spur, il ne restait qu'un authentique saloon dans la bourgade : le Moose Jaw Tavern. Le Rusty Bucket était devenu le siège social d'une compagnie d'assurances ; et le Diamond Spur, un cabinet dentaire.

Cela pouvait paraître un peu kitch, certes, mais Tripp trouvait sa ville plutôt plaisante. Elle lui donnait l'impression d'avoir remonté le temps et d'avoir atterri au début du XIXe siècle, quand la vie était plus simple, malgré les rudesses de l'époque.

Une fois passé la rue principale, la bourgade était un peu

plus moderne, pour autant, bien sûr, que l'on puisse qualifier des bâtisses datant des années cinquante de « modernes ».

Il retrouva avec un certain plaisir les petites maisons à bardeaux avec leur porche coloré et leur jardin délimité par des piquets et rempli de fleurs, les dernières — et les plus belles — de la saison. Les trottoirs étaient déformés par endroits, principalement par les racines des arbres centenaires, et les chiens, propres et bien nourris, s'y promenaient en toute liberté. Ils ne couraient aucun danger : c'était leur quartier, tout le monde les connaissait, et il ne leur était pas difficile de retrouver le chemin de la maison.

Ridley laissa échapper un jappement d'envie. Tripp se mit à rire et lui tapota le cou.

— Du calme, vieux. Quand on sera arrivés au ranch, tu seras libre comme l'air, toi aussi. Ça va te faire un drôle d'effet, crois-moi !

Le labrador le regarda d'un œil torve et soupira bruyamment, comme pour lui signifier qu'il n'en croyait pas un mot.

Et soudain, Tripp se retrouva devant l'église de briques rouges qui n'avait pas changé d'un iota, elle non plus.

Au souvenir du jour où il y avait fait irruption pour empêcher le mariage de Hadleigh Stevens, avant de la sortir de là comme un vulgaire sac de pommes de terre, il grimaça. Il ne regrettait pas son geste, car le temps lui avait donné raison. Aux dernières nouvelles, Oakley Smyth, le saligaud qu'elle avait failli épouser ce jour-là, en était à son troisième divorce. Apparemment, son penchant pour le jeu et son aversion pour la monogamie n'avaient pas été du goût de ses épouses. Pour couronner le tout, ses fonds étaient partiellement bloqués, grâce à une clause de ses parents qui, dans leur testament, avaient autorisé leur exécuteur testamentaire à procéder à tous les changements qu'il jugerait nécessaire. Du coup, au lieu de couler à flots, l'argent était devenu un problème pour lui.

Bref, il ne faisait pas bon s'appeler Oakley Smyth, par les temps qui couraient.

Ce dont Tripp se fichait éperdument, bien sûr. Ce qui lui posait un problème, en revanche, était de savoir que

Hadleigh ne s'était jamais remise de cette journée mémorable et d'avoir pleinement conscience que c'était par lui que le malheur était arrivé, même s'il avait voulu bien faire. Parce que avec tout ça, la jeune femme n'avait jamais trouvé ce qu'elle cherchait depuis toujours : un toit et une famille des plus traditionnelles, avec un mari, des enfants et des animaux domestiques.

Comme pour renforcer encore sa morosité, il se mit à bruiner, puis à pleuvoir franchement. Le temps était changeant, dans le Wyoming.

Enfin, il sortit de la ville. Il ne lui restait plus qu'une quinzaine de kilomètres à parcourir avant d'arriver à destination.

Il appuya sur l'accélérateur et, tandis que le pick-up prenait de la vitesse, Ridley lui fit savoir qu'il aimerait bien repasser la tête par la vitre entrouverte, qu'il pleuve ou non.

Une pluie fine se mit à tomber.

— Bon ! lança Hadleigh Stevens, avec philosophie. Les fermiers et les éleveurs du coin seront contents, c'est déjà ça !

Ce genre de temps convenait parfaitement à certains de ses concitoyens : ils se préparaient un thé, faisaient un bon feu dans la cheminée et troquaient leurs chaussures contre une paire de pantoufles bien douillettes. Elle, pour sa part, était toujours envahie par une certaine mélancolie, lorsque le ciel se couvrait et que les éléments se déchaînaient. Et cela qu'il s'agisse d'une simple bruine, d'une averse passagère ou d'un véritable déluge.

Il y avait plusieurs raisons à cela.

Il pleuvait, cet après-midi lointain où sa grand-mère était venue la chercher à l'école, le visage crispé par la douleur. Sans dire un mot, elle l'avait fait monter dans son vieux break et avait poursuivi sa route jusqu'au lycée où Will les attendait, pâle comme un mort et indifférent à la pluie. En sa qualité d'aîné, il savait déjà, lui, que leurs parents s'étaient tués en voiture quelques heures auparavant, sur la route de Laramie.

Il pleuvait le jour de leurs obsèques, tout comme, quelques

années plus tard, le jour où sa grand-mère et elle avaient appris la mort de Will, suite à une embuscade de l'ennemi, sur une route d'Afghanistan.

Et quand sa grand-mère était partie à son tour, au terme d'une longue maladie, le ciel était si chargé qu'il n'y avait eu que les parapluies multicolores pour égayer un peu la grisaille.

C'est pourquoi, aujourd'hui, elle avait eu recours à sa méthode habituelle dès qu'elle avait vu le ciel s'assombrir : elle s'était occupée.

Elle avait commencé par fermer Patches, la petite entreprise de capitonnage que lui avait léguée sa grand-mère, dès midi, en prévision de la visite, en début de soirée, de ses deux meilleures amies, avec qui elle devait parler de choses sérieuses. Revenue dans sa petite maison, elle avait passé l'aspirateur, épousseté les meubles et ciré le plancher des pièces principales. Elle n'en avait pas encore terminé cependant. Il lui restait à prendre une douche, à s'arranger un peu les cheveux — particulièrement indociles, ces derniers temps — et surtout, à préparer un gâteau pour le dessert.

Elle passait une dernière fois le salon en revue pour s'assurer que tout était en ordre lorsqu'elle entendit un jappement familier, suivi d'un petit grattement à la porte grillagée.

Muggles.

Elle se dépêcha d'aller lui ouvrir et se sentit fondre devant le spectacle que lui offrait la chienne, une golden retriever, trempée comme une soupe, sur le paillasson. Elle était pitoyable, la pauvre, et ses yeux sombres chargés d'espoir en disaient long sur son abattement du moment.

— Salut, Mugs ! lança Hadleigh d'une voix chaleureuse, déverrouillant la porte avant de reculer d'un pas pour laisser entrer l'animal. Tu en fais une tête ! Qu'est-ce qu'il t'arrive, ma belle ?

Muggles entra à petits pas, se secoua sur le tapis du vestibule et, de nouveau, leva la tête vers Hadleigh, l'air déconfit.

— Ce n'est pas grave ! la rassura Hadleigh, se penchant pour lui tapoter la tête. Reste là deux petites minutes, le temps que j'aille te chercher une serviette pour te sécher, d'accord ? Ensuite, je te donnerai à manger et tu pourras aller te coucher devant la cheminée, si tu veux.

Muggles s'assit docilement et remua faiblement la queue.

Hadleigh courut jusqu'à la salle de bains du rez-de-chaussée, celle que sa grand-mère utilisait pour se « refaire une beauté », comme elle disait, et en revint presque aussitôt, une serviette bleue à la main. Elle s'accroupit près de la chienne tremblotante et la frictionna aussi délicatement qu'elle le put.

— Voilà ! A table, à présent ! lança-t-elle lorsque Muggles fut aussi propre que l'on pouvait l'espérer.

La chienne agita joyeusement la queue et la suivit jusqu'à la cuisine. Et bien que son pelage soit encore maculé de boue, Hadleigh ne pensa pas une seule seconde aux tapis ou aux sols qu'elle venait de nettoyer avec tant de soin.

Une fois dans la cuisine, tout aussi agréablement désuète que le reste de la maison, elle ouvrit le garde-manger pour en tirer les bols en plastique qu'elle avait achetés exprès pour la chienne qui venait souvent se réfugier chez elle, depuis le décès de sa maîtresse, Eula Rollins, trois mois auparavant. Earl, le mari d'Eula, très âgé et en mauvaise santé, ne se remettait pas de la perte de l'épouse qu'il avait adorée. Et bien qu'il ne soit pas un mauvais bougre, il avait tendance à oublier certains détails, comme de rouvrir la porte à sa chienne après une de ses sorties. Comprenant parfaitement sa situation, Hadleigh avait acheté un sac de cinquante kilos de croquettes et mis de vieilles couvertures dans le placard de l'entrée. Ainsi, elle était parée pour les jours où Muggles grattait à sa porte, en quête d'un repas, d'un bol d'eau et d'un foyer.

Elle posa donc un des bols plein d'eau bien fraîche devant la chienne, puis remplit l'autre bol d'une généreuse portion de croquettes.

Tandis que Muggles avalait son repas, elle alla chercher les couvertures qu'elle disposa soigneusement devant le poêle de la cuisine. Dès qu'elle fut rassasiée, la chienne se dirigea paresseusement vers sa couche improvisée, en fit le tour deux ou trois fois et s'allongea pour une sieste bien méritée, semblait-il.

Hadleigh la contempla un instant et laissa échapper un soupir. Comme la plupart des femmes du quartier, elle s'occupait d'Earl Rollins, lui apportant de temps en temps un ragoût ou une tourte encore chaude, se rendant à la pharmacie pour y chercher ses médicaments, lui apportant son journal ou relevant son courrier. Et, chaque fois qu'elle se rendait chez lui, c'était dans la ferme intention d'aborder la délicate question de Muggles. Malheureusement, dès qu'elle avait traversé la rue et frappé à la porte de son voisin, la solitude et le désarroi du vieil homme lui semblaient tellement évidents qu'elle perdait toute envie de soulever ce problème.

Une autre fois, se promettait-elle, rongée par la culpabilité. *Demain ou après-demain, je lui proposerai d'adopter la chienne d'Eula*. Mais avait-elle raison ? Earl l'adorait, cette bête. C'était à peu près tout ce qu'il lui restait de son couple, en dehors de tous ses souvenirs doux-amers, de sa vieille bicoque et du bric-à-brac dont elle était encombrée.

Hélas, il semblait bien que cette « autre fois » ne pouvait plus être remise au lendemain. La pluie avait redoublé d'intensité, et malgré toute la compassion qu'elle éprouvait pour son voisin — et ce n'était pas peu dire —, elle devait agir, à présent. Muggles ne pouvant pas s'exprimer, il lui appartenait de plaider en sa faveur.

Forte de cette conviction, elle se mit en quête de sa veste à capuche, accrochée à la patère du porche arrière, mais enfouie sous les manteaux de sa grand-mère et sous un vieux blouson tout déchiré qui avait appartenu à son père et que Will s'était approprié.

La gorge nouée, elle en effleura une des manches, usées jusqu'à la corde au niveau des coudes. L'espace d'un instant, elle s'autorisa à repenser aux deux hommes puis, parce qu'elle avait un souvenir plus précis de son frère, à se rappeler son rire sonore et la manière dont il claquait la porte grillagée, qu'il entre ou qu'il sorte, et cela malgré les remontrances bienveillantes de leur grand-mère.

Comme bien des petites filles, elle avait idolâtré son grand frère. Et si, bon gré mal gré, elle avait fini par accepter sa mort, elle continuait à s'insurger contre cette nouvelle injustice. Will était si jeune quand il avait été tué dans cette embuscade… Tellement plein d'énergie, d'ambition, d'idéaux, de rêves qu'il n'avait jamais eu l'occasion de réaliser…

Pendant des années, l'odeur de son après-rasage était restée accrochée à ce vieux blouson. Celle-là et une vague senteur de feu de bois. A présent, quand elle plongeait son nez dans le vêtement, elle ne sentait plus que l'humidité et le moisi qui lui rappelaient davantage un vieux sac de couchage que l'on aurait rangé sans l'aérer, remisé à la cave ou au grenier et complètement oublié.

— Reprends-toi, s'ordonna-t-elle, se sentant submergée par la tristesse. Pense au moment présent, parce que c'est la seule chose qui compte.

D'un geste résolu, elle enfila sa veste, noua les cordons de la capuche et sortit.

Les mains enfoncées dans les poches et la tête légèrement baissée pour se protéger de la pluie, elle emprunta le passage bétonné qui longeait la façade de sa maison, puis passa devant ses parterres de fleurs en réfléchissant à ce qu'elle pourrait dire à son voisin quand il lui ouvrirait sa porte.

Hum… Pas facile ! Toutes les phrases qui lui venaient à l'esprit lui paraissaient terriblement condescendantes. Comment expliquer à Earl qu'il était trop vieux et trop faible pour continuer à s'occuper correctement de sa chienne ? Il avait travaillé sans relâche sans jamais négliger ni la paroisse ni le reste de la petite communauté dont il faisait partie. Or, il avait déjà perdu, en plus de son statut social, les commodités de la vie, comme son permis de conduire, par exemple. Et surtout, il faisait le deuil d'Eula, son âme sœur, sa compagne de toujours.

Il n'en restait pas moins vrai que Muggles existait, elle aussi. Qu'elle était un être vivant qui avait besoin de nourriture, d'un refuge et d'amour.

Déchirée entre la raison et les sentiments, Hadleigh posa

la main sur la poignée du portail de son jardin… et se figea sur place.

Une ambulance venait de s'engager dans l'allée des Rollins, gyrophare en marche. Debout sur le perron, Mme Culpepper, une autre voisine, faisait signe aux ambulanciers de se dépêcher.

Hadleigh traversa la rue, le cœur battant la chamade.

— Faites vite ! s'écria la vieille dame.

Les ambulanciers sortirent un brancard de l'arrière de leur véhicule et s'enfoncèrent à l'intérieur de la maisonnette. Soucieuse de savoir ce qui se passait, Hadleigh leur emboîta le pas.

Mme Culpepper dirigea les ambulanciers vers la cuisine, puis se tourna vers Hadleigh.

— C'est abominable, se lamenta-t-elle en se tordant les mains.

L'espace d'un instant, Hadleigh sentit monter en elle une impatience totalement inconvenante — encore une expression de sa grand-mère, ça, « inconvenante » — qu'elle réprima presque aussitôt. Mme Culpepper avait été son institutrice, à l'école primaire et, comme les Rollins, elle était tenue en haute estime, dans la petite ville de Mustang Creek.

Hadleigh attendit donc poliment que la brave dame veuille bien lui expliquer la situation.

Mme Culpepper s'éventa le visage d'une main tremblante, comme elle l'aurait fait par une chaude journée d'été.

— Je me suis aperçue que je n'avais pas vu Earl depuis mardi, alors je suis passée vérifier que tout allait bien, expliqua-t-elle. Heureusement qu'il ne ferme jamais sa porte à clé. Eula ne le faisait pas non plus, d'ailleurs. Jamais. Même quand Earl passait son temps en déplacement. Bref. Comme il ne répondait pas, j'ai frappé et appelé plusieurs fois, j'ai fini par entrer. Et là…

Elle s'interrompit, le temps d'inspirer péniblement.

— Je l'ai trouvé par terre, sur le carrelage de la cuisine, les yeux grands ouverts. Conscient, ça c'est sûr, parce qu'il marmonnait quelque chose et…

De nouveau, elle prit une inspiration saccadée.

— Je… J'ai tout de suite appelé le 911. Ensuite, je me suis agenouillée à côté d'Earl pour essayer de comprendre ce qu'il essayait de me dire et… et…

Hadleigh posa une main sur l'épaule frêle de son ancienne institutrice. Sa pâleur et sa voix tremblante ne lui disaient rien de bon.

— Vous devriez vous asseoir, madame Culpepper, dit-elle d'une voix douce.

— Non, non, penses-tu ! répondit distraitement cette dernière. Ça va, mon petit. Ne t'inquiète pas pour moi. Je…

Nouvelle inspiration, encore plus rauque. Et terriblement courte.

— Quand j'ai enfin compris ce que me disait Earl, j'ai cru que mon vieux cœur allait se fendre en deux, reprit-elle enfin. Même dans cet état, il s'inquiétait pour Muggles. Il voulait savoir qui allait s'occuper d'elle.

Hadleigh en eut les larmes aux yeux. Elle ne s'était pas trompée : Earl l'aimait, sa chienne. Elle n'eut pas le temps de répondre néanmoins, car les ambulanciers réapparurent avec le brancard. Earl paraissait tout ratatiné, sous la couverture. Son visage ridé avait pris une couleur grisâtre et ses yeux étaient clos.

Hadleigh poussa doucement Mme Culpepper pour laisser passer les secours et sortit à la suite des ambulanciers pour accompagner le vieil Earl jusqu'à l'ambulance en lui tenant la main.

Une main qui lui sembla terriblement froide et sèche.

— Earl ? lança-t-elle d'une voix assez forte pour couvrir le bruit de la pluie. Vous m'entendez ? Earl, ne vous faites aucun souci pour Muggles. Elle est chez moi en ce moment même, et je vous promets de m'occuper d'elle jusqu'à votre retour.

Contre toute attente, le vieil homme rouvrit les yeux, battit légèrement des paupières et finit par esquisser un faible sourire.

— Merci Hadleigh, murmura-t-il d'une voix inaudible.

— Si vous voulez bien vous écarter, madame, ordonna un des ambulanciers.

Hadleigh s'exécuta et, faisant fi de la pluie, regarda les deux hommes faire glisser le brancard à l'intérieur de leur véhicule. L'un d'entre eux grimpa à l'arrière tandis que le second refermait les portières et se précipitait au volant.

Trois secondes plus tard, ils disparaissaient au bout de la petite rue.

Encore sous le choc, Hadleigh eut toutefois la présence d'esprit de proposer à Mme Culpepper de la reconduire chez elle. Ce n'était pas bien loin, mais la pluie avait redoublé d'intensité, et la vieille dame lui semblait si vulnérable qu'elle songea qu'un voisin en route pour l'hôpital suffisait amplement pour la journée.

Elle alla donc chercher son break, raccompagna Mme Culpepper et fit demi-tour.

En chemin, elle pensa à Will qui avait été si fier de ce vieux break. « C'est une voiture vintage, à présent, notre charrette, disait-il. Je la retaperai dès mon retour d'Afghanistan, et tu verras ce que tu verras, Had. »

Will était revenu, oui.

Dans un cercueil recouvert de la bannière étoilée, porté par un Tripp Galloway éploré et par deux autres soldats en uniforme, censés représenter la patrie reconnaissante.

Tripp Galloway…

Rien que de penser à l'ami de son frère, tout en elle se hérissait. Cela dit, par cette journée grise et sous un ciel aussi bas, la moindre distraction était la bienvenue.

Même si elle réveillait des souvenirs pour le moins pénibles.

Tripp n'avait pas prévu de s'arrêter devant chez les Stevens, du moins pas consciemment.

Pourtant il était là, garé devant la maison où il était venu si souvent étant gamin, chez son ami Will…

Il se remémora les jours heureux passés à lancer des cerceaux dans l'allée puis, bien plus tard, à gratter les cordes usées de vieilles guitares, dans le garage, avec la conviction profonde que leur musique de péquenauds finirait par faire d'eux le plus célèbre groupe de grunge du pays.

Il avait toujours été le bienvenu, chez les Stevens. Toujours.

Lorsqu'elle le voyait rentrer avec Will du basket ou du foot, selon la saison, Alice se contentait de sourire et de mettre un couvert supplémentaire sur la table. Elle n'hésitait pas non plus à lui faire un lit dans la chambre de Will quand il s'attardait après le repas. Cela lui arrivait souvent, d'ailleurs. Il aidait à débarrasser la table, à faire la vaisselle, sortait les poubelles… jusqu'à ce qu'il soit trop tard pour regagner le ranch.

Quand il avait perdu sa mère, Alice veillait à ce qu'il fasse ses devoirs. Il lui était même arrivé de laver ses vêtements.

Alice Stevens, dans toute sa générosité.

Puisse-t-elle reposer en paix.

Seulement, à présent, c'était Hadleigh qui vivait là. Et il était aussi bienvenu chez elle qu'une invasion de puces.

Ridley poussa un grognement désespéré.

— Il ne manquait plus que ça, marmonna Tripp, comprenant le message.

Mais s'il ouvrait la portière, Ridley irait arroser le piquet de la boîte aux lettres de Hadleigh et se soulager sur sa pelouse, c'était certain.

A moins que…

Il sortit de son pick-up, rentra les épaules pour se protéger de la pluie battante et alla ouvrir la portière du passager. Une fois Ridley attaché, il s'empara d'un des sacs en plastique qu'il rangeait dans le filet de la banquette arrière et prit la direction du trottoir, tournant délibérément le dos à la maison des Stevens.

Malheureusement, Ridley, pourtant plutôt coopératif d'habitude, refusa d'avancer.

— T'es chiant, vieux ! marmonna Tripp entre ses dents.

Le chien interpréta la phrase à sa manière et s'exécuta aussitôt.

Et cela bien sûr, puisqu'un certain Murphy avait décidé

d'en faire une loi (celle de l'emmerdement maximum), au moment précis où Hadleigh arrivait, au volant du vieux break qui avait fait la fierté de Will.

Malgré la pluie qui dégoulinait sur le pare-brise, malgré le mouvement incessant des essuie-glaces, Tripp vit distinctement l'expression de la jeune femme.

De la surprise la plus totale, elle passa à la perplexité, puis à la colère.

Le plus noblement qu'il put, Tripp se baissa pour ramasser les déjections de Ridley. Fort heureusement, les éboueurs devaient être attendus car toutes les poubelles de la rue étaient sorties. Il jeta le sac dans la première qu'il trouva et se prépara à affronter la petite sœur de son meilleur ami.

Entendant la portière du break claquer, il se força à sourire et se retourna pour faire face à Hadleigh qui s'avançait déjà vers lui.

Elle jeta un regard bienveillant à Ridley, allant même jusqu'à lui tapoter le flanc.

Mais lorsqu'elle releva la tête vers Tripp, son visage était fermé.

Il y avait peu de chances pour qu'elle lui tapote la joue ou la tête, à lui !

— Qu'est-ce que tu fais ici ? lui demanda-t-elle simplement.

Elle avait enfoncé ses mains dans les poches de sa veste, et le cordon de son capuchon était si serré autour de son visage qu'elle avait l'air d'une petite fille, emmitouflée pour affronter une journée d'hiver particulièrement rigoureuse.

Tripp réfléchit un instant. Vu qu'il avait fait demi-tour pour venir jusqu'ici alors qu'il était presque arrivé au ranch, la question méritait une réponse.

Que faisait-il là, au juste ?

Eh bien… il n'en avait aucune idée.

Ridley agita la queue, lui jeta un coup d'œil interrogateur, puis pencha la tête sur le côté pour contempler Hadleigh avec adoration.

— Je… je me fais tremper, répondit-il, à défaut de mieux.

2

Tripp Galloway était-il vraiment là, devant elle, ou bien était-ce un effet de la fatigue ?

Hadleigh se mordilla la lèvre inférieure, puis passa d'un pied sur l'autre en s'interrogeant. Pourquoi restait-elle là, figée sur place, comme si les semelles de ses chaussures étaient collées au trottoir ? Pourquoi ce sentiment bizarre d'être sortie de son corps ? D'être son propre fantôme, en quelque sorte.

Et la pluie qui continuait à tomber, les trempant tous les trois, elle, son visiteur inopiné et le chien.

Non que Tripp ou son labrador semblent s'en préoccuper, d'ailleurs. Tous deux la dévisageaient, l'animal avec espoir, son maître d'un air aussi déconcerté qu'elle pouvait l'être, elle.

Ce moment de confusion fut de courte durée, toutefois. Dans les secondes qui suivirent, elle fut traversée par une onde de choc semblable à celles que l'on éprouve en entendant claquer une porte d'acier.

Elle sentit le rouge lui monter aux joues, ce qui annonçait généralement qu'elle était à deux doigts de s'effondrer. Déjà en temps normal, ce n'était pas glorieux, mais là ? Devant Tripp ? Non. C'était tout bonnement impensable.

Elle n'avait donc plus qu'une solution : se laisser aller à la colère.

Qu'était venu faire Tripp ici, pour commencer ? Il trouvait qu'il ne lui avait pas suffisamment gâché la vie comme ça ? Peu importait qu'il l'ait effectivement sauvée d'une union potentiellement désastreuse en l'empêchant d'épouser Oakley Smyth, en ce jour lointain de septembre. La question n'était pas là.

N'importe qui d'autre que lui aurait eu la décence de s'occuper de ses affaires, de la laisser commettre cette erreur et d'en tirer la leçon qui allait avec.

N'importe qui *sauf* Tripp Galloway, bien sûr ! De son point de vue et avec une arrogance rare, il l'avait jugée trop jeune, trop fragile et trop naïve — pour ne pas dire trop bête — pour prendre ses propres décisions, bonnes ou mauvaises, sans son intervention.

Comme s'il avait lu dans ses pensées, il esquissa un sourire et lui prit doucement le bras.

— Si on rentrait se mettre au sec ? suggéra-t-il, désignant d'un signe du menton la petite maison. Si nous nous moquons de la pluie, toi et moi, il en va différemment pour ce pauvre Ridley. Or, il ne peut pas s'exprimer, lui.

Hadleigh compatit ; pas pour Tripp, mais pour son chien.

Se dégageant farouchement de son emprise, elle hocha brièvement la tête avant de s'engager dans l'allée. Tous trois la remontèrent en file indienne, elle montrant le chemin, la tête baissée et les épaules rentrées, Ridley juste derrière elle et Tripp fermant la marche.

Elle aurait voulu faire volte-face et demander à Tripp de repartir d'où il était venu et de ne jamais revenir.

Malheureusement, elle en fut incapable.

Et cela bien qu'elle sache qu'il était parfaitement irresponsable de sa part de laisser entrer cet homme dans son petit intérieur, dans son existence. Cela pouvait être dangereux. Elle n'avait aucune difficulté à poser des limites, d'ordinaire, pourtant !

Cette situation ridicule lui rappela un des contes éducatifs que lui racontait sa grand-mère, autrefois. Celui, vieux comme le monde, du crapaud trop crédule qui traversait une rivière à dos de scorpion et, bien sûr, se faisait mortellement piquer à mi-chemin. « Pourquoi as-tu fait ça ? » demandait le batracien, comprenant qu'ils allaient mourir tous les deux, parce que le scorpion ne pouvait pas vivre sans son dard. La réponse était tout à fait pertinente, bien que brutale : « Parce que je suis un scorpion, et qu'il est dans ma nature de piquer. »

Or, si Tripp n'était pas un scorpion — ni elle un crapaud ! —, il pouvait lui faire du mal, cela ne faisait aucun doute dans son esprit.

Plus que n'importe qui d'autre.

Elle s'arrêta sur son paillasson, posa sans enthousiasme sa main sur le métal froid de la poignée et jeta un coup d'œil derrière elle. Au cas où Tripp aurait réfléchi et serait retourné à son pick-up. On pouvait rêver, non ?

Comme si cela avait une chance de se produire… Du plus loin qu'elle puisse se souvenir, Tripp Galloway n'avait jamais été accommodant. Pas avec elle en tout cas.

Et puis il se tenait bien trop près d'elle. Pire, il la regardait avec un mélange d'amusement et de tristesse. Ses yeux paraissaient presque turquoise dans toute cette grisaille. Ses cheveux ruisselaient, la pluie formait de petites perles sur ses cils incroyablement longs, et il y avait quelque chose de dérangeant, de… oui, délicieusement intime, dans cette proximité. Comme s'ils avaient été nus, tous les deux, face à face dans la cabine d'une douche, plutôt que tout habillés, sous le porche de la maison…

Ridley mit brusquement fin à ses pensées tout à fait déplacées en se secouant avec une belle énergie, les éclaboussant sans vergogne et dégageant une charmante odeur de chien mouillé.

Hadleigh se raidit puis, malgré elle, éclata de rire. Les yeux de Tripp s'illuminèrent et il l'imita.

Bon sang… Même son rire était sexy.

Songeant au crapaud du conte, elle se détourna précipitamment et saisit la poignée d'un geste ferme. La porte s'ouvrait difficilement car le bois était vieux et avait tendance à gonfler avec l'humidité. Elle s'apprêtait à l'enfoncer d'un coup d'épaule lorsque Tripp posa sa main sur le panneau de bois et poussa.

— Il y a quelques travaux à faire, dans cette maison, on dirait, fit-il remarquer.

Bien entendu, la porte céda aussitôt en grinçant, et Muggles, qui devait les avoir entendus et attendait dans le vestibule, recula, ses ongles cliquetant sur le parquet.

Et soudain, Hadleigh sentit son cœur se gonfler de joie. Car si elle ne s'était remise ni du spectacle du vieil Earl disparaissant à l'arrière de l'ambulance, ni de l'arrivée de Tripp, elle avait au moins une raison de se réjouir : dorénavant, Muggles vivrait chez elle, et cela avec la bénédiction de son maître.

— Elle est parfaitement inoffensive, dit-elle alors que le labrador et le retriever, immobiles, s'observaient en silence.

Ridley fit le premier pas. Il agita la queue et ouvrit la gueule en un rictus attendri. Tout dans sa posture indiquait qu'il était sous le charme.

— Ridley est plutôt timide, répondit Tripp sans le détacher de sa laisse pour autant.

Au terme de quelques secondes de tension, Muggles perdit tout intérêt pour le nouveau venu et retourna paresseusement dans la salle de séjour pour s'installer sur le tapis, devant la cheminée éteinte.

Soulagée d'avoir échappé à une bagarre entre les deux chiens, mais toujours aussi déphasée, Hadleigh conduisit ses deux visiteurs jusqu'à la minuscule cuisine. Tripp n'aurait pas eu la moindre difficulté à trouver son chemin tout seul, cela dit. Même les yeux bandés. Il avait passé presque autant de temps dans cette maison, étant jeune, que dans le ranch familial. Will et lui étaient inséparables, à l'époque…

Elle retira son blouson une fois arrivée dans la cuisine, là où tant de repas avaient été partagés, où des êtres humains bien vivants avaient ri et pleuré, célébré des anniversaires ou déploré la mort de proches, parlé de leurs ambitions, confié des secrets et raconté des blagues plus ou moins fines.

Elle lança son blouson trempé dans la buanderie — elle qui était pourtant maniaque d'habitude — et se dirigea machinalement vers la cafetière. C'était la coutume, à Mustang

Creek, quand on recevait quelqu'un, que la personne soit la bienvenue ou non. On la faisait asseoir, on lui servait un café bien chaud, surtout par mauvais temps et, en général, on lui proposait quelque chose à manger.

Comprenant que son devoir de maîtresse de maison allait lui permettre de se remettre du choc qu'elle avait eu en trouvant Tripp Galloway dans sa rue, elle ne dérogea pas à la règle. Elle prit même tout son temps. Parce que la dernière chose à laquelle elle s'était attendue en se levant ce matin-là, ou n'importe quel matin d'ailleurs, était bien un tête-à-tête en bonne et due forme avec celui qui avait été son héros quand elle était enfant, son premier amour d'adolescente, pour finalement devenir son pire ennemi.

Il avait dû rentrer à Mustang Creek sur un coup de tête, car s'il avait parlé de son projet à quelqu'un, la nouvelle se serait répandue dans la petite ville comme une traînée de poudre. Et elle aurait été prévenue.

Ou peut-être pas, à bien y songer.

— Assieds-toi, dit-elle.

Pur réflexe, là encore. Car intérieurement, elle continuait à penser au scorpion et à ce crétin de crapaud.

Le bruit que fit Tripp en tirant une des chaises lui parut étrangement familier…

Ridley fit diversion en s'avançant vers le bol de Muggles pour y boire un peu d'eau. Elle le regarda en souriant.

Fais comme chez toi, mon chien, pensa-t-elle.

Elle était sincère. Elle avait beau en vouloir à son maître, lui en vouloir à mort même, elle adorait les chiens, et le labrador ne faisait pas exception.

Un silence de plomb s'installa dans la cuisine.

En attendant que le café passe, Hadleigh alla chercher deux serviettes en éponge dans un placard, une pour Tripp et une pour son chien. Elle les tendit à Tripp ou plutôt, elle les lui colla dans les mains, sans aucun ménagement.

— Merci, murmura-t-il, une lueur amusée dans les yeux et l'ébauche d'un sourire aux lèvres.

Elle ne se donna pas la peine de prononcer l'habituel :

« De rien. » Elle n'en aurait pas pensé un mot, et surtout, elle craignait d'être trahie par sa voix, sûrement chevrotante.

Décidant que les règles de politesse d'usage, qui consistaient à faire la conversation à ses invités, ne s'appliquaient pas à Tripp, elle quitta la cuisine sans un mot pour aller dans sa chambre. Elle était gelée et se débarrassa en toute hâte de ses vêtements humides, avant de regagner la cuisine en jean et sweat-shirt, chaussettes épaisses et chaussures de tennis aux pieds. Au sec, enfin !

Tripp s'était séché les cheveux — qui étaient élégamment ébouriffés, soit dit en passant. Sa chemise, en revanche, collait toujours à ses larges épaules. Quant à son jean, il était trempé.

Hadleigh s'immobilisa sur le seuil sans rien dire, pour profiter, contre toute raison, de ce moment rare où elle pouvait admirer Tripp Galloway à son insu.

Bon sang ! Il était presque aussi agréable à regarder de dos que de face. Il n'y avait décidément pas de justice, en ce bas monde !

Ses cheveux humides frisottaient légèrement au-dessus du col de sa chemise et, même de l'endroit où elle se tenait, elle sentait la bonne odeur de linge propre qui l'avait toujours accompagné, du plus loin qu'elle puisse se souvenir.

Subitement, elle sentit son cœur se serrer. Quelques secondes s'écoulèrent, chacune mettant à mal la fragile cuirasse de désenchantement et d'apathie feinte derrière laquelle elle se retranchait pour masquer toutes les blessures de sa jeune existence.

Elle était accablée. Plus que vulnérable. Exposée, tel un poussin encore coincé dans la coquille de l'œuf d'où il tente de sortir.

Réprimant un soupir de contrariété, elle se passa une main sur le front.

Elle disait n'importe quoi ! Enfin, elle l'espérait…

Tripp ne semblait pas se rendre compte qu'il était en train de chambouler son monde, une fois de plus. Un monde dont elle avait mis des années à recoller les morceaux après les avoir cherchés, un par un, dans le chaos qu'était devenue sa vie.

Il retira tranquillement la carafe de la cafetière, sortit deux tasses qu'il remplit à ras bord, et se retourna.

Pour le coup, Hadleigh sentit son souffle se coincer dans sa gorge. Elle commençait à penser que plus rien ne l'étonnerait ce jour-là, qu'elle finirait par retrouver un semblant de sérénité, et voilà que le sol se dérobait sous ses pieds.

Son esprit fébrile se mit à travailler à toute vitesse. L'espace d'une nanoseconde, elle vit Tripp Galloway comme si c'était leur première rencontre. Il devint à la fois un parfait étranger et l'homme qu'elle avait aimé toute sa vie.

Drôle de mélange…

Assez ! s'ordonna-t-elle. *Reprends-toi, ma fille. Ça ne te ressemble pas, ces délires.*

Et c'était la stricte vérité. A l'exception des moments où elle fabriquait des édredons, des courtepointes ou des rideaux pour son magasin, ce qui demandait un minimum de créativité, elle n'était pas une rêveuse, bien au contraire.

Sans compter qu'elle l'avait déjà vu mille fois, ce butor au physique de dieu grec. Et qu'elle n'avait jamais oublié à quoi il ressemblait !

En plus d'avoir pratiquement grandi avec lui, elle avait eu maintes occasions de le croiser, depuis ce jour funeste où il avait débarqué dans l'église avec la délicatesse d'un éléphant dans un magasin de porcelaine. Il était revenu à Mustang Creek à de nombreuses reprises, pour des mariages et des enterrements. Pourtant, même à l'enterrement de sa grand-mère, deux ans plus tôt, ils avaient tous deux jugé prudent de garder leurs distances. Et bien qu'il continue à venir passer les fêtes avec son beau-père, il ne s'attardait guère et ne traînait pas en ville.

Et surtout, à aucun moment il n'avait essayé de la contacter.

Alors pourquoi aujourd'hui ? Qu'est-ce qui avait changé ?

Il lui apparut soudain qu'elle n'aimerait probablement pas entendre la réponse à cette question, si tant est qu'elle ait des chances d'en obtenir une. N'empêche que… Qu'était venu faire Tripp dans sa petite maison ?

Il s'immobilisa, les tasses fumantes en main, et laissa échapper un soupir. Il avait dû lire dans ses pensées ou, plus simplement, déchiffrer son expression, car il déclara d'une voix rauque :

— Je ne peux pas t'expliquer ce que je fais ici, si c'est ce que tu t'apprêtes à me demander, Hadleigh.

Elle alla s'asseoir à sa place habituelle sans prononcer un mot. Ses jambes menaçaient dangereusement de la lâcher, et, de toute évidence, Tripp ne s'assiérait pas tant qu'elle serait debout.

Elle ne s'était pas trompée sur ce dernier point. A peine fut-elle installée qu'il déposa une des tasses devant elle et prit place, de manière à lui faire face. Ridley, plutôt comique avec ses poils en bataille, se glissa aux pieds de son maître, bâilla bruyamment et ferma les yeux.

Tripp s'éclaircit la gorge, se plongea quelques instants dans la contemplation de son café, puis releva les yeux vers elle, un sourire un peu triste aux lèvres.

— Ça fait bizarre, de me retrouver dans cette maison…, murmura-t-il. Après toutes ces années, je veux dire.

Hadleigh sentit son cœur tressauter. Tout ce que disait ou faisait Tripp depuis qu'elle l'avait trouvé dans sa rue l'atteignait au plus profond d'elle. Il n'y avait rien de bien surprenant à cela d'ailleurs. Bon an, mal an, elle s'était toujours laissé atteindre par Tripp, le meilleur ami de son frère, et son premier grand amour à elle.

— Bizarre ? demanda-t-elle d'une voix qui ressemblait plus à un coassement.

Ce fichu crapaud…

Tripp esquissa un rapide sourire.

— Entre Will qui n'est plus là, et… tout le reste, expliqua-t-il, manifestement mal à l'aise et d'une voix toujours aussi rauque.

Comme à chaque fois, et bien qu'il soit mort depuis plus de dix ans à présent, Hadleigh sentit les larmes lui monter aux yeux à l'évocation de son frère. Elle les refoula aussitôt, hocha brièvement la tête et referma ses doigts autour de sa tasse.

Et puis, comme ça, sans prévenir, son sens pratique reprit le dessus. Ses amies les plus proches, Melody Nolan et Becca Stuart — Bex pour les intimes — n'allaient pas tarder à arriver pour la rencontre au sommet, programmée depuis plus d'une semaine. Or, pour diverses raisons, elle ne tenait pas à ce qu'elles se trouvent nez à nez avec Tripp Galloway. Il était donc temps de mettre fin à cet entretien.

Elles avaient du travail, toutes les trois. Des stratégies à élaborer, des objectifs à se fixer. C'était du sérieux.

Et surtout, cela ne regardait pas Tripp.

En rien.

Pourtant… elle avait tout autant envie de prolonger la visite que d'y mettre fin.

Elle réprima difficilement un nouveau soupir exaspéré. Tripp dégageait une chaleur et une puissance qui l'attiraient et la rebutaient à la fois. S'il pouvait faire preuve de tendresse, en particulier avec les enfants, les vieillards et les animaux, il n'en restait pas moins un cow-boy endurci dans l'âme. Viril et fier de l'être, droit dans ses bottes et bien dans sa peau, les pieds sur terre, aussi bien moralement que physiquement. Un peu cynique, aussi espiègle qu'extravagant mais néanmoins capable d'une froideur terrible et d'une détermination qui pouvait confiner à l'insupportable.

Quand Tripp Galloway s'était mis quelque chose — ou quelqu'un — en tête, rien ne pouvait le faire changer de direction.

Un roc. Inébranlable.

Cela dit, elle pouvait être têtue, elle aussi, quand elle le voulait. Et il le savait.

En outre, elle était chez elle, et elle ne l'avait pas invité à boire son café, à utiliser ses serviettes et encore moins à remettre en question les fondements de son existence.

En résumé, il était temps pour elle de se reprendre et d'oublier son émoi, sans quoi elle serait perdue.

Aussi croisa-t-elle les bras avant de se caler confortablement contre le dossier de sa chaise, le regard interrogateur, dans l'attente évidente d'une explication. Si Tripp ne savait vraiment pas ce qu'il était venu faire chez elle, il avait intérêt à trouver une réponse plausible. Vite et seul. Parce qu'elle ne l'aiderait pas.

Il s'agita sur sa chaise, se mit à toussoter, puis ouvrit la bouche… sans qu'aucun son n'en sorte.

Hadleigh ne broncha pas.

Elle connaissait Tripp mieux que personne. Il était incapable de renoncer à son objectif. C'était au-dessus de ses forces. Aussi ne fut-elle pas surprise de le voir prendre son élan pour dire, d'une voix enrouée, presque blanche :

— Je pense qu'il est temps que nous oubliions le passé, tout simplement. Ton frère était mon meilleur ami, je te connais depuis que tu es haute comme ça…

Il s'interrompit pour lever une main à la hauteur de la table, prit une longue inspiration et, le cou s'empourprant légèrement, continua à s'expliquer.

Il était à la fois grave et sincère, cherchant ses mots, avançant à tâtons. Donc, il n'avait pas préparé cette entrevue. Ou alors, il jouait bien la comédie.

— On ne peut pas continuer comme ça, Hadleigh. A s'ignorer, à s'éviter comme si… comme si nous étions ennemis.

— Nous *sommes* ennemis, lui rappela-t-elle d'une voix douce.

Il lui jeta un regard noir, avant de secouer énergiquement la tête.

— Il n'y a aucune raison pour que nous le soyons, et tu le sais aussi bien que moi, décréta-t-il.

— Attends… Tu me demandes de te *pardonner*, là ? s'enquit-elle avec une désinvolture calculée.

Pas question. Elle n'avait aucune envie de lui faciliter la tâche. Ce n'était peut-être pas une attitude très adulte, mais après ce qu'il lui avait fait subir dix ans plus tôt, il pouvait bien encaisser ça. Chacun son tour ! Il ne l'avait pas volé !

Elle vit ses mâchoires se serrer, puis une lueur bleu acier

traverser son regard. Il se passa une main dans les cheveux, les ébouriffant encore davantage, et grimaça.

Il ne savait pas quoi répondre.

Bien fait pour lui !

Lorsqu'il fut un peu calmé, il reprit :

— Parce que tu voudrais que je m'excuse de t'avoir évité d'épouser cet enfoiré d'Oakley Smyth ? Tu peux attendre longtemps, je te le dis tout de suite.

Hadleigh écarquilla les yeux. Il avait osé agiter un index rageur devant elle en parlant ! Dommage qu'il n'ait pas été un peu plus près, car elle... elle l'aurait mordu !

— Si c'était à refaire, je n'hésiterais pas une seconde, ajouta-t-il, enfonçant le clou. Que ce soit bien clair entre nous.

C'en fut trop pour Hadleigh. Repoussant vivement sa chaise en arrière, elle se leva d'un bond. Comme dans un mauvais western, elle aurait sûrement renversé la table et envoyé valser les tasses sur le carrelage si elle n'avait pas pensé au labrador, toujours couché aux pieds de son maître. Il lui semblait inutile de faire une telle frayeur à cette pauvre bête qui n'avait rien fait.

Super ! Voilà qu'elle se mettait à culpabiliser, par-dessus le marché !

— Tu es vraiment gonflé, lança-t-elle, s'efforçant de ne pas trop élever la voix. Comment oses-tu ?

Tripp se leva à son tour, avec un tel calme qu'elle regretta sa réaction. Elle aurait dû se taire.

— J'ai fait ce que j'avais à faire, répondit-il d'un ton égal. Il est hors de question que je m'en excuse. Ni aujourd'hui, ni demain, ni... jamais.

Hadleigh dut se faire violence pour ne pas se mettre à hurler et ne pas se jeter sur lui, toutes griffes dehors.

— Je crois qu'il est temps que tu t'en ailles, déclara-t-elle simplement.

Elle ne reconnut pas sa voix. C'était celle d'une autre. Celle d'une femme... éperdument amoureuse de Tripp Galloway, depuis l'adolescence.

Il lui faisait face à présent et l'examinait attentivement.

Elle sentit son cœur battre un peu plus vite — elle savait qu'il était capable de lire en elle comme dans un livre ouvert…

— Les choses ne sont pas réglées entre nous, Hadleigh. Loin de là. On n'en restera pas là, toi et moi.

Le temps sembla se figer.

Tripp était si près d'elle à présent qu'elle sentit ses lèvres la picoter. L'espace d'un instant à la fois horrible et sublime, elle crut qu'il allait l'embrasser…

Ou, plus exactement, elle *eut envie* qu'il l'embrasse.

Au lieu de quoi, à son grand soulagement — ou à sa grande déception —, il recula d'un pas, murmura quelque chose à son chien et quitta la cuisine.

Bon débarras !, se dit-elle, l'entendant traverser la salle à manger et longer le couloir.

Le labrador le suivit, bien sûr. Toutefois, il se tourna une dernière fois pour la regarder d'un air résigné. L'instant d'après, il avait disparu, lui aussi.

Elle ne bougea pas d'un pouce jusqu'à ce que Tripp ait refermé la porte, d'un geste aussi ferme que décidé, à en juger par le bruit.

Elle aurait dû être ravie qu'il soit parti, puisqu'elle n'avait eu aucune envie de l'accueillir sous son toit.

Alors pourquoi ne l'était-elle pas ? Pourquoi était-elle forcée de poser un doigt sur ses lèvres pour les empêcher de trembler ?

Elle resta là un long moment, comme enracinée au carrelage de la cuisine, submergée par des émotions contradictoires. Une fureur noire, mêlée à une excitation des plus étranges. Une certaine peur assortie d'une bonne dose de soulagement. Une joie obscure alliée à un immense chagrin.

La confusion la plus totale, en somme.

D'un autre côté, ses sentiments envers Tripp Galloway avaient toujours été contradictoires, non ?

Une fois dans le luxueux pick-up gris métallisé qu'il avait acheté à Seattle dans un moment de nostalgie pour ses montagnes natales, Tripp fit rugir le moteur pour le simple plaisir… de l'entendre rugir — ce qu'il aurait bien aimé faire !

La pluie tombait moins dru et, déjà, le soleil tentait une percée à travers les nuages. Malgré son agitation, il fut vaguement réconforté par cette éclaircie.

Ridley, assis sur le siège du passager, le dévisageait attentivement, la tête penchée sur le côté, comme s'il attendait une explication.

Tripp jeta un dernier regard à la maison de Hadleigh, passa en marche avant et déclara :

— J'ai comme l'impression qu'il va me falloir du temps pour retrouver les faveurs de la dame, vieux. Remarque, ce n'est pas plus mal, ajouta-t-il avec un petit rire. J'ai toujours aimé les défis !

Un sourire carnassier aux lèvres, il jeta un coup d'œil dans le rétroviseur avant de démarrer en trombe, ses pneus arrière faisant gicler une flaque d'eau boueuse sur la chaussée.

Le temps qu'il sorte de Mustang Creek, il ne pleuvait plus du tout, et la petite ville, lavée de sa poussière, brillait de mille feux. Les nuages avaient fini par disparaître, et le soleil projetait ses rayons à travers les feuilles rouge et or des arbres, jusque sur les pâturages qui bordaient la route, en un spectacle technicolor surréaliste.

Tripp roulait en sifflotant, redécouvrant une route qu'il connaissait pourtant bien pour l'avoir empruntée des milliers de fois.

De part et d'autre de la voie, le bétail — des black angus et des herefords pour la plupart — paissait dans des pâturages couchés par le vent et encore luisants de pluie. Des chevaux de toutes races faisaient de même. Un peu plus loin, des troupeaux entiers de bisons à l'air faussement débonnaire longeaient de solides clôtures de bois.

Le ciel, percé à l'horizon par les pics aux contours déchiquetés du Grand Teton, était d'un bleu à attendrir l'homme le plus endurci.

Tripp sentit son cœur se gonfler d'amour.

Le Wyoming… Sa terre natale…

Il avait nourri quelques doutes, quant au bien-fondé de ce retour définitif au pays, et on ne pouvait pas dire que l'accueil de Hadleigh ait été encourageant. Mais à présent qu'il pouvait s'imprégner de ce paysage aussi rugueux que majestueux, il était sûr d'avoir pris la bonne décision.

Quoi que l'avenir lui réserve, sa place était ici.

C'était ici, et non dans la grande ville, qu'il se sentait le plus en harmonie avec lui-même. Ici qu'il était vraiment libre.

Plus il se rapprochait de sa destination finale, plus il en était convaincu.

La propriété, banalement nommée « Ranch Galloway », était une étendue de deux cents hectares nichés dans une vallée entourée de montagnes. Elles pouvaient bien héberger une personne supplémentaire, ces étendues plates et vertes qui surgissaient de nulle part au détour d'un virage ou au sommet d'une colline, non ? Ce n'était pas l'espace qui manquait, dans cette partie du monde !

La vieille boîte aux lettres, toute rouillée mais encore solide et sur laquelle figurait le patronyme familial, était plantée à l'entrée de l'allée. Et comme toujours, elle penchait légèrement sur la gauche.

— Attache ta ceinture, mon gars, dit Tripp à son chien. Nous entrons dans une zone de turbulences. Ça va secouer, je peux te le dire.

L'allée, si on pouvait appeler ainsi ce chemin de terre amélioré, était bordée par endroits d'immenses peupliers, plantés des années auparavant pour protéger la propriété des vents parfois violents, dans la région. Ensuite, toujours aussi cahoteuse, elle s'étirait sur près de deux kilomètres, serpentant parmi les rochers. Un peu plus loin, elle longeait une pineraie, traversait le ruisseau à deux reprises et plongeait dans des ravines, pour finalement remonter vers les bâtisses diverses.

Ridley ne paraissait pas trop affecté par les secousses. Il observait avec intérêt toute cette verdure qui s'étirait devant lui. De temps à autre, voyant un lapin ou une volée de cailles traverser le chemin, il était littéralement parcouru d'un frémissement d'excitation.

Bientôt, Tripp aperçut l'écurie, immense, dont la façade délavée avait été rouge vif autrefois, puis la maison en bardeaux, avec son large porche et son toit en shingle gris.

La porte s'ouvrit, et son beau-père apparut sur le perron. Un peu moins grand que la dernière fois que Tripp l'avait vu. Beaucoup plus maigre aussi, et un peu voûté. Ses cheveux, bien que toujours épais, étaient presque entièrement blancs à présent.

Un large sourire illumina son visage buriné. Cependant, au lieu de se précipiter pour aller à sa rencontre comme il l'avait toujours fait, il s'appuya sur l'un des piliers du porche et leva une main tremblotante en signe de bienvenue.

Tripp sentit son cœur se serrer à la vue du seul père qu'il ait jamais eu, de l'homme qui, en plus d'élever l'enfant d'un autre comme s'il avait été le sien, avait aimé sa mère avec cette dévotion constante et discrète que la plupart des femmes ne voyaient que dans les livres ou au cinéma.

Sans être vraiment riche, Jim Galloway était à l'abri du besoin. Il avait travaillé dur et longtemps — son bétail et ses chevaux avaient compté parmi les meilleurs du comté de Bliss —, et il avait largement pourvu aux besoins de sa famille. Aux beaux jours, il avait toujours pris le temps d'emmener Tripp camper ou pêcher. Il lui avait appris à monter à cheval, à manier le lasso, à se servir d'un fusil et à conduire un tracteur.

Durant les assauts particulièrement rudes de l'hiver, quand la terre battue par les vents disparaissait sous des congères si hautes que les clôtures ne formaient plus qu'une ligne grise enfouie sous une blancheur éblouissante, Jim n'avait jamais rechigné à s'arracher à la douce chaleur de son lit pour descendre au sous-sol rallumer la vieille chaudière. Quand il en avait terminé, il remontait dans la cuisine où il préparait le café et allumait le vieux poêle.

Il avait toujours réussi à faire démarrer le pick-up, aussi basse que soit la température. Le tout avec bonne humeur, même quand la neige accrochée au rebord de son chapeau lui dégoulinait dans le cou et dans le dos, si glaciale qu'elle ne pouvait que lui brûler la peau.

Enfin, là où certains hommes se contentaient de parler, Jim Galloway, en plus d'affronter dignement le quotidien, faisait face à l'adversité… en silence. Un être rare, en résumé, doté de qualités tout aussi rares.

C'est pourquoi, en le voyant si fragile, derrière le pare-brise de son pick-up de luxe, Tripp dut déglutir à plusieurs reprises pour ne pas se ridiculiser. Une fois qu'il se fut ressaisi, il coupa le contact et sortit. Ridley n'attendit pas qu'il vienne lui ouvrir ; il bondit sur le siège de cuir de son maître et descendit à son tour du pick-up. Heureux d'être enfin sur la terre ferme, il se mit à gambader joyeusement en agitant la queue dans tous les sens.

Jim s'esclaffa en voyant les clowneries du jeune chien, mais lorsqu'il releva les yeux vers Tripp, son expression se fit solennelle. Il bougea à peine, passant vaguement d'un pied sur l'autre, une épaule toujours appuyée contre le pilier. Il semblait s'y raccrocher, un peu comme s'il n'était pas certain de pouvoir tenir debout tout seul.

Une certitude sombre s'empara de Tripp tandis qu'il s'approchait. Lors de leur conversation téléphonique de l'avant-veille, Jim avait reconnu, du bout des lèvres, qu'il avait besoin d'aide. A présent, Tripp voyait bien qu'il avait eu raison de s'inquiéter. Il se passait quelque chose de grave.

De très grave, même. Et il allait rapidement savoir quoi.

Un sourire forcé aux lèvres, il monta les trois marches du perron et, comme à l'accoutumée, tendit la main à son beau-père. Au lieu de la prendre, Jim lui passa un bras autour des épaules et l'étreignit un long moment avant de trouver le courage de sourire à son tour. Ses yeux d'un bleu délavé étaient humides quand il prit un peu de recul pour dire :

— Attends un peu, que je te regarde, mon garçon.

C'en fut trop pour le garçon en question. Incapable de garder un sourire qui n'était sans doute plus qu'une grimace, Tripp abandonna la partie.

— Qu'est-ce qu'il t'arrive, p'pa ? demanda-t-il calmement. Et inutile de me la jouer à la John Wayne ou de me répéter que tu es un taiseux. Je veux savoir ce qu'il se passe.

Jim poussa un gros soupir, se détacha tant bien que mal du poteau et resserra brièvement son emprise sur l'épaule de Tripp.

— Tu as le droit de savoir, dit-il au terme d'une longue hésitation.

Il désigna la porte ouverte d'une main mal assurée.

— Seulement on est en train de laisser entrer les mouches, là. Sans compter que je préférerais nettement qu'on ait cette conversation à l'intérieur, devant un bon café, si tu n'y vois pas d'inconvénient.

Pour toute réponse, Tripp hocha la tête. Il était disposé à attendre encore quelques minutes, pas plus. Se retenant de prendre le bras de son beau-père pour l'aider à rentrer, il siffla Ridley qui l'ignora royalement, occupé comme il l'était à explorer l'un des parterres de fleurs.

— Laisse-le vivre, ce pauvre cabot, lui conseilla Jim d'une voix à peine audible. Il a bien le droit de respirer le grand air et de se dégourdir les pattes, tu ne crois pas ?

Tripp hésita un instant, sans pour autant quitter son beau-père des yeux tant il craignait qu'il ne tombe.

— Et s'il s'enfuit ?

Jim continua à avancer précautionneusement et lui répondit sans tourner la tête :

— Ne t'en fais pas pour lui, tout ira bien. On n'est pas à Seattle, ici, mon garçon. Si ton chien s'éloigne, il retrouvera son chemin, fais-moi confiance. Et puis, on ne peut pas dire qu'il y ait beaucoup de circulation, dans le coin. Il ne risque pas de se faire renverser par un camion-poubelle ou par un de vos foutus taxis, ici au moins !

Bien qu'il ait déjà deviné que ce qu'il allait entendre lui briserait le cœur, Tripp éclata de rire.

— Pas tout à fait d'accord, chef, répliqua-t-il. Il n'y a aucun danger, dans le coin… à l'exception des loups, des coyotes, des serpents à sonnette et des grizzlys.

— On voit que ça fait un bout de temps que tu n'as pas mis les pieds dans la gadoue, toi, lui fit remarquer son beau-père d'un ton un peu sec. Toutes ces années à Seattle, entre le béton et l'asphalte, ça ne t'a pas arrangé les méninges. Depuis quand tu te fais de la bile, comme ça ?

Tripp sourit. Aux yeux de son beau-père, toute agglomération de plus de dix mille habitants était néfaste à l'individu. Il ne tenta pas de plaider la cause de Seattle pour autant. De toute manière, Jim ne se laisserait pas convaincre ; il soupirerait et marmonnerait quelque chose sur « ces maudits citadins ».

Aussi Tripp passa-t-il à l'étape suivante.

— Peu importe. L'essentiel, c'est que je suis revenu pour de bon, cette fois-ci.

Jim s'immobilisa dans le couloir, s'accrocha au chambranle de la porte et grommela avec bonhomie :

— Et c'est pas trop tôt !

Sur ces mots, il redressa ses maigres épaules et se remit à marcher.

Avec effort.

Tant et si bien que Tripp fut infiniment soulagé de le voir arriver dans la cuisine, contourner la table et se laisser tomber sur une chaise.

— C'est moi qui vais le faire, ce café, déclara-t-il d'un ton léger. Je t'écoute, p'pa.

3

Jim mit un long moment à reprendre son souffle. D'une pâleur inquiétante sous son hâle permanent d'éleveur, il ferma les yeux comme pour rassembler ses forces. Lorsqu'il les rouvrit, ce fut pour regarder Tripp en un mélange de lassitude et de franchise.

— Pour faire court, j'ai été malade, lui confia-t-il enfin.

Tripp, qui était en train de remplir la carafe de la cafetière, se figea, la gorge prise dans un étau.

— Quel genre de maladie ? demanda-t-il lorsqu'il fut à peu près certain de pouvoir parler sans buter sur chaque mot.

Son père biologique, décédé des suites d'une banale opération de l'appendicite peu après sa naissance, n'était qu'une vague entité pour lui. Un visage inconnu sur des photos jaunies, quelques anecdotes rapportées par sa mère… Autant dire rien.

Son vrai père, c'était Jim Galloway.

— Je ne suis pas mourant, fiston. Alors inutile de rédiger ma nécro ou de te renseigner sur les formalités à remplir pour m'enterrer avec ta mère, dit-il, de sa voix grave et réfléchie. Si tout va bien, je suis encore là pour un bon bout de temps.

Tripp serra les dents.

— Si tout va bien ? répéta-t-il. Qu'est-ce que ça veut dire, ça, « si tout va bien » ?

Jim leva vers lui un regard à mi-chemin entre la compassion et l'amusement le plus total.

— On meurt tous à un moment ou à un autre, lui rappela-t-il. Ça ne sert à rien de se mettre la rate au court-bouillon, quand on est confronté à l'inévitable.

Tripp prit appui sur le comptoir pour attendre que le café passe, feignant un calme qu'il était loin de ressentir.

— Et ça a commencé quand, exactement ? s'enquit-il d'une voix dont il força la légèreté.

Jim ne fut certainement pas dupe. Encore que ce soit difficile à dire, avec lui. Il avait toujours eu tendance à cacher son jeu. Il ne disait que le strict nécessaire et, à ses yeux, peu de choses méritaient d'être divulguées. Son credo ? « Pour vivre heureux, vivons cachés. » Il laissa passer quelques secondes avant de lui offrir un sourire sans joie, et encore quelques autres avant de répondre à sa question :

— Disons, un peu moins d'un an, depuis qu'on m'a mis au courant.

Aussi concise que soit l'information, il était manifeste qu'il ne la donnait qu'à contrecœur.

Sidéré qu'il ait pu garder cela pour lui aussi longtemps, Tripp ouvrit la bouche pour protester. Son beau-père l'en empêcha d'un geste de la main.

— Certaines choses sont… disons… personnelles, mon garçon.

La vieille cafetière, qui devait dater des années cinquante, se mit à tousser et à cracher, tel un volcan à deux doigts de l'éruption.

— *Personnelles ?* répéta Tripp, incrédule.

Jim détourna la tête. Le rouge commençait à lui monter au visage.

— Ne t'en fais pas pour moi, ça ira, marmonna-t-il, si bas que Tripp dut tendre l'oreille pour entendre ce qu'il disait. Et cesse de répéter chaque mot que je prononce, s'il te plaît. On dirait un perroquet, et tu sais que ça m'énerve.

Tripp s'éloigna du comptoir et de la cafetière en ébullition pour se laisser tomber sur une inconfortable chaise de bois.

— Bien sûr, tout s'explique à présent ! lança-t-il d'un ton railleur. Une maladie potentiellement mortelle et dont tu n'es probablement pas guéri, tout ça, c'est d'ordre *stric-*

tement personnel. Pourquoi n'as-tu pas commencé par là ? Ça aurait été plus simple !

Jim le foudroya du regard.

— Change de ton, si tu veux bien, grommela-t-il. Le pire est derrière moi. J'ai suivi les conseils des médecins à la lettre, de sorte que je suis sur la voie de la guérison. Je me fatigue un peu plus vite qu'avant, c'est tout.

Tripp dévisagea celui qu'il considérait comme son père et tenta de s'imaginer ce qu'il avait pu endurer, seul, avec pour unique soutien son stoïcisme et son fichu amour-propre. En cet instant, il n'aurait su dire ce qui le tentait le plus : cogner dans un mur ou piquer une colère, comme le gamin de quatre ans qu'il avait été.

Au lieu de quoi, en homme bien élevé qu'il était devenu, il se contenta d'attendre la suite.

Entre-temps, le visage de Jim était passé du rouge à un cramoisi violacé du plus mauvais augure.

— Apparemment, le problème venait de ma prostate, annonça-t-il, visiblement à contrecœur.

On aurait dit qu'on lui avait arraché les mots, à entendre la rancœur qu'il y avait dans sa voix.

Tripp prit le temps de digérer la nouvelle.

— C'est pas trop tôt ! lança-t-il quand il fut sûr d'être assez calme. Il était temps que tu craches le morceau ! J'aurais eu moins de mal à tirer un troupeau de mules enfoncées dans la boue qu'à t'arracher des explications ! Je…

Il n'acheva pas sa phrase. Pour la deuxième fois en moins d'une demi-heure, il avait la gorge aussi nouée que s'il venait de tomber de cheval et d'atterrir sur la terre dure, la pomme d'Adam en premier, pour faire bonne mesure.

Il savait pertinemment que son beau-père n'avait pas fait exprès d'être malade. D'un autre côté cependant, il avait le sentiment de se retrouver au pied du mur après avoir été tenu à l'écart. Toutes ces émotions combinées agissaient comme un venin qui l'empoisonnait, lentement mais sûrement.

Il était déjà passé par là à deux reprises. La première après la mort brutale de sa mère, la deuxième quand il avait vu, impuissant, agoniser son meilleur ami. Il avait eu si froid, ce jour-là, malgré la chaleur étouffante qui régnait dans ce lointain hôpital de fortune…

Une fois n'étant pas coutume, ce fut Jim qui réamorça la conversation.

— Le café est prêt, déclara-t-il avec une affabilité parfaitement déplacée.

Comme s'ils venaient de discuter de choses banales, la moisson de l'année ou l'actualité politique locale, par exemple…

— Je me fiche du café, rétorqua Tripp.

Il prit une longue inspiration et se renversa sur le dossier de sa chaise.

— Bon sang, papa, depuis quand tu fais ta chochotte, comme ça ? Tu es devenu trop prude pour prononcer le mot « prostate » ?

Fidèle à lui-même, Jim garda le silence. Seulement Tripp était aussi têtu que lui, et il n'avait aucune intention d'abandonner la partie.

— Je savais que tu en avais une, figure-toi, reprit-il. Et tu veux que je te dise ? Moi aussi, j'en ai une, de prostate. Prends des notes. C'est un scoop.

Jim restant Jim, il ne fit aucun commentaire — d'autant que la remarque était gratuite. Il semblait osciller entre la tristesse et l'exaspération la plus totale. Au bout d'un moment, il passa une main noueuse dans ses cheveux et se décida enfin à fournir un semblant d'explication.

— Je ne pensais pas mettre aussi longtemps à me retaper, voilà tout. Je n'en aurais jamais parlé à personne, de ma maladie, je veux dire, si j'avais pu continuer à tenir le ranch tout seul.

Ses yeux délavés se mirent à briller d'une lueur suspecte. L'instant d'après, Tripp vit sa pomme d'Adam monter et redescendre péniblement dans son cou décharné.

— Seulement il se trouve que je n'en ai pas été capable, poursuivit-il. Il s'est passé trop de choses, trop vite.

De nouveau, il s'interrompit. Son visage s'enflamma, cette fois en un mélange de défi et de colère.

— Pour le reste, j'ai toujours su que je m'en tirerais. Depuis le départ. Ce serait mentir que de prétendre que je ne suis pas passé par de sales moments, parce qu'il y a eu des jours, et surtout des nuits, franchement pénibles. Mais crois-moi, j'ai connu pire. Bien pire.

Nouvelle interruption, juste le temps de se ressaisir, cette fois-ci.

— A la mort de ta mère, notamment. Ellie était mon repère, mon étoile du berger, tu le sais, fiston.

Tripp éprouva un serrement de cœur familier, à l'évocation de la femme qui avait aussi été son guide, dans la vie. Après tant d'années, il lui arrivait encore de ne pas croire qu'elle soit partie, sa petite mère… Et comme il ne faisait toujours pas confiance à sa voix, il se contenta de froncer les sourcils.

Jim ne s'en tirerait pas comme ça, il tenait à ce que ce soit clair.

Le vieil homme toussota avec impatience.

— Que voulais-tu que je fasse, Tripp ? Tu peux me le dire ? Que je te demande de rentrer au bercail, toutes affaires cessantes, dès l'instant où j'ai appris la nouvelle ? Ça aurait servi à quoi ? A ce que nous nous lamentions ensemble sur mon triste sort ?

Pas attendri le moins du monde, et bien qu'il sache qu'il aurait sans doute réagi de la même manière, Tripp se releva pour verser le café dans une tasse ébréchée qu'il posa devant son beau-père d'un geste délibérément sec.

Il ne retourna pas s'asseoir.

Jim avala une gorgée du liquide brûlant, le dégusta pendant quelques secondes et murmura :

— Merci.

Là-dessus, il continua à siroter son café sans se presser. Il ne reprit la parole qu'au terme de quelques minutes interminables :

— D'accord. J'aurais peut-être dû te mettre au courant un peu plus tôt.

Tripp, posté devant la fenêtre, le dos tourné à son beau-père, regardait son chien s'ébrouer dans le jardin.

— *Peut-être ?* lança-t-il, moqueur.

Le café, serré et sans lait, comme Jim l'aimait, avait dû lui redonner des forces, car lorsqu'il reprit la parole, le vieux cow-boy était presque redevenu lui-même.

— En même temps, je commence à penser que j'ai bien fait de tenir ma langue, en fin de compte. Je savais que tu te mettrais dans tous tes états, une fois que tu serais au courant. Quels que soient le moment ou la manière dont tu l'apprendrais.

Tripp se retourna lentement.

— Comment voulais-tu que je réagisse ? Je n'ai qu'un père, et c'est toi.

Il était un peu apaisé à présent. Ou tout simplement las.

La journée avait été longue. D'abord l'accueil glacial de Hadleigh et maintenant Jim…

— D'accord, p'pa. Tu as raison. J'aurais perdu les pédales. Du moins au début, parce que ensuite je serais venu m'occuper du ranch, de façon que tu puisses veiller à ta santé sans te soucier du reste.

Jim détourna la tête — sans nul doute pour dissimuler son émotion — et, après avoir réfléchi à ce qu'il venait d'entendre, laissa tomber d'une voix tranquille :

— Je pense que nous avons tous les deux raison.

Il cligna des yeux à deux ou trois reprises avant de lui faire face.

— Tu avais le droit de savoir, et moi, celui de me taire, mon garçon. Ce sont deux manières différentes d'appréhender les choses.

Nouvelle pause.

— Que dirais-tu, si je te proposais qu'on se rencontre à mi-chemin ?

Tripp déglutit péniblement et hocha la tête.

— Ça me paraît… raisonnable.

— Tant mieux, décréta Jim, manifestement soulagé.

Il se leva péniblement avant de conclure :

— Bien. Si tu veux bien aller nourrir les chevaux, moi je vais voir ce que je peux nous faire à dîner.

De guerre lasse, Tripp acquiesça. Le sujet était clos, manifestement. Du moins pour ce soir, parce qu'il n'avait pas l'intention d'en rester là.

Aussi, muré dans un silence maussade, alla-t-il chercher le blouson en toile de Jim à sa place habituelle, avant de l'enfiler d'un geste décidé.

Non, la question n'était pas réglée. Loin s'en fallait. Toutefois, avec un peu de chance et beaucoup de temps, Jim et lui cesseraient de camper sur leurs positions respectives et parviendraient à se comprendre.

Sauf que rien n'était certain, malheureusement. Tout pouvait arriver, d'un côté comme de l'autre. On était là, bien vivant, et l'instant d'après, on pouvait disparaître à jamais.

Du temps, songea-t-il. *Pourvu que nous ayons le temps...*

Il sortit, traversa le porche arrière et descendit les marches quelque peu branlantes qui menaient au jardin. Aussitôt, Ridley abandonna les parterres de fleurs pour trottiner vers lui et l'accompagner jusqu'à l'écurie.

La tâche qui les attendait faisait partie de la routine. Tripp aurait pu s'en acquitter les yeux fermés.

Manifestement intrigué par les énormes bestioles qui se tenaient dans les box, Ridley le regarda remplir les mangeoires de bon foin tout frais, s'assurer que les vieux abreuvoirs étaient remplis à ras bord, puis prendre le temps de saluer les six chevaux d'une tape sur la croupe et d'un mot gentil.

Sur le chemin du retour, Tripp leva les yeux pour regarder les premières étoiles dans le ciel.

La situation n'était peut-être pas désespérée, au fond. Avec un peu de chance, tout finirait par s'arranger...

Il y veillerait personnellement, en tout cas.

Jim guérirait. Davantage de repos, beaucoup moins de tracas, et bientôt tout serait oublié.

Regagner l'estime de Hadleigh serait plus difficile.

Cela constituerait même un défi.

Or, Tripp Galloway avait toujours adoré les défis.

*
* *

Melody fut la première à arriver, échevelée et tout essoufflée, bien qu'elle ne soit pas en retard. Elle avait boutonné le col de son superbe imperméable noir sans prendre le temps d'en libérer ses cheveux blonds, la bandoulière de son sac lui barrait la poitrine, et ce fut d'une main mal assurée qu'elle lui tendit le plateau de viande froide et de fromage qu'elle était passée acheter au supermarché.

— Toi, tu es déjà au courant ! lança-t-elle, après l'avoir observée pendant quelques secondes.

Hadleigh posa calmement le plateau sur le comptoir, puis hocha la tête. Elle n'avait aucune raison de faire mine de ne pas savoir de quoi lui parlait Melody.

— Oui. Tripp est à Mustang Creek, dit-elle d'un ton léger.

Intérieurement pourtant, elle se posait bien des questions. Tripp était-il toujours marié ? Avait-il des enfants ? Elle n'avait pas eu le courage de le lui demander, tout à l'heure, et à présent… Oui. Elle s'interrogeait.

Melody poussa un petit soupir de soulagement, se débarrassa de son sac et de son imperméable qu'elle posa sur le dossier d'une chaise avant de passer ses doigts fins dans ses cheveux pour les remettre en place sans cesser de l'observer.

— Et ? demanda-t-elle.

— Et il est passé me voir.

Bien qu'elle n'ait aucune raison de s'en réjouir, elle savait que Melody serait surprise, et elle n'était pas mécontente d'être la première à lui annoncer la nouvelle.

La réaction fut immédiate.

— *Ici ?*

Les yeux bleu-vert de Melody se mirent à briller d'une lueur à la fois ravie et inquiète.

— Tripp Galloway est venu ici ? Dans cette maison ? Quand ça ?

— Aujourd'hui même, répondit Hadleigh, s'emparant de l'imperméable de son amie pour aller l'accrocher au vieux portemanteau en laiton de sa grand-mère, dans le vestibule.

Melody la suivit, la mitraillant de questions auxquelles elle ne lui donnait pas le temps de répondre.

— Qu'est-ce qu'il voulait ? Qu'est-ce qu'il t'a dit ? Et toi, qu'est-ce que tu lui as dit ? Tu étais contente de le voir ou… je ne sais pas, moi… En colère ? Triste ? Choquée ? Oui. Ça a dû te faire un choc. Tu n'as pas fondu en larmes, au moins. Par pitié, Had, dis-moi que tu ne t'es pas mise à pleurer.

Hadleigh se tourna vers son amie, les poings sur les hanches et le sourire aux lèvres, en dépit de son indignation.

— Bien sûr que je n'ai pas pleuré, Mel ! Enfin, pour qui tu me prends ? Moi ? Verser des larmes pour Tripp Galloway ? Je voudrais bien voir ça !

Sauf que toutes deux savaient pertinemment qu'elle avait versé des torrents de larmes pendant des semaines, après le scandale qui avait fait capoter son mariage. Et que, contrairement à ce que l'on aurait pu croire, son chagrin n'avait rien eu à voir avec Oakley Smyth.

Ce qui l'avait anéantie, à l'époque, avait été d'apprendre que Tripp était marié…

Comment avait-elle pu l'ignorer ? Il avait bien dû en parler à son beau-père, à défaut d'avertir le reste de la communauté, non ?

Hélas, comme tant d'hommes de sa génération, Jim Galloway était du genre discret, surtout quand il s'agissait de choses qui, selon lui, ne regardaient que les principaux intéressés. En règle générale, il écoutait plus qu'il ne parlait. La vieille école, quoi !

En bonne amie qu'elle était toutefois, Melody s'abstint de lui rappeler cette époque, dorénavant lointaine.

— Qu'est-ce que tu as l'intention de faire ? demanda-t-elle, tapotant machinalement la tête de Muggles qui avait décidé de les accompagner dans la cuisine.

— Quelle drôle de question, fit remarquer Hadleigh, avant de partir d'un petit rire étranglé. Attends… Laisse-moi réfléchir. Que faire ? Oui, que faire ?

Elle s'immobilisa et fit claquer ses doigts.

— Je sais ! Je vais entrer au couvent. Ou dans la Légion

étrangère, s'ils se sont mis au goût du jour et acceptent les femmes. Au cas où cela ne marcherait pas, je peux toujours prendre la mer. C'est dangereux, mais il paraît que la marine marchande paye plutôt bien.

Melody éclata de rire, sans se départir de la lueur pensive qui brillait dans ses yeux.

— Arrête, Had. Je suis sérieuse, là. Le retour de Tripp va peut-être nous obliger à revoir les termes de notre pacte. A tout recommencer à zéro !

Hadleigh cherchait quoi répondre quand Bex Stuart posa le front contre la vitre de la porte de la cuisine, frappa doucement et entra.

Il y avait quelque chose de dansant dans sa démarche. De primesautier…

— Vous savez quoi, les filles ? demanda-t-elle sans préambule.

Elle était surexcitée. A bout de souffle, elle aussi.

— Tripp Galloway est de retour ! lui répondirent ses amies à l'unisson.

Un peu déçue de ne pas avoir créé la surprise, Bex déposa son sac à main et son gâteau sur le comptoir, puis retira son ciré.

Aussitôt, Hadleigh le lui prit des mains et retourna dans le vestibule, cette fois suivie, en plus de Melody et de Muggles, par Bex qui l'abreuva de questions — les mêmes, à peu de chose près, que celles de Melody !

C'en était presque comique.

— Vous voulez bien vous calmer, toutes autant que vous êtes ? demanda-t-elle à ses amies, ainsi qu'à Muggles qui trépignait, sans doute gagnée par toute cette agitation.

— Je n'ai rien réussi à en tirer, confia Melody à Bex, comme si Hadleigh était hors de portée de voix.

Les yeux changeants de Bex, tantôt verts, tantôt gris, s'écarquillèrent encore davantage.

— Et tu ne sais pas tout, poursuivit Melody, continuant à ignorer Hadleigh. Figure-toi qu'il est venu ici.

— Qui ? Tripp ? Wouah ! s'exclama Bex. Et le plafond ne s'est pas écroulé ?

— Encore une fois, on se calme, les filles, intervint Hadleigh.

Autant parler à un mur.

Melody et Bex lui prirent chacune un bras pour la ramener dans la cuisine d'un pas ferme. Elles allèrent même jusqu'à la faire asseoir. A les voir, on aurait pensé qu'elle venait d'échapper à une mort certaine et tentait de se remettre du choc.

Muggles suivit le mouvement en agitant gaiement la queue, visiblement fascinée par tous ces déplacements. *Décidément, ces êtres humains sont des créatures bizarres*, semblait-elle penser. *A peine arrivés dans un endroit, ils lèvent le camp pour aller ailleurs.*

Sans dire un mot, telles deux comédiennes jouant une scène mille fois répétée, Bex et Melody passèrent à l'action.

Bex fit glisser un escabeau devant le réfrigérateur et monta dessus pour ouvrir le placard. Après avoir écarté une boîte à biscuits, elle en tira une bouteille de whisky passablement poussiéreuse. La dernière fois qu'elle avait servi remontait à Noël, et elle était toujours aux trois quarts pleine.

Pendant ce temps-là, Melody sortit trois verres un peu grossiers d'un autre placard, les porta jusqu'à l'évier pour les rincer, puis les sécha soigneusement, un à un, avec un torchon brodé.

Tout cela dans un silence religieux.

Hadleigh les regarda faire avec perplexité. La scène lui rappelait les séries télévisées dont sa grand-mère se rassasiait. Gestes parfaitement réglés, objets bien à leur place. Ne manquait plus que le metteur en scène pour orchestrer le tout.

Comme pour la conforter dans sa pensée, Melody versa une double dose dans chacun des verres, en tendit un à Bex, l'autre, un peu plus cérémonieusement, à Hadleigh, et leva le sien pour proposer un toast.

Et soudain, Hadleigh se souvint de la provenance de ces verres. Ils étaient offerts par le supermarché du coin, au bout d'un certain nombre d'achats, et sa grand-mère les avait réclamés un à un, jusqu'à ce qu'elle en possède huit. Cela ne lui ressemblait guère, vu qu'elle ne buvait pas. Intriguée, Hadleigh avait fini par lui demander pourquoi elle avait tant tenu à avoir des verres dont elle ne se servait jamais. La réponse l'avait laissée pantoise. « Parce que j'aime bien la manière dont ils attrapent la lumière du soleil. Ils renvoient une brillance toute particulière qui te réchauffe le cœur, les jours de tristesse. »

C'est toi qui me réchauffais le cœur quand j'étais triste, mamie, songea soudain Hadleigh. *Avec ton amour et avec ce sourire magique qui n'appartenait qu'à toi.*

— Hum, hum, fit bruyamment Melody pour attirer son attention. A notre pacte de mariage !

— A notre pacte de mariage, renchérit Bex avec une conviction moindre.

Hadleigh, elle, se contenta de hocher la tête avant de tremper précautionneusement ses lèvres dans le verre.

Le whisky commença par lui brûler la gorge, puis l'œsophage. Un véritable supplice.

Bex, qui n'était jamais en reste, surmonta une réticence manifeste et vida son verre d'un trait. L'instant d'après, elle toussait et crachait comme une damnée. Un sourire narquois aux lèvres, Melody lui tapa dans le dos une bonne demi-douzaine de fois.

Aussitôt remise, Bex s'insurgea.

— Bon sang, Mel ! Tu ne peux pas être un peu moins brute ? Tu as failli me casser une côte !

— Désolée, répondit Melody avec un grand sourire.

— Sans compter, poursuivit Bex, que ce n'est pas bien malin de boire l'estomac vide. Si nous voulons élaborer un plan qui tienne la route, la moindre des choses est que nous soyons sobres.

— Tout à fait d'accord, renchérit Hadleigh, reposant son verre sur la table en un geste résolu.

Elle s'avança vers le réfrigérateur pour en sortir la salade de pâtes qu'elle avait préparée… il y a une éternité. Avant.

Avant que le vieil Earl ne soit transporté d'urgence à l'hôpital, avant qu'elle n'hérite officiellement d'une chienne, et avant que Tripp n'apparaisse comme par enchantement devant chez elle, sans prévenir, en plein milieu de l'après-midi.

Pas étonnant qu'elle n'ait pas eu le cœur à faire le gâteau qu'elle avait prévu de servir comme dessert…

Le repas fut simple, délicieux et, de son point de vue, trop vite terminé. Il n'y avait quasiment pas de vaisselle à faire, trois assiettes et quelques couverts que Melody s'empressa de mettre au lave-vaisselle, pendant que Bex essuyait la toile cirée et que Hadleigh remplissait les gamelles de Muggles.

Ensuite, les trois amies n'eurent plus qu'à s'asseoir autour de la table. Elle aurait lieu, cette rencontre au sommet, finalement. Comme tous les mois depuis…

Depuis des années.

— Comme je suis prête à parier que tu n'as pas pu te résoudre à lui demander s'il était toujours marié, j'espère que tu as regardé s'il portait une alliance, lui demanda négligemment Melody.

Hadleigh ne répondit pas. A dire vrai, elle avait été trop paniquée pour penser à ce détail. Ou à n'importe quel autre, d'ailleurs.

Comme le silence durait, Melody poussa un soupir éloquent et répondit à sa place :

— Non. Bien sûr. J'aurais dû m'en douter. Si cela peut te consoler, c'est le grand mystère, en ville. Personne n'a l'air de savoir grand-chose sur la vie sentimentale de Tripp Galloway.

C'était le moins qu'on puisse dire, car l'annonce de son mariage avait pris tout le monde de court, à Mustang Creek. C'était pourtant le genre de nouvelle qui se répandait comme une traînée de poudre, dans la région, même, ou plutôt *surtout*, quand elle était censée rester secrète. Pourtant, Tripp avait réussi à cacher ce détail à ses concitoyens. Un exploit en soi.

Jusqu'au jour où il avait, tant bien que mal, annoncé la chose à Hadleigh, au Bad Billy's Burger Palace…

— Je… je n'y ai pas pensé, marmonna-t-elle, revenant à la réalité du moment.

Bien qu'elle se soit juré de ne pas se laisser émouvoir par Tripp, elle était aussi déstabilisée que quelques heures auparavant.

Tout était affaire de volonté, néanmoins. En l'occurrence, elle n'avait qu'à bloquer ses souvenirs. On ne sait jamais, des fois qu'elle pourrait oublier…

— Tu ne lui as même pas demandé pourquoi il est revenu ? intervint Bex.

— Il est né à Mustang Creek, je te rappelle. Tout comme nous, rétorqua-t-elle. Et à ma connaissance, il n'a aucun compte à nous rendre. Du moins pas à moi.

Melody retourna s'asseoir et la considéra d'un air pensif.

— Arrête ton numéro, Hadleigh, lança-t-elle au bout d'un moment. C'est nous que tu as en face de toi. *Nous*, tes meilleures amies. Nous voyons tout, et nous connaissons toute l'histoire. En clair, nous savons toutes les deux que tu es amoureuse de Tripp Galloway depuis toujours.

— Ce n'est pas vrai ! protesta-t-elle, sans grande conviction.

Bon, d'accord, elle avait eu le béguin pour Tripp, à une époque. Oui, elle lui avait collé aux basques dès le jour où Will était rentré de l'école avec lui pour le présenter à leur grand-mère. Et… oui, elle ne pouvait pas le nier, il lui était arrivé de verser quelques larmes à cause de lui.

Cela ne signifiait pas pour autant qu'elle avait été ou était encore amoureuse de lui !

Tripp était une des dernières personnes à la relier à Will, rien de plus. Son unique lien avec le frère qu'elle avait adoré. A l'exception de sa grand-mère, personne n'avait aussi bien connu Will que lui. Et, du moins au début, il avait tenu à partager ses souvenirs avec elle — et cela lui avait fait tellement de bien.

Oui, elle avait considéré Tripp comme un ami, presque comme un grand frère de substitution. En fait, elle lui aurait certainement pardonné d'avoir transformé en farce ce qui aurait dû être le plus beau jour de sa vie, s'il avait eu l'élégance de lui annoncer *avant* qu'il avait une épouse, là-bas, en Californie. Parce que là, elle s'était vraiment sentie trahie.

Et qu'elle ne s'en était toujours pas remise.

— Pour être tout à fait franche, reprit Melody, lui rappelant l'ordre du jour, nous nous demandons, Bex et moi, où tu te situes, dorénavant, par rapport à notre pacte.

Ah, oui. Le fameux pacte de mariage…

Environ un an après son mariage avorté avec Oakley, elles étaient toutes les trois allées déguster le fameux chili de poulet et les nachos au fromage de Bad Billy's.

Et ce soir-là, elles avaient pris une grande décision.

N'ayant aucun mariage viable en vue, il leur avait semblé qu'elles étaient vouées au rôle de demoiselle d'honneur plutôt qu'à celui de mariée. Or elles étaient lasses d'attendre que leur vie commence enfin, lasses de jouer les seconds rôles. Elles avaient assisté aux enterrements de vie de jeune fille et aux noces des autres, toujours dans l'ombre et sans jamais se départir de leur sourire.

Ça suffisait comme ça.

Non qu'elles soient vraiment en reste, loin de là. Toutes trois avaient fait des études. Toutes trois avaient eu un plan de carrière et toutes trois étaient arrivées à leurs fins, chacune à leur manière.

Mais au fond d'elles-mêmes, elles savaient qu'il leur manquait quelque chose.

Elles voulaient un mari, un foyer, des enfants. Quel mal y avait-il à cela ?

Elles avaient suffisamment fréquenté de gamins qui se prenaient pour des adultes. Ce qu'elles attendaient, elles, c'étaient des hommes. Des vrais !

D'où leur pacte.

Là, sur les serviettes en papier ornées d'un diable — le logo, reconnaissable entre tous, du Bad Billy's —, elles s'étaient juré de se soutenir mutuellement dans la recherche de l'homme idéal. De se rencontrer au moins une fois par mois, tant qu'elles vivraient toutes dans un rayon de soixante-dix kilomètres. Si, pour une raison quelconque, elles devaient s'exiler, elles organiseraient des vidéoconférences. C'était la seule manière de rester concentrées sur leur objectif principal : mener une vie qui vaille vraiment d'être vécue, plutôt que de se caser par défaut, pour ne pas finir seule.

Elles voulaient l'amour avec un grand A ou rien.

Et jusqu'à présent, cela avait été… rien.

Toutefois, en dignes filles du Wyoming, elles avaient tenu bon. Bien sûr, il était arrivé que certaines de leurs rencontres mensuelles se terminent en shopping entre filles, en soirées échevelées dans un bar ou en cocooning cinéma chez l'une ou chez l'autre. Et alors ? Tout plan avait ses failles, non ?

D'autant qu'il y avait aussi eu les autres fois, celles où, après avoir trop regardé Oprah Winfrey à la télévision, elles avaient redoublé d'efforts, allant jusqu'à allumer des bougies, tandis qu'elles affinaient leurs intentions — donnant dans le New Age, en quelque sorte. Elles avaient même fabriqué des « collages du futur » à partir de photos découpées dans des magazines, puis assemblées en poster. Des églises faites pour célébrer les mariages les plus somptueux, de beaux hommes en smoking, des maisons spacieuses, des ribambelles de bambins rayonnants, pleins de santé et, pour parfaire le tout, un ou deux animaux de compagnie. Leurs créations, collées sur la porte de leurs penderies, leur sautaient aux yeux chaque jour, leur rappelant l'essentiel.

Pendant ce temps-là, leurs amis des deux sexes continuaient à se marier et à les inviter à être demoiselle d'honneur ou témoin…

Le temps passant, les posters avaient fané et, vaguement penaudes, les trois jeunes femmes avaient fini par en faire un feu de joie dans le jardin de Hadleigh.

Un peu découragées mais toujours aussi décidées, elles s'étaient inscrites sur un site de rencontres, celui qui comptait le plus grand nombre de mariages à son actif. Malheureusement, malgré leur enthousiasme du début, leurs espoirs avaient vite été déçus, là encore. Les hommes a priori compatibles se révélaient souvent être ceux avec qui elles avaient grandi, ici même, à Mustang Creek, et les raisons pour lesquelles elles ne les avaient jamais fréquentés n'étaient que trop évidentes. Quant aux autres, ceux qui vivaient plus loin, soit ils étaient déjà mariés — leurs messages étant plus que suspects —, soit ils étaient dans une mouise si totale qu'ils demandaient d'emblée un prêt, soit ils cherchaient principalement à coucher.

Des losers, tous autant qu'ils étaient.

Cela n'avait pas empêché les Trois Mousquetaires de s'accrocher. Quand elles étaient à l'université, elles avaient assisté à toutes les soirées, qu'elles en aient envie ou non. Elles avaient participé à des *blind dates* avec les frères, cousins et ex de diverses copines ou vagues connaissances, comme conseillé dans le livre *Trouvez l'homme de vos rêves*, qu'elles avaient dévoré et commenté pendant des heures.

Le bilan, bien que sombre, n'était pas complètement négatif : à défaut de mieux, c'était toujours avec humour et une bonne dose de fous rires qu'elles se remémoraient les étapes de leur quête.

Plus encore, là où bien d'autres, moins têtues qu'elles, auraient baissé les bras et se seraient résignées à rester célibataires, elles, elles avaient continué à s'acharner.

Voilà où elles en étaient, à deux ans de la trentaine. Accomplies sur le plan professionnel — Melody fabriquait des bijoux, Bex dirigeait un club de gym qu'elle comptait franchiser sous peu, et Hadleigh était connue dans tout le pays pour ses courtepointes et ses édredons piqués —, mais encore célibataires.

Hadleigh, qui avait été distraite par ces pensées moroses, redescendit brutalement sur terre et essaya de reprendre pied dans la conversation.

— On a vu trop petit, disait Bex. Ne jamais envisager qu'un homme de notre connaissance soit une possibilité, ce n'était peut-être pas si malin que ça, en fin de compte.

Melody hocha distraitement la tête, le front barré d'une ride de concentration.

— C'est peut-être le destin, murmura-t-elle, faisant tourner ce qui restait de son whisky dans son verre. Le retour définitif de Tripp Galloway à Mustang Creek, je veux dire… Parce que si on y réfléchit bien, il est passé voir Hadleigh *avant* d'aller voir Jim, et…

Hadleigh sursauta.

— Une minute ! D'abord, qui te dit qu'il est rentré définitivement ? Son beau-père est gravement malade, et il était grand temps qu'il se décide à lui rendre une petite visite, tu ne trouves pas ? Pour le reste, Tripp a une entreprise à gérer. Une épouse, aux dernières nouvelles, et si ça se trouve, deux ou trois enfants !

Melody et Bex parurent vaguement surprises par son intervention.

— Toi, tu n'as rien écouté ! lui fit remarquer Bex d'un ton accusateur.

— C'est l'évidence même, ajouta Melody, un large sourire aux lèvres.

Du bout du doigt, elle tapota son smartphone posé sur la table.

— Les merveilles de la technologie, expliqua-t-elle. J'ai fait une petite recherche et je suis en mesure de t'annoncer que Tripp a revendu son entreprise, ce qui lui a rapporté, soit dit en passant, une petite fortune. Il a mis son appartement de Seattle en location après s'être débarrassé des trois quarts de ses biens. Par ailleurs, il n'est question nulle part de sa femme. Tout ce que j'ai trouvé, c'est une ex. Une certaine Danielle, mariée depuis huit ans à un architecte de Los Angeles, avec qui elle a eu deux enfants. Ils ont même adopté un caniche nommé Axel.

Hadleigh ouvrit la bouche et la referma aussitôt, à court de mots.

— *Axel*, murmura Bex. Pauvre bête.

— Avoue, Hadleigh, reprit Melody. Tu n'as jamais tenté de savoir ce qu'était devenu Tripp ? Pas une seule fois, depuis le temps ?

Hadleigh sentit le rouge lui monter aux joues et s'agita sur sa chaise. Muggles, jusqu'alors endormie sous la table, se leva d'un bond et posa son museau sur sa cuisse. Brave bête.

— Non, répondit-elle, d'un ton aussi détaché que possible.

J'étais dans le déni, il faut croire. Je ne suis qu'un être humain, qu'est-ce que vous croyez ?

Ses deux amies échangèrent un regard entendu, mais s'abstinrent de tout commentaire.

— D'ailleurs, je ne suis pas la seule, précisa-t-elle. Vous non plus, vous n'êtes pas allées voir où Tripp en était, que je sache.

— Peut-être. Seulement nous ne sommes pas dingues de lui depuis notre petite enfance, *nous*, lui fit remarquer Melody.

— Et puis, il t'a fait du mal, ajouta Bex. Pour moi, ça suffisait. Je n'avais aucune envie de savoir ce qu'il devenait. Il aurait pu s'embarquer dans une mission sans retour pour la planète Mars, cela ne m'aurait fait ni chaud ni froid.

— Je n'ai jamais été amoureuse de Tripp Galloway, affirma Hadleigh. Ni quand j'étais gamine ni maintenant. Tripp était le meilleur ami de mon frère. Je l'admirais. Je vous accorde que je l'ai vu comme un héros à un moment donné, seulement cela remonte à l'époque où j'avais encore mon appareil dentaire, si vous voyez ce que je veux dire. Mais amoureuse ? Non. Jamais. Vous m'entendez bien ? *Jamais.*

De nouveau, ses amies se regardèrent. Cette fois-ci, elles étaient franchement hilares.

— Compris, murmura Melody.

— Si tu le dis…, renchérit Bex.

4

Tripp passa la plus grande partie de la semaine suivante à faire l'état des lieux de la propriété.

Il compta les rares têtes de bétail appartenant toujours au Ranch Galloway et ramena les autres à leur propriétaire. Il grimpa sur les toits de tous les bâtiments, qui avaient grand besoin d'être réparés, s'occupa des chevaux et s'assura de l'état de la remise à foin.

En gros, il s'agissait d'un simple toit de tôle, soutenu par des poteaux enfoncés dans un béton sérieusement abîmé, n'abritant rien, si l'on exceptait divers nids et un bon nombre de fientes d'oiseaux. Plus grave, il penchait si dangereusement sur un côté que l'on pouvait dire sans grand risque de se tromper qu'il ne résisterait pas à la première tempête de neige.

Les yeux rivés sur le ciel dont le gris ardoise annonçait la venue de l'hiver dans cette partie du pays, et le col de son manteau en peau de mouton relevé, Tripp se promit de procéder à un certain nombre de travaux et de commander du foin. Dès que possible, d'ailleurs, car une fois que le blizzard serait là, il deviendrait quasiment impossible d'apporter de quoi nourrir le bétail par camion. Il devait donc y avoir une réserve disponible pour parer à toutes les éventualités. Les chevaux ne pouvant pas passer quand la neige était trop épaisse, la plupart des éleveurs possédaient au moins une motoneige.

La plupart des éleveurs. Pas Jim, évidemment.

En revanche, l'eau ne serait pas un problème. Le ruisseau

qui traversait les terres coulait trop rapidement pour geler, même si ça s'était vu à une ou deux reprises, par le passé. Quand la glace devenait trop dure pour que le bétail puisse se désaltérer, il fallait la briser à la main, au marteau-piqueur ou, dans les cas extrêmes, en la faisant fondre à l'aide de bûchers stratégiquement placés. Les vaches ignoraient que la neige était de nature à étancher la soif, et elles étaient susceptibles de mourir de déshydratation même en y étant enfoncées jusqu'au cou.

En résumé il y avait de quoi s'occuper, et il devrait embaucher un contremaître, ainsi que des garçons de ferme s'il avait la chance d'en trouver.

Pourtant, après toutes ces années en costume trois pièces plutôt qu'en chemise, jean et santiags, après avoir été arrimé à son bureau plutôt qu'aux commandes d'un avion, il se réjouissait de pouvoir utiliser enfin tous les muscles de son corps, au lieu, comme le disait Jim, de ne se servir que de ceux qu'il avait entre les oreilles. Et tant pis pour les courbatures. Elles étaient inévitables, au début.

— C'est un véritable miracle que cet endroit tienne encore debout, annonça-t-il à Jim, un soir, en rentrant de l'écurie.

Ce dernier hocha distraitement la tête, en réponse à sa remarque ou, plus probablement, pour saluer son arrivée. Il était assis à la table de la cuisine, un café fumant à sa droite, une montagne de brochures de voyages étalées devant lui.

Cette première semaine de repos avait fait des merveilles. En plus d'être en meilleure disposition, Jim commençait à se remplumer, et sa pâleur à disparaître tout doucement.

Les choses évoluaient dans le bon sens.

— Je me demande si je ne vais pas m'embarquer dans une de ces croisières pour célibataires, annonça-t-il, tandis que Tripp s'approchait de l'évier pour se laver les mains. Ça m'a l'air plutôt plaisant.

Une croisière pour célibataires ?

Tripp ne put réprimer un sourire à l'idée de Jim, affublé d'un short en polyester, d'une chemise hawaïenne et d'une ou deux chaînes en or… Du plus loin qu'il puisse se souvenir, il ne l'avait jamais vu porter autre chose qu'une chemise à carreaux, un vieux jean et des bottes. Il ne sortait son costume démodé que pour les grandes occasions : les mariages et les enterrements.

— Tu m'étonneras toujours, p'pa.

Jim haussa ses sourcils broussailleux à plusieurs reprises.

— Il y a plein de dames d'âge moyen, en quête d'un mâle, sur ces bateaux, expliqua-t-il. Et si j'ai un peu moins de charme qu'avant, je devrais pouvoir jouer sur la corde sensible. La vie ne s'arrête pas à soixante ans, tu sais…

Cette fois, Tripp éclata de rire.

— C'est que tu n'as pas l'air de plaisanter, dis donc !

— Je suis tout ce qu'il y a de plus sérieux, mon garçon. Il y a longtemps qu'Ellie est partie, tu sais. On finit par se sentir un peu seul, que veux-tu ?

Tripp se sécha pensivement les mains, s'efforçant d'imaginer son éleveur de père en train de conter fleurette à des veuves, sur un paquebot…

L'exercice n'était pas facile !

— Cela fait des années que je te secoue pour que tu sortes un peu, lui rappela-t-il avec un agacement feint.

Jim et lui n'avaient pas beaucoup avancé, en matière de communication, depuis son retour. Toutefois, leur *gentleman's agreement* fonctionnait plutôt bien. Du moins pour l'instant.

— Tu n'as jamais voulu aller aux soirées pour célibataires organisées par la paroisse, poursuivit-il. Ni t'inscrire à une activité qui t'aurait aidé à faire des rencontres. Pourquoi ce brusque revirement ?

Il connaissait la réponse, bien sûr, seulement tirer plus de deux phrases consécutives de ce taiseux tenait de l'exploit. Alors autant profiter du moment, tant qu'il avait le vent en poupe !

— C'est bizarre, ce qui se passe dans la tête d'un homme quand il est confronté à sa mort, répondit enfin Jim.

Il abandonna son café et ses brochures pour aller soulever le couvercle de la cocotte dans laquelle mijotait un ragoût. Le fumet qui s'en échappait était plus qu'alléchant. Jim

Galloway, homme simple et plutôt rude, était devenu bon cuisinier depuis son veuvage, semblait-il.

— Ça donne à réfléchir, poursuivit-il. On se rend compte que la vie est courte. Et surtout, qu'on ne sait jamais de quoi sera fait le lendemain.

Tripp s'appuya contre le comptoir, les bras croisés, tandis que Ridley, qui avait vite compris qu'il était plus confortable de rester à l'intérieur avec Jim plutôt que d'arpenter le ranch avec son maître — la chaleur ambiante, sans doute, et surtout le bol de croquettes toujours à portée du museau ! — consentait enfin à se lever pour venir renifler le bas de son pantalon.

— Parfait ! lança-t-il. Et on peut savoir quel sera ton premier périple ?

— Mon quoi ? demanda Jim, levant momentanément la tête de son ragoût.

— Où as-tu l'intention d'aller ? traduisit patiemment Tripp, encouragé par ce qui, pour un homme comme Jim Galloway, constituait un projet pour le moins hardi.

Un sourire un peu crispé aux lèvres, Jim alla se rasseoir, ce qui amena Tripp à se demander s'il avait mal quelque part. Comme il savait néanmoins qu'il était parfaitement inutile de lui poser la question, il s'en abstint.

— L'Alaska, je crois, si j'ai le choix, répondit Jim. J'ai toujours eu envie de voir le Denali et les ours polaires.

— Il faudra que tu montes sacrément loin vers le nord si tu veux voir des ours polaires.

Jim haussa les épaules.

— Tu sais, encore une fois, ce sont surtout les femmes qui m'intéressent dans l'histoire, avoua-t-il. Les totems aussi, remarque.

Tripp passa près de la gazinière pour aller s'asseoir à son tour, et sentit son estomac gargouiller.

— Tu pars quand ? demanda-t-il avec une fausse désinvolture.

— Tu as l'air bien pressé de te débarrasser de moi ! rétorqua son père, soudain ragaillardi.

L'instant d'après, la lueur qui brillait dans ses yeux s'éteignait.

— Il faut d'abord que je fasse le point avec mon médecin. Ensuite, ce n'est pas donné, ce genre de voyage.

Il tapota l'un des prospectus de son index déformé par l'arthrite.

— Les cabines individuelles coûtent deux fois plus cher que les autres, et je ne suis pas du genre à en partager une avec un parfait étranger rien que pour gagner trois francs six sous.

Tripp eut toutes les peines du monde à conserver son sérieux.

— Je ne te connaissais pas ces goûts de luxe, dis donc ! s'exclama-t-il. Tu as l'intention de voyager en première classe pour te rendre jusqu'au point de départ ? D'arriver en avance et de t'offrir un petit séjour dans un hôtel cinq étoiles, peut-être ?

— Ni l'un ni l'autre, mon garçon. J'ai toujours pensé qu'on arrivait à destination à la même heure, que l'on soit à l'avant ou à l'arrière d'un avion.

— Je ne te propose pas un jet privé, alors ?

— Non. Pour moi, ce sera un vaisseau spatial ou rien du tout.

— Trêve de plaisanterie, p'pa. Ton idée me plaît. Des vacances te feront le plus grand bien. D'autant qu'il va y avoir du remue-ménage, ici, et je pèse mes mots. Tu ne te reposeras pas beaucoup si tu restes là.

— Je répète ma question. Tu essaies de te débarrasser de moi ou quoi, fiston ?

— Mais non ! répliqua Tripp, agacé. Je fais refaire les toitures de l'écurie et de la maison. La remise à foin doit être démolie et remplacée. Les trois quarts des clôtures sont à redresser. Conclusion, ton ranch va grouiller de monde du matin au soir. Il y aura des ouvriers partout. Des allées et venues dans la cuisine. Et du bruit. Beaucoup de bruit.

Et ce n'était qu'un aperçu de ce qu'il projetait de faire ! Il avait également l'intention de racheter du bétail et, puisqu'il voulait embaucher — ce à quoi Jim s'était toujours refusé sauf en cas de force majeure —, il lui faudrait faire venir des mobil-homes, installer un groupe électrogène et creuser au moins un puits. Il avait également prévu d'acheter un ou deux pick-up et quelques chevaux, ceux du ranch n'étant plus bons à grand-chose d'autre qu'à la randonnée.

Toutefois, il connaissait Jim. S'il prenait la réelle mesure de ce que représentait la remise en état de la propriété, il se sentirait obligé de rester là pour apporter sa contribution. Aussi Tripp jugea-t-il préférable de se taire. Et surtout, de ne rien dire des dépenses qu'entraîneraient toutes ces rénovations.

— Ce ranch t'a toujours été destiné, déclara calmement Jim, ses joues se colorant légèrement. Encore que je n'ai jamais été certain que tu en voudrais, avec la vie que tu menais, là-bas, entre tes avions et les gens de la haute.

Il laissa échapper un soupir avant de continuer :

— Je reconnais que j'espérais te voir revenir à la raison, un jour ou l'autre. Dans mes rêves les plus fous, tu rentrais au pays, tu t'installais avec une brave gamine comme Hadleigh Stevens, et vous aviez une ribambelle de mômes.

Nouveau soupir, plus profond que le précédent.

— Seulement je pensais que le ranch serait en meilleur état, le moment venu de te passer le flambeau, fils.

Tripp sentit ses yeux le brûler. Epouser Hadleigh et fonder une famille avec elle ? Ce n'était pas d'actualité. Pour le reste…

— Je n'ai jamais oublié que ce ranch était mon véritable foyer, dit-il d'une voix enrouée, et je suis heureux que tu me fasses confiance pour en assurer l'avenir. Je regrette simplement de ne pas être rentré plus tôt.

Les mots lui raclaient la gorge aussi sûrement que du papier de verre.

— Papa ? Je peux te poser une question ? Tu sais que j'ai de l'argent. Pourquoi ne m'as-tu pas demandé mon aide ?

— Parce que j'ai ma fierté, mon gars ! Voilà pourquoi, gronda Jim, un éclair de colère dans les yeux. Malheureusement, je suis fatigué. Complètement vidé. Je n'arrive plus à m'en sortir tout seul. A la seule idée de m'acharner pour que mes trois malheureuses têtes de bétail survivent à un nouvel hiver, de me retrouver avec une pompe à eau gelée ou avec une chaudière en panne, je me sens complètement découragé. Cela dit, si ça te semble un peu faible comme excuse, si tu n'as aucune envie de te retrouver propriétaire terrien, je ne t'en voudrai pas une seconde. Je comprendrai parfaitement. Tu es habitué aux grandes villes, après tout, et au mode de vie qui va avec.

Il se tut un instant, et lorsqu'il se remit à parler, ce fut d'une voix si basse que Tripp dut se pencher vers lui pour l'entendre.

— Bref, si tu préfères repartir, mon garçon. Fais comme tu veux. Tout ce que je te demande, c'est de me le dire carrément. Sans tourner autour du pot. Je mettrai le ranch en vente, j'essaierai d'en tirer le meilleur prix possible, et après… Après, on verra.

Tripp réfléchit longuement. Le ranch appartenait aux Galloway depuis plus d'un siècle. Le vieux cimetière bordé de peupliers, à l'ouest de la propriété, servait de dernière demeure à une bonne partie de la famille de Jim.

Ellie, sa mère, y reposait, elle aussi.

— Je prends l'affaire en main, p'pa, déclara-t-il calmement. Tu m'en sais capable, aussi bien physiquement que financièrement. En revanche, il n'est pas question que tu me donnes ce ranch. Il t'appartient de droit.

— Ce ranch est toujours passé de père en fils, répliqua Jim avec force. Or, à mes yeux, tu *es* mon fils. Mon vœu le plus cher serait que tu le transmettes un jour à ton propre fils, qui le léguerait à ses enfants à son tour. D'un autre côté, les temps ont changé, j'en ai conscience. Rien n'est plus comme avant. C'est bien dommage, mais c'est comme ça. Et puis, on a le droit de rêver, non ?

— Oui, p'pa. On a le droit de rêver, parvint à murmurer Tripp, malgré son émotion.

— J'ai aimé ta mère plus que je pensais possible, pour un homme, d'aimer une femme.

Tripp retint son souffle. Que Jim lui fasse une telle confidence relevait du miracle.

— Or, quand elle est entrée dans ma vie, elle avait un petit garçon. Un adorable bambin que je n'ai été que trop heureux de pouvoir considérer comme le mien à l'époque. Ça n'a pas changé.

Un long silence suivit cette déclaration, Tripp prenant la pleine mesure de ses sentiments envers l'homme qui l'avait adopté, élevé et aimé sans aucune réserve, et Jim perdu dans ses pensées.

— Imaginons que tu la fasses, cette croisière en Alaska, reprit Tripp. Que tu rencontres la femme idéale et que tu décides de la ramener ici, à Mustang Creek. Il te faudra bien un endroit où vivre. Un seuil à lui faire passer, le jour de vos noces.

Jim haussa un sourcil. Ses yeux bleus s'illuminèrent d'une lueur amusée.

— Je trouverai bien une solution, va. Et puis, la dame en question aura probablement sa petite idée sur la question, elle aussi, tu ne crois pas ? Rien ne dit qu'elle aura envie de venir s'enterrer ici.

Tripp considéra son père avec stupéfaction. La veille encore, il aurait parié que dix tonnes de dynamite ne suffiraient pas à arracher Jim Galloway à ses terres, et voilà que ce dernier parlait de passer la main, de partir en croisière et d'en ramener une femme aux idées bien arrêtées !

Ça aurait été mentir que de prétendre que sa mère manquait de caractère. Toutefois, elle était plutôt traditionnelle. A ses yeux, Jim restait le chef de famille et elle s'en remettait à lui dans la plupart des domaines.

— Ça y est ! J'ai compris ! s'exclama-t-il. Tu es un imposteur, en fait. Mon vrai père a été kidnappé par les extraterrestres.

— Mince… Dire que je pensais t'avoir bluffé, riposta Jim en riant.

— Fais ta croisière tranquillement, p'pa. Je m'occuperai du ranch. On discutera de l'intendance à ton retour. Quant aux frais qu'entraînera la rénovation, je ne veux pas que tu t'en inquiètes. J'ai plus d'argent qu'il ne m'en faut.

A sa grande surprise, Jim ne parut pas l'entendre. Il ne fit même pas mine de protester sur les questions d'argent.

— A propos de mariage, dit-il soudain, il me semble que tu en dois un à la petite Hadleigh Stevens.

— Je te parlais du ranch, là ! protesta Tripp, d'un ton faussement léger.

Mais à la simple évocation de Hadleigh, son cœur s'était mis à battre plus vite... et il se sentit soudain à l'étroit dans son jean.

Pour toute réponse, Jim se contenta de pousser un petit gloussement.

Tripp se leva pour aller chercher deux assiettes creuses dans le placard, et les remplit d'une bonne part de ragoût. Il en posa une sur la table, près de son père, et s'installa devant la sienne.

— Ce n'est pas parce que tu as des envies de mariage que je dois me caser, moi aussi, décréta-t-il.

— Hmm...

— Hmm, toi-même, grommela-t-il, se frottant les mains devant son assiette pleine.

Le grand air et le travail physique lui avaient ouvert l'appétit.

— Vous feriez pourtant de beaux petits, tous les deux, fit négligemment remarquer Jim entre deux bouchées.

Tripp s'imagina aussitôt Hadleigh dans son lit... Ce qui n'avait rien de nouveau, puisqu'il fantasmait sur elle depuis une bonne dizaine d'années, au bas mot. Quand l'image lui apparaissait, Hadleigh était toute chaude, et son désir espiègle lui rosissait joliment les joues. Il se voyait bien concevoir un enfant avec elle. Un fils ou une fille ou, mieux encore, les deux, qu'ils élèveraient avec amour, ici, dans la vieille demeure où il avait grandi...

Oui, il avait besoin d'elle.

Cette révélation lui fit l'effet d'un coup de poing.

— On ne peut pas dire que ce soit ma plus grande fan, marmonna-t-il.

Jim le contempla un instant, la cuillère à mi-chemin entre son assiette et sa bouche.

— Moi, je suis à peu près sûr que tu pourrais gagner ses faveurs, si tu t'en donnais la peine, mon garçon. A ton avis, pourquoi une beauté comme elle est toujours célibataire, à son âge ? Autre question : pourquoi crois-tu qu'elle t'a laissé la traîner hors de l'église en plein milieu de son mariage ? Parce que tu lui étais insupportable, peut-être ?

Non sans une certaine surprise, Tripp se rendit compte qu'il n'avait jamais envisagé la chose sous cet angle. D'un autre côté… Non. C'était trop beau pour être vrai.

— Parce qu'elle n'était pas armée, de sorte qu'elle n'a pas pu me tirer une balle dans le genou, répliqua-t-il.

Pour le coup, Jim éclata de rire.

— Balivernes ! La vérité, c'est qu'elle ne voulait pas épouser Oakley Smyth. Elle espérait que tu viendrais la chercher et que tu lui demanderais sa main.

Il porta une nouvelle cuillerée de ragoût à ses lèvres, la mâchonna pensivement et ajouta :

— Les femmes sont romantiques, mon garçon, au cas où tu n'aurais pas encore le mode d'emploi. Hadleigh a dû avoir un sacré choc quand tu lui as annoncé que tu t'étais laissé mettre la bague au doigt par cette Danielle.

Tripp n'avait plus faim soudain. Ce que venait de dire son père… Non… Cela ne pouvait pas être la raison pour laquelle Hadleigh lui avait si peu résisté, quand il l'avait hissée sur son épaule pour l'arracher aux griffes de Smyth, tout de même !

Cela dit, bien qu'elle lui ait donné quelques coups de poing et qu'elle ait protesté tout le long du chemin, elle serait parvenue à lui échapper, si elle l'avait vraiment voulu…

Ou pas ?

Mais alors pourquoi avait-elle laissé les choses aller aussi loin dans les préparatifs du mariage, si elle n'avait aucune intention de devenir Mme Smyth ? La robe, les fleurs, les invités, la cérémonie en elle-même ?

Ces interrogations se compliquèrent encore quand il se

souvint de la réaction de la jeune femme, au moment où il lui avait assené la vérité sur son fiancé. La nouvelle de sa relation avec une danseuse légère et de sa paternité à peine enregistrée, elle lui avait demandé de l'emmener avec lui, quand il repartirait de Mustang Creek. Et lorsqu'il lui avait annoncé qu'il était marié, c'était un mélange de chagrin, d'étonnement et de vexation pure qu'il avait lu dans ses yeux mordorés.

Aujourd'hui encore, il s'en voulait. Pas d'avoir épousé Danielle, mais de ne pas avoir prévenu Hadleigh. Cela dit, il n'en avait parlé à personne, à Mustang Creek. Même Jim n'avait été mis au courant que quelques semaines après la cérémonie.

Ce qui donnait à réfléchir, là encore. Qu'est-ce qui l'avait poussé à agir ainsi ?

S'il avait pu remonter le temps, il s'y serait pris autrement. D'un autre côté, qu'aurait-il pu dire à Hadleigh ? Qu'il se croyait amoureux de Danielle, la femme sophistiquée qu'il avait rencontrée lors d'une soirée mondaine ? Qu'il l'avait épousée trop vite et qu'il s'en était mordu les doigts ? Que leur union était un échec à tous les niveaux, ne serait-ce que parce que, une fois le coup de cœur passé, ils s'étaient rendu compte qu'ils n'avaient absolument rien en commun ?

Non, bien évidemment. Il serait passé pour le dernier des derniers, pour un mari volage en quête d'aventure. Quant à expliquer que Danielle était déjà sur le départ, cela n'aurait fait qu'aggraver les choses. C'était bien ce que disaient les hommes, quand ils voulaient prendre une maîtresse, non ?

Il fourragea dans ses cheveux, les sourcils froncés.

Hadleigh avait été une gamine particulièrement douée, et elle n'avait pas démérité avec les années, semblait-il. Si elle l'avait un tant soit peu tenu en estime à un moment ou à un autre, elle n'avait pu que le mépriser à compter du jour où il avait fait capoter son mariage. Or, si un couple pouvait fonctionner sans argent, sans toit digne de ce nom, voire même sans amour véritable, aucune union ne pouvait résister à l'absence de respect.

Une chose semblait certaine néanmoins. S'il rejetait d'emblée l'idée de reconquérir la jeune femme, Jim le harcèlerait sans relâche. Aussi répondit-il évasivement :

— On verra, pour Hadleigh.

— Pour moi, c'est tout vu, répliqua Jim, les yeux pétillant de malice.

Hadleigh appela l'hôpital chaque jour pendant près d'une semaine pour s'enquérir de la santé d'Earl, et s'entendit invariablement répondre qu'il tenait bon mais était toujours en soins intensifs et n'avait pas droit aux visites.

Le reste du temps, elle continua à fabriquer des courtepointes tout en réfléchissant à la manière d'améliorer son site informatique. Avec l'essor d'Internet, les cours virtuels étaient devenus une source de revenus non négligeable. Par ailleurs, elle s'était mise à vendre ses pièces uniques un peu partout dans le monde. Jusqu'à présent, les bénéfices dépassaient largement ce qu'elle gagnait en vendant du tissu, des patrons et du coton perlé derrière le comptoir de sa petite boutique.

Fort heureusement, Muggles ne la quittait jamais. Elle aurait pu se sentir un peu seule, sans la chienne pour lui tenir compagnie, Bex et Melody étant très prises par leurs propres projets. Bex était en lien constant avec des avocats de Cheyenne qui l'aidaient à finaliser sa franchise, et Melody travaillait sans relâche pour honorer la commande spéciale d'un grand bijoutier.

Mais malgré tout, les trois amies restaient en contact permanent, que ce soit par texto ou par e-mail, et le pacte de mariage était toujours d'actualité. Un peu trop d'ailleurs, au goût de Hadleigh qui aurait préféré parler d'autre chose, comme du temps, par exemple. Ou, à défaut, de politique, voire de religion.

Enfin, de tout sauf de mariage ! Parce que la question la ramenait inévitablement à Tripp Galloway, et que c'était la dernière personne à laquelle elle voulait penser.

Tripp était un sujet douloureux. Alors elle s'occupait autant qu'elle le pouvait.

Quand Earl fut enfin transféré dans une chambre d'hôpital normale, elle lui apporta des fleurs et lui montra quelques photos de Muggles. Malgré le plaisir évident du vieil homme en constatant que sa chienne était en pleine forme, il semblait plus petit, plus maigre, moins vif qu'avant son attaque. Ce qui était normal, bien sûr. Mais le pire, c'est qu'il savait qu'il ne rentrerait pas chez lui, une fois remis. Ce qui l'attendait, c'était la maison de retraite.

— Plus tôt je guérirai, mieux ce sera, confia-t-il toutefois à Hadleigh.

La jeune femme parvint à garder le sourire, mais ce fut le cœur gros qu'elle embrassa le front ridé de son voisin et lui promit de revenir très prochainement.

Elle s'apprêtait à rouvrir sa boutique après déjeuner, quand un pick-up qui lui parut vaguement familier se gara le long du trottoir.

Tripp Galloway.

La dernière personne qu'elle souhaitait voir.

Encore un coup de Murphy et de sa fichue loi…

Feignant de ne pas l'avoir vu, elle fit jouer la clé du magasin dans la serrure en s'efforçant d'oublier les battements fous de son cœur.

L'arrivée du pick-up n'avait pas échappé à Muggles non plus. Elle se mit à aboyer joyeusement, sans doute pour saluer le chien de Tripp, dont le museau était collé au pare-brise poussiéreux du véhicule.

Tripp était tout sourire, quand il posa le pied sur le trottoir et s'avança vers elle.

— Il y en a au moins une de vous deux qui est contente de me voir, lança-t-il d'un ton léger en se penchant pour gratter Muggles entre les oreilles. C'est plutôt rassurant !

Hadleigh sentit ses joues s'enflammer, ce qui l'agaça d'autant plus que ce détail n'avait pu échapper à Tripp, qui ne manquerait pas d'en conclure qu'il l'avait déstabilisée en se présentant ainsi, à l'improviste, à son magasin.

Une fois de plus.

— Tu flattes ton ego, là, rétorqua-t-elle froidement. C'est ton chien que Muggles est contente de voir, pas toi !

Sombre abruti ! Ce n'est pas permis, d'être aussi beau !

Eh oui… Tripp avait tout du cow-boy, à présent, en jean, chemise blanche et blouson. C'était simple, il n'avait aucun effort à faire pour séduire son monde. Décidément, il n'y avait aucune justice, en ce bas monde !

— Désolé, dit-il, s'inclinant légèrement. J'aurais dû m'en douter.

Hadleigh était si pressée d'entrer dans sa boutique pour échapper à la proximité de Tripp qu'elle manqua de s'effondrer sur le sol quand elle parvint enfin à ouvrir la porte. Consciente d'avoir rougi encore davantage, elle s'efforça de retrouver un semblant de dignité.

En silence.

Tripp la suivit à l'intérieur de la boutique. De toute évidence, il se délectait de son trouble, le gredin !

— Tu as décidé de te mettre au matelassage ? De te confectionner une jolie courtepointe, peut-être ? lui demanda-t-elle, se glissant derrière le comptoir pour se débarrasser de son sac à main et de son manteau.

Histoire, aussi, de mettre une barrière réelle entre eux…

— Certainement pas, répondit-il un peu plus sèchement que nécessaire.

Contre toute attente néanmoins, il resta de l'autre côté du comptoir — ce qui n'était toujours pas suffisant, niveau distance — et la contempla sans un mot, la mettant dans tous ses états lorsqu'il posa les yeux sur sa bouche, son décolleté pour revenir à son visage et soutenir son regard.

— Qu'est-ce qu'il y a ? demanda-t-elle, exaspérée de ne pouvoir détourner la tête.

— Tu accepterais de dîner avec moi ?

Il avait posé la question comme si de rien n'était. Comme si ce qui les séparait appartenait à l'histoire ancienne.

— Pourquoi ferais-je une chose pareille ? répliqua-t-elle, furieuse d'être tentée par l'invitation, si audacieuse et présomptueuse soit-elle.

Cette fois, c'était décidé : elle allait consulter un psy. Parce que ça n'allait vraiment pas, dans sa petite tête.

— Pourquoi ? Parce qu'il faut bien que tu manges, de temps en temps, non ? Comme tout le monde !

Que répondre à cela ? Pas grand-chose, à part : « Oui, avec grand plaisir. »

Mais non ! Pas question !

L'expression de Tripp se fit solennelle — encore une ruse de sa part, à n'en pas douter.

— Ou encore parce que ton frère était mon meilleur ami et que le moins que nous puissions faire pour lui, serait de vivre en bonne intelligence, ajouta-t-il. Dans une petite ville comme la nôtre, ce serait plus simple, tu ne crois pas ?

Hadleigh parvint à détourner les yeux… l'espace d'une nanoseconde. L'instant d'après, elle dévisageait Tripp comme si elle ne l'avait jamais vu. Elle déglutit péniblement, sentit ses yeux se brouiller, tout simplement parce qu'elle n'avait jamais fait le deuil de son frère. Ou pas vraiment. Will était toujours là, dans un petit coin de son cœur, et malgré le temps, la douleur de l'avoir perdu venait de resurgir, toujours aussi vive.

— Hadleigh, ce n'est pas la lune que je te demande, reprit Tripp d'une voix douce. Je voudrais simplement t'emmener manger un hamburger chez Bad Billy's. En copains. Ça n'engage à rien, ni pour toi ni pour moi.

Réprimant un soupir de lassitude, Hadleigh croisa les bras, ce qui voulait dire, dans toutes les langues du monde, « va te faire voir, mon pote », et ne nécessitait pas d'explications. Malheureusement pour elle, les mots sortirent de sa bouche avant qu'elle les ait sentis venir.

Avant même qu'elle les ait même pensés.

— Pourquoi insistes-tu comme ça, Tripp ?

Il posa ses deux mains sur le comptoir et se pencha vers elle.

— Pourquoi ? Eh bien en partie parce que je pense que c'est ce que Will aurait voulu, répondit-il avec calme et conviction. Et en partie parce que j'ai fini par m'apercevoir que tu n'étais plus une gamine, mais une femme. Et une belle femme, si je puis me permettre.

Elle tressaillit et sentit son cœur faire un petit bond dans sa poitrine. Etait-ce une pointe de tendresse, qu'elle avait perçue dans sa manière de prononcer le mot « femme » ? Et surtout, puisqu'elle se doutait que le mot « belle » était uniquement destiné à l'amadouer, pourquoi lui était-il allé droit au cœur ?

— J'étais déjà une femme, quand tu es venu gâcher mon mariage, laissa-t-elle sèchement tomber, espérant qu'il ne remarquerait pas son émoi.

Il secoua fermement la tête, mettant ainsi à mal la théorie selon laquelle il essayait de la flatter.

— Non. Tu étais une *gamine* de dix-huit ans, avec des étoiles dans les yeux et tout un tas de fantasmes niais sur la condition de femme mariée.

Une *gamine* ? Des fantasmes *niais* ? Mais pour qui se prenait-il ?

Mais elle n'eut pas le temps de lui dire ce qu'elle pensait de lui, car il poursuivit :

— En revanche, le premier venu pouvait déjà deviner quel genre de femme tu deviendrais. Tu n'as pas démérité, Hadleigh. Tu es une femme accomplie, à présent.

Elle ouvrit la bouche puis, constatant qu'aucun son n'en sortait, la referma, les joues en feu.

Tripp laissa échapper un petit rire et, avant qu'elle ait compris ce qu'il allait faire, glissa la main sous son menton et caressa ses lèvres.

— Un dîner, répéta-t-il. C'est tout ce que je te demande, Hadleigh.

Elle sentit ses lèvres la picoter et, à son corps défendant, se demanda ce qui se passerait en elle si jamais il l'embrassait.

Malgré sa réticence, elle avait envie d'accepter.

Et malgré sa méfiance, elle était intriguée.

— D'accord, dit-elle enfin, d'une voix presque inaudible.

5

Hadleigh jouant fréquemment de malchance et la loi de Murphy étant ce qu'elle était, Melody pénétra dans sa boutique au moment précis où Tripp s'apprêtait à en sortir.

— Tiens, salut, toi ! lui lança-t-elle. Je suis contente de te voir. Ça faisait un bout de temps, dis donc !

— Bonjour Melody, répondit-il simplement.

Là-dessus, il hocha la tête et sortit.

Muggles, manifestement abattue par ce départ, alla s'affaler sous un présentoir en soupirant bruyamment.

Hadleigh aurait sans doute trouvé la réaction de la chienne plutôt déprimante, si elle n'avait pas été aussi occupée à regarder Tripp s'éloigner.

— Qu'est-ce qu'il est venu faire ici ? s'enquit Melody.

Comme si elle n'en avait aucune idée !

— Je suppose que tu ne me laisseras pas tranquille tant que je ne t'aurai pas répondu, rétorqua Hadleigh d'une voix morne.

— Gagné ! Alors raconte-moi tout de ton plein gré, ça sera beaucoup plus simple.

— Il m'a invitée à dîner. Voilà. Contente ?

Dehors, Tripp faisait marche arrière. Quelques secondes plus tard, il avait disparu au bout de la rue. Il devait jubiler, à présent. Se féliciter d'avoir remporté la partie. Ne gagnait-il pas à tous les coups, dans les circonstances les plus improbables ?

Melody laissa échapper un petit sifflement des plus agaçants.

— Et tu as accepté, dit-elle.

Hadleigh sentit ses épaules s'affaisser et grimaça.

— Oui. Comme l'idiote que je suis.

— Pas d'accord, objecta Melody. L'idiotie aurait été de refuser, justement. Ce type est un magnifique spécimen de cow-boy, pour le cas où ce détail t'aurait échappé.

De nouveau, Hadleigh sentit ses joues s'empourprer. Cette fois parce qu'à son grand désarroi, elle ne pouvait pas contredire son amie.

— Si tu le trouves si canon que ça, pourquoi tu ne tentes pas ta chance ? répliqua-t-elle sèchement.

— Je n'hésiterais pas une seconde, si ce n'est que, un, ce n'est pas moi qu'il a invitée, et deux, s'il l'avait fait, comme je suis plutôt loyale, comme copine, je me serais trouvée dans la triste obligation de décliner.

Soudain, Hadleigh sentit les larmes lui monter aux yeux.

— Qu'est-ce qui ne va pas chez moi ? Tu peux me le dire ? Je suis autodestructrice ou complètement idiote… ou quoi ?

Immédiatement, Melody la prit dans ses bras pour la consoler. Lorsqu'elle la relâcha, elle recula d'un pas, afin de pouvoir la regarder dans les yeux.

— Qu'est-ce que tu racontes, ma belle ? Tu n'es rien de tout ça ! Tripp est un adonis, et que tu l'admettes ou non, tu as toujours eu le béguin pour lui. De plus, il y a combien de temps que tu n'as pas eu de véritable rendez-vous galant ? Un an ? Deux ?

— Plus que ça, malheureusement.

Ni Melody, ni Bex, ni elle-même n'avait eu de rendez-vous digne de ce nom depuis des lustres, pour tout dire. Elle ne le fit pas remarquer à son amie cependant. En plus d'être totalement inutile, cela aurait été mesquin.

— Alors ? Il t'emmène où exactement ? demanda Melody, les yeux aussi pétillants que les illuminations de Noël à Disney World.

Hadleigh essuya ses larmes d'un poing rageur et se redressa fermement.

— Chez Billy. Pour un simple dîner entre copains, il a

bien pris soin de le préciser. Rien de grandiose. Le genre de soirée qui n'engage à rien, pour reprendre son expression.

Melody la dévisagea un instant, avec un mélange de scepticisme et de ravissement.

— C'est un début, fit-elle remarquer, la tête penchée sur le côté.

— C'est une fin, tu veux dire ! rectifia Hadleigh, soucieuse de rétablir la vérité. Nous nous sommes mis d'accord, Tripp et moi. Un dîner, un seul.

— Pourquoi ? Je veux dire… pourquoi tu résistes aussi farouchement ? C'est de lui que tu as peur ou de toi-même ? Parce qu'il ne faut pas être Einstein pour comprendre que tu as peur de quelque chose. Alors ne me dis pas le contraire, ce serait insulter mon intelligence.

Hadleigh ne répondit pas. Bien sûr, qu'elle avait peur.

Elle était même terrifiée, à bien y réfléchir.

Pourquoi ? Tout simplement parce que Tripp lui avait, sans le savoir, brisé le cœur. Parce qu'elle avait mis dix ans à panser ses blessures. Et parce qu'il avait le pouvoir de recommencer.

Elle s'était toujours sentie proche de lui. Elle l'avait considéré comme son ami, pas seulement comme celui de Will. Normal : il l'avait toujours traitée en égale. Plus tard, c'est avec lui qu'elle avait pleuré la mort de Will. Elle avait sangloté dans ses bras, et ensemble, ils avaient évoqué leurs meilleurs souvenirs. Elle s'était efforcée de suivre ses conseils, de sécher ses larmes et de ne pas laisser la vie de son frère se résumer à la manière aussi tragique qu'aberrante dont il était parti. Selon Tripp, bien que court, le passage de Will sur cette terre méritait d'être célébré.

A la suite de quoi…

A la suite de quoi, Tripp s'était marié, sans prendre la peine de le lui dire ! A elle, Hadleigh Stevens. La propre sœur de son meilleur ami, l'orpheline qu'il avait souvent protégée et parfois taquinée. S'il avait jamais éprouvé la moindre pitié envers elle, il s'était bien gardé de le lui montrer. Au contraire, il l'avait aidée à grandir en la prenant telle qu'elle était, en plaisantant avec elle, en l'incluant dans son cercle d'amis, même dans les rares moments où Will aurait préféré l'en exclure.

Si Will avait vécu un peu plus longtemps, il aurait su, lui, que Tripp était tombé amoureux dans une mégapole, loin de Mustang Creek. Il aurait su que son meilleur ami avait demandé cette femme en mariage. Il aurait sans doute été son témoin…

Si Will avait vécu, Hadleigh, bien que meurtrie, ne se serait pas sentie mise à l'écart, ignorée, bafouée. Et elle n'aurait pas été anéantie par cette annonce brutale.

Melody la secoua doucement.

— Had, tu ne vas pas te défiler, j'espère ! Donne-lui au moins sa chance, il la mérite bien, tu ne crois pas ?

Hélas, Hadleigh restait terrorisée à l'idée d'avoir le cœur brisé pour la deuxième fois. Si cela se produisait, elle ne s'en remettrait pas, c'était certain. Et après ça, aucun homme, aussi droit et bon soit-il, ne trouverait crédit à ses yeux. Plus jamais elle ne serait capable d'aimer, de se marier ou d'avoir des enfants. Sa confiance, sa capacité à aimer, tout cela disparaîtrait. Elle n'aurait rien à offrir, ni en tant qu'épouse ni en tant que mère.

— Je… je ne sais pas. Je risque vraiment gros, finit-elle par avouer dans un sanglot.

Aveu qu'elle aurait préféré garder pour elle… Malheureusement, il était trop tard pour revenir en arrière.

Melody la dévisagea un instant d'un air contrit, lui pressa doucement l'épaule, puis lui sourit.

— C'est toujours risqué, de s'attacher à quelqu'un, fit-elle remarquer. Pour tout le monde. C'est la règle du jeu, ma belle. Alors désolée de te le dire, seulement tu ne fais pas exception. Un avenir radieux, des lendemains qui chantent ? Ça n'est jamais garanti. Il faut se faire une raison.

Hadleigh se mordilla la lèvre inférieure avec nervosité.

— Je sais, mais je ne peux pas m'empêcher de la vouloir, cette garantie. D'être l'exception qui confirme la règle.

Bien qu'elle ait les larmes aux yeux, elle aussi, son amie laissa échapper un petit rire.

— Si tu veux vraiment une garantie, achète-toi une cuisinière dernier cri, ce sera plus sûr !

— Merci du conseil, répliqua Hadleigh, amusée malgré elle.

— Tu sais ce qui serait pire que de risquer le chagrin d'amour ? reprit Melody, plus sérieusement. Te comporter en petite joueuse. Te protéger, te terrer pour ne pas avoir à affronter les choses de la vie. Enfin, Hadleigh, réfléchis un peu ! Tu es belle, tu es intelligente et tu es une femme merveilleuse, et…

Elle soupira si fort que sa frange se mit à danser sur son front.

— Et Tripp ne s'y est pas trompé, apparemment. La preuve, il a fait le premier pas.

Hadleigh fut à la fois émue et attristée par cette déclaration, car elle avait perçu une nuance de nostalgie dans sa voix. Melody avait toujours défendu leur pacte de mariage, même quand ses amies avaient des doutes. Se pouvait-il qu'en son for intérieur elle ait depuis longtemps cessé de croire à l'amour avec un grand A ?

— On se fait toute une montagne de pas grand-chose, dit-elle, dans l'espoir de détendre l'atmosphère. Tripp ne m'a pas proposé de m'emmener à Paris pour m'embrasser sur les ponts et me tenir la main aux terrasses des cafés. C'est au Bad Billy's que nous allons, je te rappelle. Il y a plus romantique, comme endroit, tu es aussi bien placée que moi pour le savoir, non ?

— Quand ?

— Quand… quoi ?

— C'est pour quand, ce rendez-vous absolument pas romantique ?

Sans trop savoir pourquoi, Hadleigh fut prise d'une bouffée d'angoisse.

— Pour… pour ce soir, balbutia-t-elle.

— Ferme le magasin, lui ordonna son amie. Tout de

suite. Sinon on n'aura pas le temps de te choisir une tenue convenable, et tu ne peux pas y aller comme ça.

— Pourquoi ? demanda Hadleigh, jetant un regard perplexe à son pull-over rouille.

Melody leva les yeux au ciel.

— J'y crois pas…, murmura-t-elle, affligée.

— Je pensais faire un saut chez moi pour enfiler un T-shirt à manches longues et changer de jean.

Après tout, il n'y avait aucun code vestimentaire, au Bad Billy's. Certes, elle y était allée en robe de mariée, mais elle préférait oublier cet épisode malencontreux, dans l'immédiat. D'autant que, d'ici quelques heures, elle serait assise face à l'homme qui l'avait traînée là-bas, dix ans plus tôt, dans des circonstances plus que mémorables.

Et puis, elle avait encore beaucoup à faire et n'était pas censée fermer Patches avant des heures.

D'un autre côté, on ne résistait pas à Melody, quand elle était dans ce genre de disposition, aussi s'empara-t-elle de son sac pour y prendre ses clés, et enfila-t-elle son manteau. Muggles, qui avait compris, se leva et s'étira paresseusement avant d'aller attendre devant la porte.

— Bien sûr que tu vas y aller en jean, reprit Melody. Je ne suis pas complètement à la ramasse ! La question est de savoir lequel. Un bleu ou un noir ? Hyper moulant ou pas ? Avec ou sans strass ?

Tout en parlant, elle l'avait entraînée vers la porte.

— Un jean à strass ? répéta Hadleigh.

Melody ouvrit la porte et fit sortir tout le monde sous l'auvent aux rayures vertes et blanches un peu fanées, sur lequel on pouvait néanmoins toujours lire « Patches ».

— Tu veux l'impressionner, ton cow-boy, ou pas ? lança-t-elle.

— En fait, non. Je n'ai aucune envie de *l'impressionner*, comme tu dis.

Il lui avait dit qu'elle était belle, c'était un fait. Maintenant, savoir s'il le pensait vraiment ou si cela faisait partie du jeu, c'était une autre affaire.

A l'époque où elle était au lycée, quand elle n'était encore qu'une adolescente maigrichonne, il arrivait parfois à Tripp de tirer doucement sur l'une de ses nattes et de lui dire qu'elle deviendrait une beauté, avant d'ajouter qu'elle ne devait pas être trop pressée de grandir. Selon lui, elle devait profiter de cette période bénie où elle pouvait n'être qu'une gamine et se comporter comme telle.

— C'est bien ce que je pensais. Tu as besoin de mes conseils, répliqua Melody, la tirant de sa rêverie.

Le ton était sans réplique. En moins de deux secondes, la boutique fut fermée et Hadleigh se retrouva dans son break, Muggles à ses côtés, direction la maison.

Melody la suivit, collant à son pare-chocs dans sa super BMW et klaxonnant avec impatience dès qu'elle levait un tant soit peu le pied.

Peu après avoir quitté la rue principale de Mustang Creek — devenue un véritable piège à touristes, à l'exception de Patches et de deux ou trois autres entreprises similaires —, Hadleigh se gara dans son allée.

Elle se tourna vers Muggles et soupira.

— Je ne vais pas m'en tirer comme ça, annonça-t-elle à la chienne qui dressa les oreilles et pencha la tête sur le côté. Cela dit, je peux te promettre une chose. Il est hors de question que je porte un jean à strass. D'ailleurs, je n'en ai pas ou plus. Enfin, j'espère…

Muggles poussa un petit gémissement compatissant.

Pendant ce temps-là, Melody s'était garée derrière elle, sans doute pour couper court à toute tentative d'évasion de sa part.

Et c'est ainsi que les deux femmes et Muggles se retrouvèrent dans la chambre de Hadleigh, les portes de la penderie et les tiroirs de la commode grands ouverts. Melody commença par les pull-overs et les T-shirts. Elle recherchait quelque chose de « seyant », pour reprendre son expression.

— Tu n'as pas autre chose que des cols roulés, des chemises d'homme et des twin-sets de petite fille modèle ?

demanda-t-elle au bout d'un moment, avec un agacement non dissimulé.

— J'aime bien les pulls à col roulé, marmonna Hadleigh, mal à l'aise et énervée.

Elle avait l'impression d'être emportée par un courant tumultueux et beaucoup plus fort qu'elle, ce qui la ramena au jour où, sur la Snake River, elle était tombée du canoë pour une raison encore inexpliquée. Résultat ? Will et Tripp avaient dû se jeter à l'eau pour la repêcher. Ils avaient failli se noyer, et le canoë avait continué sa course avant de s'écraser sur un rocher…

— C'est ce que je vois, oui, reprit Melody, sans s'interrompre dans ses fouilles. Franchement, Had… Des cols roulés… Si ce n'est pas révélateur de ton état d'esprit, je me demande ce qui l'est. Je ne te savais pas aussi démunie, question garde-robe. Regarde-moi ça ! Tu portais déjà cette loque à l'université. Tu ne fais jamais de shopping ?

La question laissa Hadleigh sans voix. Ses armoires étaient pleines à craquer ! En tout cas, elle avait largement de quoi s'habiller.

— Si, répliqua-t-elle, indignée. Je *fais* du shopping.

Melody secoua la tête avec un mélange de consternation et de condescendance.

— Ailleurs que dans des friperies, je veux dire, précisa-t-elle. Ça m'étonnerait.

— Melody ! s'exclama Hadleigh, exaspérée. Tu sais que je t'adore, seulement là, je pense qu'il est temps que tu rentres chez toi. Ou, mieux encore, va te jeter dans le lac le plus proche.

— Taratata. Tu me remercieras plus tard.

— Ce n'est pas demain la veille !

Brandissant triomphalement un T-shirt rose avec des manches longues et un col en V, Melody le lui lança et s'attaqua aussitôt à une pile de jeans soigneusement pliés sur l'une des étagères.

Hadleigh examina le T-shirt avec désespoir. Elle aurait dû s'en débarrasser des années auparavant. Elle l'avait acheté pendant sa période Barbie, peu après la fin de ses études. Heureusement qu'elle s'était lassée de son goût marqué pour le rose bonbon aussi rapidement que du garçon qu'elle avait tenté de séduire, à l'époque.

Comment s'appelait-il déjà ? Joe ? Jeff ? Joshua ? Son nom commençait par un *J*, en tout cas.

— J'ai trouvé ! s'écria Melody.

Elle tenait à la main un jean noir taille basse et… orné de faux diamants, le long des coutures et sous la ceinture.

— Ça fait une éternité que j'ai ce pantalon, fit remarquer Hadleigh, de plus en plus désespérée. Tu ne te rappelles pas ? On a acheté le même, Bex, toi et moi, pour aller à un concert de rock. Si ça se trouve, je ne rentre plus dedans.

— N'importe quoi ! Tu n'as pas pris un gramme depuis le lycée, ce qui, au passage, est plus qu'agaçant.

— Rentre chez toi, Mel.

— Quand tu auras essayé tout ça, chantonna Melody, un grand sourire aux lèvres. Si la tenue ne te convient pas, je m'inclinerai. Tu pourras sortir avec le mec le plus sexy de Mustang Creek, habillée en clocharde. C'est toi que ça regarde, après tout !

Hadleigh se contenta de fusiller son amie du regard. Elle savait qu'il lui faudrait une certaine force pour se rendre chez Bad Billy's. Or, cette discussion stérile l'avait déjà à moitié épuisée. Aussi, optant pour la solution de facilité, s'empara-t-elle du jean et du T-shirt pour aller se changer dans la salle de bains.

De toute manière, elle ne porterait pas cet accoutrement. Quoi qu'en pense Mel, elle avait grossi au fil des ans. Suffisamment, elle l'espérait, pour écarter définitivement l'option jean à strass et T-shirt criard.

Il s'avéra, hélas, que le jean à strass lui allait toujours, ce qui était irritant, certes, mais aussi réconfortant, dans un sens. Et bien que le T-shirt lui moule un peu trop les seins à son goût, il était plus décent que ne l'espérait Melody. En tout cas, il ne dévoilait pas son nombril. Parfait ! Elle était parée ! Question costume, en tout cas.

Elle ressortit de la salle de bains et se planta au milieu de la chambre.

— Eh bien voilà ! Ça commence à ressembler à ce que j'avais en tête ! s'exclama Melody, ravie.

— Parfait. Alors maintenant, tu vas rentrer chez toi ! répliqua Hadleigh, de plus en plus agacée.

— Rentrer chez moi ? Pour que tu en profites pour te changer dès que j'aurai le dos tourné ? N'y compte pas, ma chérie.

Ce n'étaient pas des paroles en l'air. Melody n'en avait pas terminé, loin de là. Après lui avoir donné quelques conseils de maquillage — dont elle se serait volontiers passée ! —, elle se lança dans une discussion interminable sur la coiffure idéale. Cheveux relevés ou lâchés sur les épaules ? A moins qu'un petit chignon d'où s'échapperaient quelques mèches fasse l'affaire…

Hadleigh eut beau lui rappeler à plusieurs reprises qu'elle se rendait au Bad Billy's et non dans un restaurant branché, cela ne changea rien à l'affaire.

Bref ! Lorsque le pick-up de Tripp s'arrêta devant chez elle, à 18 heures tapantes, Melody était toujours là. Etendue, pieds nus et jambes croisées sur le canapé, elle plongeait joyeusement sa cuillère dans un grand pot de yaourt. Elle avait décidé de ne pas bouger de la soirée, en fin de compte. Elle tiendrait compagnie à Muggles en attendant le retour de Hadleigh.

— Enfin… *si* tu rentres ce soir, ajouta-t-elle d'un air entendu avant de courir vers la fenêtre pour jeter un coup d'œil dans la rue.

Hadleigh la regarda faire, les yeux ronds. Elle se serait fait tuer sur place plutôt que d'aller voir s'il s'agissait bien du pick-up de Tripp.

— Wouah ! murmura Mel. Il a lavé sa voiture pour l'occasion. Et je peux te dire qu'il est divin… Sur son trente et un. Santiags cirées et tout le tremblement.

— Tu ne veux pas arrêter deux minutes ? chuchota Hadleigh, d'un ton féroce.

— Il ouvre le portail…, poursuivit Melody entre deux cuillerées de yaourt. Il est dans le passage… Il monte les marches et…

Et il frappa à la porte.

Hadleigh ferma les yeux et pria pour être téléportée ailleurs.

— Qu'est-ce que tu attends pour aller lui ouvrir ? gronda Melody à mi-voix.

Au lieu de répondre, Hadleigh la foudroya du regard.

— Si tu ne te décides pas, j'y vais moi-même, poursuivit son amie, d'une voix beaucoup trop forte à son goût.

Tripp frappa de nouveau, de manière quelque peu insistante. Vaincue, Hadleigh traversa la pièce en tapant des pieds et faillit dégonder la porte tant elle tira fort sur la poignée.

Cela dit, Melody avait raison. Tripp était plus que sexy, avec cette chemise parfaitement assortie au bleu de ses yeux, ce jean qui lui allait à la perfection et ces boots qui avaient dû coûter une petite fortune.

Il l'examina discrètement de la tête aux pieds, puis esquissa un sourire.

Hadleigh souleva le crochet de la porte-moustiquaire, l'air aussi détaché que possible.

— Tu es là, dit-elle.

Presque aussitôt, elle se mordit la langue. *Très intelligent, comme entrée en matière !* lui lança la voix moqueuse de l'adolescente qui dormait toujours en elle.

De nouveau, Tripp sourit. Fort heureusement, il s'abstint de tout commentaire désobligeant.

— Tu es prête ?

Prête, moi ? Tu ne peux pas t'imaginer à quel point, cow-boy !

Cette fois, c'était l'adulte en elle qui parlait.

Quoi qu'il en soit, elle devait à tout prix dissimuler son trouble. Alors elle acquiesça et alla chercher son sac. Une fois de plus, Tripp avait réussi à la faire rougir…

Contre toute attente, Melody se fit relativement discrète. A la manière d'une mère vigilante, toutefois. Tout sourire… et se faisant manifestement violence pour ne pas intervenir.

Sur ce, Muggles surgit dans le vestibule en agitant la queue et en levant un regard adorateur vers le nouveau venu.

— Salut, le chien ! lui lança chaleureusement ce dernier avant de se pencher pour lui gratter les oreilles.

Apparemment ravie de ce traitement de faveur, Muggles lécha la main de Tripp et repartit en direction du salon.

La cérémonie des politesses étant terminée, Hadleigh s'apprêtait à saluer Melody avec une certaine froideur quand cette dernière posa un index sur ses lèvres pour la faire taire.

Tripp passa la tête dans l'entrebâillement de la porte.

— Ne nous attends pas, Mel ! lança-t-il d'un ton léger.

— Mais si tu veux déplacer ta voiture, ne te gêne surtout pas, enchaîna Hadleigh. Je te signale que tu me bloques la sortie.

Melody ne répondit pas. Un sourire aux lèvres, elle porta une main à son front en un geste militaire, puis regagna le salon, dans l'intention évidente de reprendre sa place sur le canapé.

Hadleigh soupira et ferma la porte.

L'épreuve allait commencer.

Tripp pénétra sur le parking du Bad Billy's, Hadleigh à ses côtés. La scène avait un petit air de déjà-vu. Bien sûr, certains détails différaient de la fois précédente. Hadleigh n'était pas en robe de mariée, pour commencer. Il n'avait pas été obligé de l'enlever pour l'amener jusqu'ici. Et surtout, ce n'était plus une gamine, mais une femme.

Et quelle femme !

A sa seule vue, il avait l'eau à la bouche et sentait les battements de son cœur s'accélérer.

La fillette aux genoux cagneux avait bien grandi…

Il réprima difficilement un soupir de découragement.

Hadleigh était venue de son plein gré, malgré sa réticence affichée. En aucun cas, il ne lui aurait forcé la main, elle le savait. Cela ne signifiait pas pour autant qu'elle avait vraiment envie d'être là, avec lui. Il n'y avait qu'à la regarder : elle se tenait très droite et, le menton légèrement relevé, regardait droit devant elle. Prête pour le combat.

Une fois garé, il alla lui ouvrir la portière, mais, les yeux résolument baissés, elle ignora la main qu'il lui tendait et prit appui sur le marchepied pour descendre du véhicule.

La réconciliation n'était pas pour ce soir, manifestement. Du moins pas si elle pouvait l'éviter. D'une manière un peu perverse, il en conçut un certain amusement. La soirée risquait d'être… intéressante et animée.

Tandis qu'ils s'avançaient vers l'entrée du restaurant, il se demanda ce qu'il pouvait dire ou faire pour amadouer son amie d'enfance. En vain. Mis à part quitter la ville pour ne plus jamais y revenir, il ne voyait pas.

Lorsqu'il lui ouvrit la porte du restaurant, elle s'immobilisa sur le paillasson usé sur lequel les habitués étaient priés d'essuyer leurs bottes, et le regarda droit dans les yeux. A en juger par son expression, cela n'avait rien d'une victoire.

— Je pourrais te jeter sur mon épaule pour te forcer à entrer, dit-il, par pure forfanterie. Seulement ça ferait jaser.

Hadleigh le toisa quelques secondes avec un mépris affiché, puis entra.

Le mélange de joie et de soulagement qui s'empara alors de lui fut tout à fait disproportionné. Il n'avait remporté qu'une minuscule bataille, après tout, pas la guerre. Toutefois, il y avait toujours un aspect positif à toute chose. En l'occurrence, le fait que Hadleigh l'ait précédé lui donna l'occasion d'admirer les formes délicieusement rondes qu'elle avait enfermées dans un jean noir parsemé de minuscules pierres fantaisie…

Quant à ce petit haut rose moulant…

Bon sang !

La seule façon dont la jeune femme aurait pu se rendre plus sexy aurait été… de le retirer.

— Décide-toi, mon vieux ! lança le légendaire Billy, campé derrière la caisse. Tu entres ou tu sors. On voit que ce n'est pas toi qui payes mes factures de chauffage !

Tripp s'aperçut alors qu'il maintenait toujours la porte ouverte et que le froid entrait effectivement dans le restaurant.

Il se mit à rire.

Et, à son grand étonnement, Hadleigh aussi.

Obéissant à l'injonction du patron, il entra et referma la porte.

Il se pouvait que Hadleigh et lui aient une chance, finalement. Une toute petite chance…

Mais une chance de quoi ?

De recommencer à zéro ? De redevenir amis ? D'enterrer la hache de guerre ou d'en arriver à une paix armée ?

A un moment donné, il avait cru avoir toutes les réponses à ces questions, du moins en ce qui concernait sa relation avec Hadleigh.

A présent, le cœur serré et battant la chamade, l'esprit en ébullition et les sens en éveil, il n'était plus sûr de rien.

6

Et voilà. Elle était là, pour ce qui ressemblait étrangement à un rendez-vous galant — mais qui, Dieu merci, n'en était pas un — avec ce briseur de cœur de Tripp Galloway.

En d'autres termes… elle était en train de faire ce qu'elle s'était juré de ne jamais faire, sous aucun prétexte, en aucune circonstance, foi de Hadleigh Stevens.

Cela dit, et en dépit de l'angoisse qui s'était emparée d'elle en voyant Melody mettre ses armoires sens dessus dessous afin de la rendre présentable, elle se sentait étrangement apaisée, dans le cadre familier du Bad Billy's.

L'endroit était un mélange d'odeurs qu'elle aurait identifiées les yeux bandés. Celle des pommes de terre et des rondelles d'oignon baignant dans la friture, celle des steaks saisis sur le gril, celle des tourtes sucrées ou salées sortant du four, celle du café corsé — spécialité de la maison ! — et, pour finir, celle, plus discrète, du désinfectant utilisé pour nettoyer l'endroit.

Toutefois, et malgré sa belle assurance, elle n'avait que trop conscience de la présence de Tripp derrière elle. D'une virilité naturelle, il dégageait une chaleur et une vitalité qui la troublaient profondément.

Oh oui, il émanait de lui des ondes… intéressantes, pour ne pas dire sexy. D'ailleurs, elle ne pouvait s'empêcher d'y répondre, physiquement, émotionnellement et peut-être même au-delà, dans un espace intérieur, sacré et encore inexploré.

Plus encore, la panique qui l'habitait quelques minutes plus tôt l'avait désertée avec une telle subtilité qu'elle ne s'était aperçue de rien. Le changement avait été à la fois rapide et graduel, un peu comme à l'aube, lorsque le ciel s'éclaire de manière imperceptible pour, au terme d'une petite éternité, s'ouvrir en un flot de lumière éblouissante.

Pas de doute. Quelque chose avait changé. Elle se sentait… différente.

Pourtant, plus que jamais, elle avait le sentiment d'être elle-même.

Cette révélation presque mystique fut à la fois délicieuse et saisissante, parce qu'à présent elle savait. Elle allait devoir remonter ses manches et creuser, apprendre à connaître cette étrangère si confiante, cette autre Hadleigh qui avait sans doute toujours été là sans qu'elle en prenne jamais conscience.

Ce genre d'expérience transcendantale n'était-il pas censé être le fruit d'un moment de méditation, dans une église, au sommet d'une montagne ou au bord d'un ruisseau ? En tout cas, il ne devait pas arriver souvent que l'on fasse de telles découvertes sur soi-même dans un fast-food bondé qui sentait la friture !

D'accord, sa transformation, bien que très excitante, était légèrement bizarre, mais que pouvait-elle faire d'autre que se laisser emporter par le courant ? Elle finirait par s'échouer sur une rive ou l'autre, dans un piteux état, c'était certain. Mais était-ce une raison valable pour ne pas profiter, tant qu'elle le pouvait, de la joie folle qui s'était emparée d'elle ?

Ce moment d'introspection l'ayant mise en pilotage automatique, elle se surprit à attendre sagement qu'un serveur vienne l'accueillir, devant le panneau placé près de la caisse enregistreuse. Soucieuse de revenir à la réalité, elle se mit à regarder autour d'elle tandis que Billy continuait à haranguer Tripp avec sa gouaillerie habituelle.

Hadleigh sourit béatement. Elle savourait l'ordinaire, subitement. Dans ses détails les plus banals. Tous les tabourets alignés le long du comptoir étaient occupés, par exemple. La plupart des box et des tables également. Les serveuses entraient au pas de course dans les cuisines où deux cuisiniers, des jumeaux nommés Peter et Paul, trimaient sans relâche, dans la fumée et la vapeur. Les conversations allaient bon train, en une cacophonie bon enfant.

Sans raison particulière, elle se mit à réfléchir à la personnalité du patron, un homme d'une soixantaine d'années qu'elle connaissait depuis toujours.

Billy se donnait un mal fou pour dissimuler sa véritable nature. De l'extérieur, il était aussi chaleureux et approchable qu'un blaireau assailli par un essaim d'abeilles. Pourtant, il suffisait de le connaître un tout petit peu pour savoir que sa bougonnerie chronique n'était qu'une façade. Veuf depuis des années et sans enfants, il n'hésitait pas à tenir le rôle du Père Noël, et pas seulement le soir de l'illumination de l'immense sapin organisée par la mairie. Il distribuait aussi des repas de Noël aux malades, aux nécessiteux ou à ceux qui pleuraient la perte d'un être cher. Tout au long de l'année, il achetait des jouets qu'il entreposait dans un endroit connu de lui seul. La nuit de Noël, ces jouets réapparaissaient mystérieusement, sous le porche de certaines maisons du comté.

Bien qu'il fasse tout pour garder l'anonymat, sûrement dans l'espoir de conserver sa réputation de vieux grincheux, personne, à Mustang Creek, n'était dupe et, à l'approche de Thanksgiving, de nombreux habitants déposaient à son restaurant des sacs pleins de denrées non périssables et de cadeaux divers.

Et ce n'était pas tout ! Avec quelques-uns de ses amis, tout aussi bougons que lui, il avait monté un groupe. Au moins une fois par mois, la petite bande allait divertir les résidents de la maison de retraite, Billy jouant ses fameuses polkas à l'accordéon, ses compères l'accompagnant au banjo, à la guitare et au tambourin.

La réaction ironique de Tripp la ramena à la réalité du moment.

— Eh bien, tu ne t'es pas amélioré, depuis mon dernier passage, Billy ! lança-t-il en riant. Toujours aussi aimable ! C'est plutôt rassurant, remarque. Ça prouve que certaines choses ne changent pas.

Billy laissa échapper un bruit bizarre, à mi-chemin entre le rire et le soupir de dédain. Hadleigh examina les deux hommes avec amusement. La scène était typique de Mustang Creek. Une joute verbale entre deux vieux amis qui ne s'étaient pas vus depuis une éternité, une façon toute masculine de dire : « Il était temps que tu te décides à rentrer au bercail, lâcheur ! » Une marque d'affection, en somme.

— Je vais te dire, moi, ce qui ne change vraiment pas, grommela Billy. Tu peux disparaître du jour au lendemain et ne revenir que tous les trente-six du mois, tu peux rester dans ta grande ville autant que tu veux, tu es toujours aussi bêcheur, mon gars !

Tripp partit d'un grand rire.

— Ah, voilà qui est original ! répliqua-t-il, reprenant l'accent traînant des cow-boys du coin. On ne me le dit qu'une dizaine de fois par semaine.

— Je n'essaie pas de donner dans l'original, rétorqua Billy. Je dis ce qui est, nuance.

Cette fois, Tripp ne répondit pas. Sans doute venait-il de se souvenir que, face à Billy, avoir le dernier mot pouvait prendre du temps, voire relever de l'exploit — ou de l'impossible !

Entre-temps, Ginny, une serveuse d'âge canonique qui travaillait là depuis l'ouverture du restaurant, s'était approchée de Hadleigh. Elle lui donna un petit coup de coude complice et murmura :

— Ah, j'avais bien entendu dire que tu revoyais Tripp ! Si tu veux mon avis, c'est une bonne chose, petite !

Hadleigh sentit ses joues s'empourprer et se retint, par respect pour son aînée, de lui faire remarquer qu'elle ne voulait pas de son avis, justement. De toute façon, essayer de contredire Ginny aurait été une perte de temps. Une fois que les ragots commençaient à circuler, il était impossible d'y mettre fin. Et puis, Ginny avait été l'amie fidèle d'Alice Stevens jusqu'à sa mort.

Aussi, réprimant un soupir, Hadleigh demanda-t-elle en souriant chaleureusement :

— Il reste de la place, près d'une des fenêtres ?

Elle avait à peine terminé sa phrase qu'elle sentit la main de Tripp se poser, doucement mais avec fermeté, dans le creux de ses reins. Et bien que ce genre de familiarité ait toujours été dans ses habitudes, il réussit à la prendre par surprise. Elle sursauta à ce contact qui l'électrisa aussi sûrement que si elle avait escaladé une clôture électrique en plein orage. A la différence près que cela aurait été extrêmement douloureux, bien sûr. Or, ce qu'elle ressentit lui parut… délicieux — dans le genre traître et dangereux !

Elle se força à brider son imagination galopante et y parvint relativement vite, mais seulement après s'être demandé quel effet cela ferait, de se trouver nue avec Tripp, derrière des volets clos…

— Bien sûr, mon petit, répondit Ginny, se frayant un chemin dans la salle bondée, entre les box et les chaises posées autour des tables rondes.

Et elle s'arrêta… à l'endroit précis que Hadleigh aurait préféré éviter.

— Ça te va, là ? s'enquit Ginny.

Le ton était innocent, donc c'était peut-être une simple coïncidence. Il n'en restait pas moins vrai que Ginny lui avait assigné le box où Tripp et elle s'étaient installés, le jour de son mariage avorté…

En un éclair, elle revit la scène, mais de l'extérieur. Tripp, déterminé et sûr de son fait, et elle, dix-huit ans à peine, désespérément romantique, la dentelle de son impressionnante robe blanche répandue autour d'elle, son voile ne tenant plus que par une épingle à cheveux. Si sa mémoire était bonne, son maquillage avait coulé, ses faux cils étaient tout de guingois et son chignon élaboré pendait lamentablement sur une de ses épaules.

Sacré spectacle !

Frappée par le tableau, elle cligna des yeux pour repousser ce souvenir peu glorieux.

— Parfait, Ginny. Merci, répondit Tripp avec un calme presque suspect.

Et, avant qu'elle ait eu le temps de comprendre ce qui

lui arrivait, elle se retrouva assise face à un Tripp dont le sourire hésitant démentait la gravité du regard.

Ginny leur tendit un menu à chacun, promit de revenir tout de suite et les laissa seuls. De nouveaux clients affamés attendaient près de la caisse tandis que d'autres remettaient leur manteau, emmitouflaient les bébés endormis dans leur poussette, rassemblaient les gamins attroupés devant les jeux vidéo et se dirigeaient vers la caisse.

Hadleigh sentit sa gorge se nouer à la vue de ce spectacle banal et pourtant si poignant.

Elle adorait sa vie à Mustang Creek. Depuis toujours, et en dépit du cortège de malheurs qui l'avait frappée — la mort de ses parents, celle de Will et, bien sûr, celle de sa grand-mère.

S'apercevant soudain que Tripp l'observait — et soupçonnant qu'il voyait les blessures qu'elle s'efforçait généralement de cacher —, elle soutint son regard.

— Tu as soudoyé Ginny ou quoi ? demanda-t-elle, une pointe d'ironie dans la voix. Pour qu'elle nous installe dans ce box plutôt que dans un autre, je veux dire…

Tripp ne cilla pas.

— Non, répondit-il, étouffant un petit rire rauque. C'est la faute à pas de chance.

Elle s'empara de son menu d'un geste un peu théâtral.

— Si tu le dis, rétorqua-t-elle avant de se lancer dans la lecture d'une carte qu'elle connaissait par cœur.

Elle entendit Tripp étouffer un petit rire.

— Explique-moi un peu pourquoi j'aurais fait une chose pareille, Hadleigh. Au cas où je n'aurais pas été suffisamment clair, j'essaie de me remettre dans tes petits papiers.

La jeune femme referma le menu en un claquement sec. Elle avait décidé, pendant le trajet plus que tendu, d'opter pour la fameuse salade Cobb. Et comme sa confiance en elle l'avait emporté sur sa faiblesse habituelle — pour l'instant et pour longtemps, espérait-elle —, elle reposa la question à laquelle Tripp avait si soigneusement évité de répondre, une semaine plus tôt, quand il avait resurgi dans sa vie. Bien qu'elle pense connaître la réponse, il lui semblait important d'entendre sa version.

— Qu'est-ce qui te retient à Mustang Creek, Tripp ? Tu ne fais que passer, d'habitude.

Il n'avait pas ouvert son menu — peut-être parce qu'il avait déjà réfléchi à ce qu'il voulait manger, lui aussi. Il était assis tranquillement, les mains posées sur la table, les doigts négligemment entrecroisés, parfaitement à l'aise, quoi que toujours vigilant.

— Mon père, principalement.

Exactement ce qu'elle pensait. Malgré la discrétion légendaire de Jim Galloway, tout le monde, dans la petite ville, savait qu'il luttait contre un cancer de la prostate depuis près d'un an.

— A l'en croire, le pire est derrière lui, poursuivit Tripp. C'est sans doute vrai, d'ailleurs, car il n'a jamais su mentir.

Il s'interrompit, le temps de laisser échapper un soupir.

— Le ranch en revanche tombe en décrépitude. Et ça ne date pas d'hier, d'après ce que j'ai constaté.

Ginny réapparut, toujours aussi pimpante avec son rouge à lèvres écarlate, son uniforme impeccable et ses chaussures à semelle de crêpe. Tirant de sa poche un calepin et un stylo, elle se planta devant eux sans un mot.

Hadleigh demanda une salade Cobb, en format déjeuner plutôt que dîner, ainsi qu'un verre de thé glacé sans sucre. Tripp opta pour un blanc de poulet rôti.

— Ah, et un grand verre d'eau plate avec beaucoup de glace, Ginny, si cela ne vous dérange pas.

— Pas du tout, voyons ! s'exclama la serveuse.

— Vous êtes un amour.

Flattée, Ginny retourna à ses occupations, les laissant de nouveau en tête à tête. Mais comme le Bad Billy's était le lieu de rassemblement de tout le comté, ils ne restèrent pas seuls bien longtemps. Les gens s'arrêtaient pour venir saluer Tripp. Hadleigh aussi bien sûr, mais plus discrètement — pour la plupart, ils la voyaient tous les jours. Ce qu'ils voulaient savoir, c'était si le vieux Jim tenait bon, et si Tripp avait l'intention de rester dans la région pour reprendre le ranch.

Tripp se montra cordial avec chacun d'entre eux, répondant inlassablement aux mêmes questions. Oui, l'état de Jim semblait s'améliorer, au point qu'il envisageait de partir en croisière dans le Grand Nord. Et oui, Tripp ferait tout son possible pour remonter le ranch.

« Remonter le ranch » signifiait-il qu'il était rentré pour toujours ? se demanda Hadleigh.

Elle allait lui poser la question lorsque Spence Hogan, le chef de la police locale, vint se poster devant leur table.

Après avoir adressé un sourire courtois à Hadleigh, il se tourna vers Tripp.

Spence avait fait partie de la bande de Will et de Tripp, au lycée. Plutôt beau gosse dans le genre ténébreux, les yeux bleu indigo et particulièrement affable, il était toujours célibataire. Sur bien des points, il répondait aux critères du « pacte de mariage » et, bien qu'il soit né à Mustang Creek — un sérieux handicap, selon Bex —, il aurait pu faire un mari potentiel.

Du moins en théorie, car personne n'était parfait, pas même Spence Hogan.

Il adorait son métier, qu'il exerçait avec talent et conviction. Il était honnête, droit, travailleur, et on ne pouvait nier qu'il était plaisant à regarder. Et tout cela jouait en sa faveur.

Malheureusement, lorsqu'il s'agissait de se fixer, c'était une autre affaire. Selon lui, il fallait varier les plaisirs. Rester ouvert à toutes les possibilités. *Toutes*. En d'autres termes, il multipliait les conquêtes.

Melody était sortie avec lui à deux reprises. D'abord au lycée, puis à l'université. La seconde fois, leur relation avait paru sérieuse, jusqu'à ce qu'ils se séparent pour une raison encore non élucidée. A ses meilleures amies, Melody s'était contentée d'expliquer qu'ils avaient rompu d'un commun accord, après s'être rendu compte qu'ils n'étaient pas faits l'un pour l'autre.

— Je me demandais quand je te croiserais enfin, disait

Spence à Tripp, quand Hadleigh reprit le fil de la conversation en cours. Le poste de police n'a pas changé de place, je te signale. Mon bureau est toujours au même endroit. Tu es rentré depuis plus d'une semaine et tu n'es même pas passé me dire bonjour ? Tu aurais pu faire un effort, vieux !

Sur ces mots, il prit une chaise de la table la plus proche, la tira jusqu'au box et s'assit.

— Ne te gêne pas, fais comme chez toi ! lui lança sèchement Tripp. Quant au reste, on est quittes parce que le ranch n'a pas bougé, lui non plus.

Du coin de l'œil, Hadleigh vit Ginny revenir avec leurs boissons. Elle posa les deux verres sur la table et donna un petit coup de coude à Spence.

— Maintenant que tu es installé, tu veux la carte, je suppose ? demanda-t-elle, d'un ton légèrement acide.

Spence lui décocha un de ses fameux sourires, limite impertinent et auquel il semblait s'être longuement exercé — un aperçu de ses dents blanches, une lueur brève dans ses yeux trop bleus, la fossette de sa joue droite se creusant, le tout en l'espace d'une nanoseconde.

Et ça marchait ! Il parvenait même à faire rougir Ginny ! Ginny, qui tenait la dragée haute aux dragueurs de tout poil et avait la réputation de ne jamais s'en laisser conter !

— Non. Seulement un café, s'il te plaît. Noir, comme d'habitude. Merci, princesse.

Et Ginny, bien qu'elle affirme « ne pas être née de la dernière pluie et en avoir vu d'autres », pour reprendre sa propre expression, grimaça pour la forme, avant de se diriger vers l'énorme cafetière posée derrière le comptoir.

Spence laissa échapper un long soupir censé signifier que ce n'était pas sa faute, si les femmes de tous âges et de tous horizons succombaient à son charme.

— Tu voulais quelque chose en particulier ? lui demanda Tripp. Parce que si tu es simplement venu passer le temps en attendant que l'on t'apporte ton café, je… J'ai autre chose à faire, dans l'immédiat.

Spence se tourna vers Hadleigh, s'attarda un moment

sur son visage puis, après avoir haussé les sourcils d'un air interrogateur, revint vers son copain de lycée.

— Je vois ça, oui, laissa-t-il tomber, la mine faussement froissée. Je ne serai pas long, rassure-toi.

— Tant mieux ! rétorqua Tripp.

Ginny revint avec le café commandé par Spence et le lui posa sous le nez. Avec une telle force que la tasse dansa un instant sur la soucoupe.

Au lieu de s'en prendre directement à lui, néanmoins, elle regarda Hadleigh d'un air entendu. La jeune femme s'empressa de la rassurer d'un sourire. Tout allait bien. Spence en avait presque terminé, il ne tarderait pas à retourner vaquer à ses occupations, professionnelles ou autres.

Il attendit toutefois que la serveuse se soit éloignée pour avaler une gorgée de son café, sans se presser. Il faisait durer le plaisir, de toute évidence.

— Comment va Jim ? demanda-t-il brusquement. Il doit être content de te voir.

C'était une pique, si peu offensive et lancée sur un ton si léger que Hadleigh ne se serait aperçue de rien si les yeux de Tripp n'avaient pas jeté un éclair, et si elle n'avait pas assisté à ce genre d'interaction des dizaines de fois, dans sa jeunesse. Will, Spence et Tripp auraient fait n'importe quoi pour se porter au secours de l'un d'entre eux. Pourtant, il leur était arrivé, plus souvent qu'à leur tour, de s'affronter, tels de jeunes taureaux marquant leur territoire.

Aussi proches qu'ils aient été, Will et Tripp s'étaient pris de bec plus d'une fois. Ils en étaient fréquemment venus aux mains, ce qui se terminait généralement par un œil au beurre noir, après une empoignade musclée dans la cour de derrière. Lorsqu'elle estimait que la plaisanterie avait assez duré, Alice Stevens sortait de sa cuisine et s'emparait du tuyau d'arrosage pour les calmer. A moins que les garçons, qui luttaient à forces égales, finissent, épuisés, par s'allonger sur la pelouse, côte à côte, pour reprendre leur souffle et regarder le ciel en riant. Quand Spence était là, il était le premier à se joindre à la mêlée, bien sûr. Et avec ardeur !

Au début, Hadleigh avait été effrayée par ces bagarres effrénées. Son frère et ses amis ne reculaient devant rien, lui semblait-il. Cependant, elle avait fini par comprendre que la lutte était un sport, pour les garçons. Une manière comme une autre de se défouler, et aussi de prouver quelque chose — à eux-mêmes ou à leurs amis.

Tripp prit tout son temps pour répondre à la question de Spence. Lorsqu'il le fit, ce fut d'un ton posé.

— Mon père se porte comme un charme, Spence. Merci de t'être enquis de sa santé.

Le chef de la police leva les yeux au ciel.

— De rien, de rien, mec ! répliqua-t-il, faisant reculer sa chaise, avant de saluer Hadleigh d'un hochement de tête.

Et il partit comme il était venu.

— Il n'y a pas à dire, tu es doué pour entretenir des relations de bonne intelligence, toi ! fit remarquer Hadleigh, une fois que Spence fut hors de portée d'oreilles.

Voyant Ginny revenir avec leurs plats, Tripp attendit qu'elle les ait déposés sur la table et ait remporté la tasse de Spence pour… ne rien dire du tout.

— Je croyais que vous étiez amis, Spence et toi, insista la jeune femme.

— Nous le sommes, répondit Tripp, s'emparant de la poivrière pour assaisonner son plat.

— Eh bien… on ne dirait pas, à voir la manière dont vous vous comportez, tous les deux.

— Je t'assure que tout va bien, Hadleigh. La preuve, j'ai l'intention de lui proposer une partie de poker, un de ces soirs prochains. Ce sera bien le diable si je ne trouve pas d'autres amateurs pour se joindre à nous !

Hadleigh planta sa fourchette dans un des morceaux de fromage dont sa salade était garnie.

Sans grand enthousiasme, d'ailleurs.

— Je ne comprends toujours pas, dit-elle. Ça fait des années que tu connais Spence. Alors pardonne-moi d'insister, seulement je trouve que tu as été dur avec lui.

Un sourire entendu aux lèvres, Tripp la dévisagea d'un air bonhomme.

— Les hommes sont beaucoup moins diplomates que les femmes, expliqua-t-il comme s'il s'agissait d'une évidence. Spence voulait me faire payer le fait que je ne sois pas encore passé le voir, c'est vrai. Cependant, ce qui vient de se produire n'avait rien à voir là-dedans. Ce qu'il voulait savoir, en réalité, c'est ce que nous fabriquions ensemble.

Hadleigh ouvrit la bouche pour la refermer aussitôt. Elle baissa les yeux vers le morceau de fromage dans lequel elle venait de piquer et le considéra comme si elle se demandait ce qu'il faisait au bout de sa fourchette.

— Comment ça ? demanda-t-elle enfin, toujours perplexe.

Le sourire de Tripp s'élargit encore. Il prit le temps de savourer une bouchée de pommes de terre couvertes de sauce et de l'avaler avant de daigner s'expliquer :

— Mustang Creek est une petite ville, je te rappelle. Tout le monde sait que nous ne nous adressons plus la parole depuis dix ans.

De nouveau, il s'interrompit, cette fois pour planter son couteau dans son blanc de poulet — en sauce, lui aussi, et si énorme qu'il occupait presque toute l'assiette ! Au moment précis où Hadleigh, exaspérée, envisageait de lui planter le sien, de couteau, dans la poitrine, il se remit à parler :

— Nous sommes entrés dans la légende, tous les deux. Je suis tout de même l'homme qui t'a enlevée devant l'autel juste à temps pour t'éviter de te compromettre avec le gredin que tu t'étais choisi comme mari. Et toi, tu es la mariée en furie qui s'est débattue tout le long du chemin. Alors il me paraît plutôt normal que les gens s'interrogent quand ils nous voient dîner tranquillement dans un endroit public, non ?

Hadleigh s'attarda sur « la mariée en furie qui s'est débattue tout le long du chemin ».

Avait-elle vraiment tenté de résister à Tripp avec ardeur ? Ou bien avait-elle été… un tout petit peu contente, contrairement aux apparences ?

Elle n'avait jamais envisagé cette possibilité. Du moins

pas sérieusement. Bien sûr, l'idée lui était venue à l'esprit. Sa grand-mère y avait pensé, elle aussi, puisqu'elle lui avait laissé entendre, à une ou deux reprises, qu'en son for intérieur elle avait espéré jusqu'au bout que Tripp se porterait à son secours, tel un chevalier en armure. Qu'il empêcherait ce mariage et l'emmènerait au loin pour un bonheur durable et sans nuage.

A l'époque, elle aurait pu jurer le contraire. Mais inconsciemment ?

Elle fronça les sourcils. Non… Impossible. Même à dix-huit ans, elle n'était pas assez naïve pour fantasmer sur une telle éventualité. Déjà parce qu'elle n'avait aucun moyen de savoir comment Tripp réagirait à l'annonce de son mariage prochain avec Oakley Smyth. Il aurait pu en entendre parler, se dire que la petite sœur de Will était moins maligne qu'il ne l'avait pensé et ne plus jamais lui accorder une seule pensée.

Sauf que…

Oui. Elle avait deviné qu'il rentrerait à Mustang Creek, comprit-elle soudain avec effroi. Qu'il foncerait droit vers l'église et n'hésiterait pas un instant à faire un scandale si cela devait mettre fin à la cérémonie.

Et comment avait-elle deviné cela à l'avance ? La réponse était simple. Son frère, qui n'avait jamais beaucoup aimé Oakley lui non plus, aurait fait exactement la même chose. Will et Tripp avaient toujours eu la même manière de penser et les mêmes goûts. Ce qui avait donné lieu à quelques empoignades musclées, d'ailleurs, quand ils s'entichaient de la même fille…

D'un geste lent, elle reposa sa fourchette et se renversa sur son siège. Comment avait-elle pu se mentir sur ses motivations profondes, non seulement à l'époque, mais pendant les dix années qui s'étaient écoulées depuis ?

— Ta salade n'est pas bonne ? lui demanda Tripp, l'arrachant à ses pensées nébuleuses.

Elle sursauta presque et secoua la tête.

— Je ne sais pas, je ne l'ai pas goûtée. Je… je faisais un petit retour en arrière.

Tripp la dévisagea, dubitatif.

— Ecoute, si cela te contrarie tant que ça d'être assise à cette place, nous…

— Ce n'est pas ça ! Ce n'est ni ce box ni la nourriture.

— Qu'est-ce que c'est, alors ?

Bien que le ton soit calme, elle savait qu'elle ne pourrait laisser les choses en suspens bien longtemps. A un moment ou à un autre, Tripp exigerait une explication. Elle tourna la tête pour voir si les autres clients les regardaient — ce qu'ils faisaient, bien sûr — et baissa la voix.

— Je ne peux pas te dire ça ici. En fait, il se peut même que je ne puisse jamais le dire. A personne.

Tripp se renfrogna. Sa perplexité était en train de céder la place à l'agacement.

— Je ne vois pas où tu veux en venir, Hadleigh. Cela dit, si ça me concerne aussi, il faut que l'on en discute.

— Pourquoi est-ce que ça te *concernerait*, comme tu dis ? Tu n'es pas le centre de l'univers, que je sache, répliqua-t-elle dans l'espoir futile de le faire reculer.

Ce qui ne marcha pas, bien sûr. Elle le vit tout de suite.

— Hadleigh…

A sa grande surprise, il ne poursuivit pas.

— Je t'assure que cela n'a aucune importance, affirma-t-elle.

Un silence inconfortable s'installa entre eux.

— Regarde-moi en face et explique-moi, puisque je n'ai rien compris à ce qui se passait dans ta jolie petite tête, murmura soudain Tripp, beaucoup trop calmement.

— Tu… tu me croiras ?

— Ce n'est pas ce que j'ai dit.

Elle était incapable de mentir — à lui ou à qui que ce soit d'autre d'ailleurs — et il le savait aussi bien qu'elle. Elle laissa échapper un soupir si profond qu'elle se fit l'impression d'un ballon de baudruche en train de se dégonfler.

Tripp attendit patiemment. Il leva une main pour demander l'addition à Ginny qui passait par là, sans quitter Hadleigh des yeux.

La serveuse arriva presque aussitôt. Son bel entrain avait

disparu, et ce fut d'un regard inquiet qu'elle contempla leurs assiettes encore pleines. Si Tripp avait goûté à son plat, la salade de Hadleigh était intacte.

— Quelque chose ne va p…

Tripp ne lui donna pas le temps de terminer sa phrase.

— Tout va bien, Ginny, dit-il avec un sourire qui aurait fait fondre Hadleigh s'il lui avait été adressé. Nous venons de nous rappeler que nous sommes attendus ailleurs, d'ici moins d'un quart d'heure.

Manifestement rassurée — et totalement séduite —, Ginny lui retourna son sourire et lui tendit la note.

Tripp jeta un vague coup d'œil au total et sortit son portefeuille pour en tirer un billet qu'il posa sur la facture avant de le tendre à Ginny.

— Je vais vous chercher la monnaie tout de suite, si vous êtes pressés, dit-elle.

— Inutile, répondit Tripp.

Il se leva et tendit la main à Hadleigh. Elle ne la prit pas. Aux dernières nouvelles, elle était assez grande pour sortir de table toute seule.

Du coup, Tripp se pencha vers elle, si près qu'elle sentit son souffle contre son oreille. En sachant parfaitement que tous les clients observaient la scène et que les commentaires iraient bon train.

Le scélérat !

— Chez toi ou chez moi ? murmura-t-il.

La jeune femme rougit violemment. Toutefois, ce fut avec un sourire radieux, quoiqu'un peu forcé, qu'elle leva les yeux vers lui.

— Ni l'un ni l'autre, répondit-elle d'une voix douce, avec un grand sourire.

Elle aussi savait jouer la comédie, quand elle le voulait.

— On a conclu un marché, il me semble, poursuivit-elle. Un dîner et *rien d'autre.* Le repas est terminé, la soirée aussi.

Tripp lui répondit par un sourire aussi lumineux que les rayons du soleil après l'averse.

— Pas avant que nous ayons eu cette petite conversation, déclara-t-il d'un ton ferme.

A les voir, on aurait dit qu'ils n'attendaient qu'une chose : être seuls pour se mettre au lit et faire l'amour.

Comme si elle était du style à faire des galipettes avec Tripp Galloway ! Cela ne risquait pas d'arriver, et c'était tant mieux, d'ailleurs.

Enfin, presque.

— Je répète : nous avons fait un marché, siffla-t-elle entre ses dents.

Sans un mot, il l'aida à enfiler son manteau. A présent, ce n'était plus son seul sourire qui la réchauffait. La lueur de ses yeux bleus était si torride qu'elle craignit un instant d'être obligée de se rasseoir.

— Notre *marché*, comme tu dis, ne stipulait pas que nous repartirions si tôt parce que tu as un souci et que tu refuses d'en parler en public, rétorqua-t-il.

Sur ces mots, il lui prit la main et, la soulevant doucement, la porta à ses lèvres pour y déposer un baiser.

Hadleigh le gratifia de son plus beau sourire. Il voulait jouer ? Très bien. Elle ne manquait pas de répondant, dans ce domaine-là non plus.

Sauf qu'il avait un coup d'avance. Avant qu'elle ait eu le temps de riposter, il l'embrassa, le fumier !

Là, au beau milieu du Bad Billy's, au vu et au su de la moitié des habitants du comté !

Et, si elle ne lui rendit pas son baiser, elle ne le repoussa pas non plus.

Elle était perdue.

Les autres clients n'eurent même pas la décence de faire mine de n'avoir rien vu. Certains s'émerveillèrent, d'autres allèrent jusqu'à applaudir avec enthousiasme.

Quant à Tripp, avec la belle assurance qu'il avait affichée le jour de son mariage raté, il la prit par le coude et l'entraîna, à travers la salle bondée, jusqu'à la sortie.

Comme il était galant de nature, il lui tint la porte ouverte.

Le crépuscule était tombé et la lune, majestueuse, brillait tellement qu'elle faisait de l'ombre aux étoiles.

— Tu peux me lâcher, marmonna Hadleigh. Le show est fini.

Il la fit pivoter vers lui et lui glissa une main sous le menton.

— Je repose ma question, Hadleigh. Chez toi ou chez moi ?

7

« Chez toi ou chez moi ? »

Cela lui laissait peu de choix, songea Hadleigh.

Refusant que Tripp fasse plus pour elle que lui ouvrir la portière du pick-up — et principalement parce qu'il l'avait devancée —, elle s'installa avec une certaine raideur. Tripp s'inclina nonchalamment, puis referma la portière et alla se glisser derrière le volant. Tout cela sans un mot. Elle accrocha sa ceinture et, les yeux rivés sur le pare-brise, attendit qu'il démarre. Elle se sentait en contradiction avec elle-même, à jouer ce petit jeu idiot alors que rien ne l'y obligeait, à redouter de dire la vérité tout en éprouvant le besoin impérieux de le faire, quelles que soient les conséquences.

Et tout ça pourquoi ?

Parce qu'elle était incapable de mentir, ne serait-ce que par omission. Fichue sincérité !

Où était donc passée la super-Hadleigh avec sa belle confiance, en cet instant précis ? Pas là, en tout cas.

— Vu que Melody est restée chez toi, autant aller au ranch, déclara soudain Tripp, avec un calme d'autant plus exaspérant qu'elle se sentait *tout* sauf calme, elle !

Elle fut traversée par un frisson d'angoisse et de… De quoi au juste ? Elle n'aurait su le dire. Ou ne voulait pas y penser.

— Jim n'est pas là ? demanda-t-elle, résistant à l'envie de prendre la défense de son amie, ce qui était complètement idiot, puisque Tripp n'avait rien dit de bien méchant.

Une chose était claire, en tout cas : il n'avait aucune intention de la ramener chez elle dans l'immédiat.

Or, si d'un côté, elle voulait qu'il le fasse malgré tout et l'oublie pour toujours, de l'autre, elle était décidée à aller jusqu'au bout pour crever l'abcès et voir ce qu'il en ressortirait.

— Il est sûrement couché, à cette heure-ci, répondit Tripp d'un ton désinvolte. Et s'il ne l'est pas, il aura la décence de nous laisser seuls. On ne peut pas en espérer autant de ta copine.

Hadleigh croisa rageusement les bras. Là, elle devait intervenir.

— Melody ne fait que veiller sur moi, dit-elle aigrement.

Un doux euphémisme, quand on songeait que, en plus d'insister pour qu'elle accepte ce rendez-vous, son amie était allée jusqu'à choisir sa tenue…

Tripp lui jeta un regard amusé et démarra.

— Ça, je n'en doute pas ! J'ajoute qu'elle s'en fait pour rien. Je n'ai pas l'intention de prendre des libertés avec toi, Hadleigh. Tu n'as pas besoin de garde du corps, rassure-toi.

Subitement, Hadleigh repensa au jour lointain où Bex et elle avaient eu l'idée de peindre le sol en béton du garage des Stuart. Elles avaient fait une fine équipe, toutes les deux ! Après avoir débarrassé l'endroit, balayé et lavé soigneusement le sol, elles avaient mélangé du sable à la peinture jaune canari qu'elles avaient trouvée dans la remise, non sans se féliciter de leur ingéniosité. La mère de Bex serait ravie. A l'entendre, ce sol était si glissant, par temps de pluie, qu'un jour ou l'autre quelqu'un tomberait et se briserait les reins.

Sûres de leur génie, les deux filles avaient travaillé sans relâche, à genoux, côte à côte. Elles étaient parties de l'entrée, répandant allègrement le mélange sur le béton… pour finalement s'apercevoir qu'elles étaient coincées. Entourées par la peinture fraîche, au fond du garage… Et comme elles ne voulaient ni détruire leur œuvre, ni salir les semelles de leurs baskets, elles étaient restées là pendant des heures, à attendre que cela sèche.

Hadleigh ne put réprimer un sourire désabusé. L'épisode

avait un lien évident avec la manière dont elle avait mené sa barque, ce soir. Elle était coincée, une fois encore. Et elle ne pouvait s'en prendre qu'à elle !

Qu'était-elle censée faire, à présent ?

Elle ne devait aucune explication à Tripp Galloway, il le savait aussi bien qu'elle. Il la provoquait pour la faire réagir, rien de plus. Et puis ce serait beaucoup trop humiliant de lui parler de la révélation qu'elle avait eue au Bad Billy's. Une révélation si inattendue qu'elle n'avait pas eu le temps de dissimuler sa stupeur. Là, dans ce fichu box où son immaturité et ses fantasmes d'adolescente naïve lui étaient revenus en pleine face.

Quant à mentir… Non. Impossible. Elle en était physiologiquement incapable. Et puis, en admettant qu'elle parvienne à inventer une histoire plausible et à l'énoncer sans bafouiller, Tripp ne serait pas dupe.

En même temps, il lui avait promis d'abandonner la partie si elle parvenait à le « regarder en face », pour reprendre son expression, et à lui expliquer pourquoi, en moins d'une seconde, elle avait cessé de manger et perdu contenance. De plus, si elle s'était ainsi donnée en spectacle avec Tripp au restaurant, cela avait été par pur amour-propre — un peu par défi aussi, il fallait l'avouer.

Cette pensée la fit grimacer. Certains des clients devaient déjà échanger leurs impressions, envoyer des textos à leurs amis, voire poster une description détaillée des événements de la soirée sur les réseaux sociaux. Si cela se trouvait, il y avait même des photos, vu que la plupart des gens étaient équipés de smartphones, de nos jours.

Elle imaginait sans peine les commentaires ! « Hadleigh Stevens et Tripp Galloway se sont embrassés en plein milieu du restaurant. Devant tout le monde. Et pas en copains, avec ça ! Non. Un vrai baiser, sur la bouche ! Là-dessus, ils sont partis. Comme ça, sans prévenir, alors qu'ils avaient à peine touché à leur repas ! Vous devinez la suite, pas besoin de vous faire un dessin… »

Elle rougit. S'ils savaient à quel point elle rêvait qu'il y ait effectivement une suite logique à ce baiser idiot…

Une nouvelle fois, à cause de Tripp, elle ferait la une de la gazette des commères de Mustang Creek !

Cela dit, il ne lui servait à rien de s'attarder sur cet incident. Elle avait suffisamment de mal comme ça à rester assise sans bouger, partagée entre ses deux personnalités. Car bien que son côté rationnel lui dicte la raison, son double fantasmait… sur une étreinte torride.

Elle laissa échapper un petit gémissement. Et Tripp, à qui décidément rien n'échappait jamais, se mit à rire.

— Pourquoi tu ne dis pas ce que tu as sur le cœur, tout simplement ? Ça ne peut pas être si grave que ça, si ?

— Facile à dire ! répliqua-t-elle. Ce n'est pas toi qui passeras pour un idiot !

Car elle ne se faisait aucune illusion. Ce besoin irrésistible de tout avouer allait la mener à sa perte.

— Tu as peut-être des défauts, déclara Tripp, retrouvant son sérieux, mais tu es loin d'être idiote.

Et c'était reparti ! Il lui avait fait un compliment apparemment sincère, bien que vaguement équivoque, au moment où elle s'y attendait le moins et où il lui était le plus difficile de contre-attaquer.

— Tu as changé d'avis depuis la fois où tu m'as enlevée, on dirait ! lui fit-elle remarquer.

Malgré l'obscurité qui régnait dans la cabine du pick-up, elle le vit se crisper légèrement.

— De mon point de vue, tout ce que j'ai fait ce jour-là, c'est t'arracher à ce qui n'aurait pu que te mener au désastre, répondit-il d'un ton sec. A une situation catastrophique, dont tu aurais mis des années à te dépêtrer.

Il fit une pause soigneusement étudiée, avant de demander, avec détachement :

— Comment va-t-il, ce brave Oakley, au fait ?

— Parce que tu voudrais me faire croire que tu ne le sais pas ? On n'est pas à Los Angeles ou à Seattle, mais dans le comté de Bliss, Etat du Wyoming, là où tout le monde peut te dire avec précision où en sont ses concitoyens. Enfin, si ça t'amuse… Oakley a fait plusieurs cures de désintoxication, parfois à cause de l'alcool, parfois à cause des médicaments et parfois à cause des deux. L'exécuteur testamentaire de son père lui a plus ou moins coupé les vivres, sa mère s'est remariée avant de repartir pour le Canada. Quant à ses frères et sœurs, il y a bien longtemps qu'ils l'ont renié. Ah, j'oubliais, il vient de divorcer pour la deuxième ou troisième fois, j'ai perdu le compte.

Tripp ralentit, tourna à droite et s'engagea sur un chemin de terre encore plus sombre que la route de campagne qu'ils venaient de quitter.

— La troisième, précisa-t-il d'une voix neutre.

Ainsi, elle ne s'était pas trompée… Il s'était tenu au courant de ce qui se passait à Mustang Creek, pendant qu'il faisait fortune et fondait un foyer sur la côte Ouest. Dommage que, de son côté, elle n'ait pas eu le cran d'en faire autant, cela lui aurait épargné bien des tourments.

— Deuxième, troisième… Peu importe, non ? marmonna-t-elle entre ses dents.

Tripp ne répondit pas.

Ils passèrent devant une vieille boîte aux lettres. D'ici quelques secondes, ils seraient arrivés à destination.

Hadleigh n'était venue dans ce ranch qu'à deux reprises, dont une à l'occasion de la mort de Mme Galloway. Elle se souvenait de la cérémonie qui avait eu lieu dans le minuscule cimetière, derrière le verger, puis d'une veillée funèbre, à l'intérieur de la maison. Encore sous le coup de la disparition de ses propres parents, dix-huit mois plus tôt, la fillette qu'elle était alors avait observé le rituel en silence et sans lâcher sa grand-mère d'une semelle. Will, qui avait seize ans à l'époque et avait dû faire le rapprochement lui aussi, avait gardé la tête haute et les épaules droites. Par égard pour son ami, qui comptait sur lui et avait besoin de sa force.

Quant à Tripp, seize ans lui aussi, il s'était montré stoïque et particulièrement taciturne. De toute évidence, il avait pris exemple sur son beau-père. Car bien que, de l'avis général,

Jim Galloway ait été anéanti par la mort de sa femme, il n'avait pas pleuré, du moins en public. Mais à compter de ce jour, son chagrin s'était vu dans ses yeux, dans sa manière de se tenir, dans ses bras ballants. Du jour au lendemain, le Jim sociable qui, jusqu'alors, parlait avec ses mains et n'était pas le dernier à plaisanter, était devenu l'ombre de lui-même, un homme défait.

Brusquement isolé sur le plan émotionnel, Tripp avait passé encore davantage de temps chez les Stevens où Alice l'avait accueilli à bras ouverts, en toute simplicité.

Hadleigh se força à revenir à la réalité du moment.

Ce flot de souvenirs, bien qu'un peu sombres, lui avait permis de penser à autre chose qu'à ce qu'elle allait raconter à Tripp. Or…

Elle secoua la tête, les sourcils froncés. Il ne lui avait pas vraiment forcé la main. C'était elle qui avait choisi d'entrer dans son jeu.

Elle et personne d'autre.

Comme toujours en somme, quand elle était face à Tripp Galloway…

Elle se redressa sur son siège en prévision des secousses qui n'allaient pas tarder à se multiplier, sur ce chemin de terre cahoteux.

— Jim a dû se sentir sacrément seul, dans ce ranch pendant des années, fit-elle remarquer.

Tripp lui jeta un bref coup d'œil, mais l'obscurité l'empêcha de déchiffrer son expression.

— Oui, reconnut-il, vaguement sur ses gardes. Il a toujours fait bonne figure quand je venais lui rendre visite, et il ne m'a jamais parlé de sa maladie au téléphone, mais ça n'a pas dû être facile tous les jours.

Mue par une impulsion soudaine — qu'elle regretterait peut-être plus tard —, elle tendit la main pour la poser sur le bras de Tripp. Et, bien qu'il porte une veste et une chemise, elle sentit ses muscles se contracter.

Elle retira vivement sa main.

— Tripp, je ne voulais pas… je ne sous-entendais pas…

— Que j'aurais dû être là, auprès de lui ?

Il ne semblait pas froissé. Plutôt résigné et un peu triste. Est-ce qu'on lui avait souvent fait ce genre de reproche à peine voilé, depuis qu'il était revenu ? Ou bien se sentait-il coupable d'avoir fait sa vie ailleurs qu'à Mustang Creek ? Elle espérait bien que non. Malgré leurs différends, elle considérait Tripp comme un homme droit et savait qu'il s'efforçait toujours d'agir au mieux.

— Il fallait bien que tu fasses tes études, reprit-elle. Et puis tu avais envie de défendre t…

Sa voix baissa en intensité, s'effondrant comme un fil électrique sous le poids de la neige, et elle laissa sa phrase en suspens. Evoquer le désir de Tripp de servir son pays les ramènerait immanquablement à l'Afghanistan, donc à la mort de Will. Alors elle détourna la tête pour contempler, les yeux brûlants, un paysage qu'elle ne voyait qu'à peine.

Tripp lui prit la main et, la serrant fermement entre ses doigts, déclara d'une voix enrouée :

— Je sais que Will te manque toujours. Il n'y a pas de honte à ça. Moi aussi, je continue à penser à tout ce que j'aimerais lui dire. Ça me vient comme ça, sans prévenir, et puis je me souviens qu'il n'est plus là…

Hadleigh ne fit aucun effort pour se dégager.

— Je… je crois que je préfère encore que l'on se dispute, toi et moi, dit-elle dans un sanglot.

Tripp éclata de rire, et la tension baissa d'un cran.

— Si tu y tiens, dit-il, tout sucre tout miel, disputons-nous. C'est toi qui commences, ajouta-t-il, comme elle ne disait rien.

Ce fut plus fort qu'elle, elle éclata de rire à son tour.

— Donne-moi une minute, murmura-t-elle. Je vais bien trouver un sujet de dispute…

— C'est encore ce que tu sais faire de mieux, ma belle.

Elle s'apprêtait à rétorquer qu'il fallait être deux pour se quereller quand le ranch leur apparut, au sortir d'un dernier virage.

La lumière dorée qui s'échappait des fenêtres conférait à

la maison de bois, longue et basse, le même air accueillant que dans son souvenir.

Ils étaient donc arrivés… Pour cette fameuse discussion à cœur ouvert… Elle sentit son estomac se contracter. Jim était peut-être resté debout pour attendre Tripp, finalement. C'était souhaitable, d'ailleurs. Son sens pratique ayant fini par reprendre le dessus, elle était de moins en moins encline à parler.

Comment avait-elle fait, se demanda-t-elle, les yeux rivés sur d'énormes engins posés entre la maison et la grange, pour se retrouver dans cette situation pour le moins périlleuse ? Et surtout, pourquoi s'imposait-elle une telle épreuve ? C'était une chose, d'avoir des principes, et une autre, bien différente, de se retrouver confrontée à la vérité.

— Prépare-toi, lança Tripp, avant de couper le moteur et de sauter du pick-up.

Cette fois, elle accepta la main qu'il lui tendait pour l'aider à descendre.

— Me préparer à quoi ? demanda-t-elle.

Si Jim était plus malade qu'elle ne l'avait soupçonné, mieux valait qu'elle soit prévenue, en effet. Elle ne pouvait pas laisser transparaître son émotion ou, pire encore, sa pitié. Sous aucun prétexte. Jim Galloway était un homme fier.

— Aux assauts de Ridley, répondit Tripp. Il est plutôt extravagant avec les visiteurs. J'ai installé une chatière dans la porte, pour qu'il puisse aller et venir à son gré, et dès qu'il entend un moteur, il se précipite dehors comme un fou.

Elle ne put réprimer un soupir de soulagement. Si elle avait une certaine habitude de l'exubérance canine, voir Jim Galloway, autrefois si fort, diminué par la maladie, aurait constitué une véritable épreuve.

Tripp la guida à travers un labyrinthe de matériaux divers pour gagner l'entrée latérale qui menait, si ses souvenirs étaient exacts, à la cuisine.

Et là, pour une raison qu'elle n'aurait su expliquer, elle sentit sa tension remonter d'un cran.

— J'avais entendu dire que tu voulais retaper le ranch,

murmura-t-elle, histoire de se calmer. Et d'après ce que je vois, tu n'as pas l'intention de faire les choses à moitié !

Tripp n'eut pas le temps de répondre. Ridley venait de surgir à une vitesse telle que le panneau de bois de la chatière battit plusieurs secondes. Il émit quelques jappements de joie pure et se mit à courir après sa queue. Il ne serait jamais chien de garde, c'était manifeste !

Cela dit, Muggles non plus.

Tripp se posta devant elle au moment précis où le labrador prenait son élan pour lui sauter dessus. Le rattrapant au vol, il le plaqua contre son torse. Visiblement ravi, le chien lui lécha joyeusement le visage.

— Andouille, lui dit Tripp d'un ton affectueux.

L'espace d'un instant, Hadleigh se surprit à envier Ridley. Ce serait sûrement génial, de se lancer ainsi dans les airs en sachant que Tripp la rattraperait, la prendrait dans ses bras et la serrerait contre lui. Même lui lécher le visage ne serait pas déplaisant, à bien y songer…

Ridley la vit s'approcher et dressa les oreilles. L'instant d'après, il se tortillait dans tous les sens pour quitter les bras de son maître. Tripp attendit d'être sûr qu'il soit calmé avant de le reposer à terre. Amusée, Hadleigh se baissa pour saluer le labrador.

— Tu es un bon chien. Oui, un super chien.

— N'insiste pas trop, lui dit Tripp d'un ton enjoué. Il va prendre la grosse tête.

Elle haussa les épaules, puis se redressa. Elle était un peu moins tendue, à présent, mais toujours anxieuse.

Toutefois elle ne put s'attarder sur son état. La porte s'ouvrit et Jim lui apparut. Moins grand que dans son souvenir. Plus maigre aussi, et d'apparence vulnérable. Cependant, et bien que ses cheveux soient passés du poivre et sel au blanc neige, depuis leur dernière entrevue, son sourire restait familier.

— Hadleigh Stevens ! s'exclama-t-il tandis que Tripp et elle montaient les deux marches menant au porche. Ça alors ! Je n'ai pas la berlue… C'est bien toi !

Souriante, la jeune femme se mit sur la pointe des pieds

pour embrasser sa joue râpeuse. Il la laissa faire, la dévisagea avec un mélange d'étonnement et de plaisir non dissimulé, et recula d'un pas pour faire entrer tout le monde.

— Oui, c'est bien moi ! répondit-elle joyeusement.

Tripp la débarrassa de son manteau et le déposa sur le dossier d'une des chaises. Elle en profita pour examiner les lieux. Le papier peint coloré dont elle croyait se souvenir avait disparu. A en juger par l'odeur qui régnait dans la cuisine, les murs venaient d'être fraîchement repeints. D'ailleurs, des ampoules nues pendaient à la place des appliques.

— J'ai bien fait de réparer la cafetière, lança Jim, apparemment ravi de recevoir une visite aussi tardive qu'inattendue.

Tripp tira une chaise et lui fit signe de s'asseoir avec une grimace de dépit, à laquelle elle répondit par un sourire narquois. Il s'était trompé, le pauvre. Non seulement son beau-père n'était pas couché, mais il n'avait manifestement pas l'intention de s'éclipser dans l'immédiat. Béni soit-il !

Loin de lâcher du lest cependant, Tripp la regarda dans les yeux avec une telle intensité qu'elle s'agita sur son siège.

— Tu ne vas pas fermer l'œil de la nuit, si tu prépares un café, fit-il gentiment remarquer à son beau-père.

Ce dernier gloussa et alla s'asseoir à côté de son invitée.

— Ne t'en fais pas pour moi, fiston, marmonna-t-il de sa voix rocailleuse si caractéristique. J'aurais plutôt tendance à penser que je vais dormir comme un bébé, au contraire. Et faire de beaux rêves.

Ses yeux se mirent à briller d'une lueur toute nouvelle.

— D'ailleurs je rêve déjà, ajouta-t-il. J'ai l'impression de n'avoir jamais vu d'aussi jolie femme que notre petite Hadleigh.

La jeune femme ne se départit pas de son sourire, mais ne put s'empêcher d'éprouver une pointe de culpabilité.

La plupart des propriétaires terriens voisins étaient venus voir Jim, pendant sa chimiothérapie. Les hommes lui donnaient un coup de main au ranch, les femmes faisaient un peu de cuisine, de ménage et de repassage. Les habitants de Mustang Creek s'y étaient mis, eux aussi, apportant des soupes, des ragoûts et des gâteaux tout juste sortis du four, prenant le courrier déposé dans la boîte aux lettres, à l'entrée du ranch. Lorsque c'était la saison des tomates et des haricots verts, Jim, submergé, appelait la banque alimentaire de Bliss River pour demander à ses employés de venir les ramasser et de les redistribuer aux plus démunis. Bref, la communauté avait fait son devoir.

Alors pourquoi ne lui avait-elle pas rendu visite une seule fois ?

La réponse la plus honnête était également la plus égoïste : parce que Jim était le père de Tripp, et qu'elle était peu désireuse de passer ne serait-ce que dix minutes dans une maison où Tripp aurait dû se trouver, en ces temps difficiles. Son absence lui aurait paru encore plus évidente, lui rappelant celle de Will.

— Je… je suis navrée, Jim, balbutia-t-elle. J'aurais dû passer vous voir ou au moins vous appeler. Je…

Il lui tapota la main en secouant la tête.

— Ne t'inquiète pas pour ça, fillette. Les gens font ce qu'ils peuvent, quand ils le peuvent, et c'est très bien ainsi.

Hadleigh déglutit pour se débarrasser du nœud qui s'était formé dans sa gorge et murmura un vague « merci ».

Si Tripp avait entendu leur échange et compris ce qu'il impliquait, il n'en laissa rien transparaître. Réprimant difficilement un soupir, il rassembla trois tasses, les remplit de café et les apporta à table.

Comme elle avait besoin de se remettre de ses émotions, Hadleigh se remit à regarder autour d'elle. Tous les éléments, à l'exception de celui qui était posé à côté de la gazinière — une véritable antiquité — avaient disparu. Le réfrigérateur ne pouvait être que neuf, avec son distributeur de glaçons et ses poignées immaculées. Un peu plus loin, deux lave-vaisselle, toujours dans leur caisse en bois, attendaient que l'on veuille bien les installer.

Le visage de Jim s'illumina encore davantage, si c'était possible. Il prit une gorgée de café qu'il savoura longuement avant de l'avaler.

— Mon fils a des idées précises, et, disons-le, coûteuses, sur ce que doit être une cuisine. Et pendant qu'il y est, il a également décidé de s'en prendre aux salles de bains qu'il veut refaire à neuf. Enfin, à moins que je me trompe, il va faire renouveler l'électricité dans toute la maison, de manière à ne pas faire sauter les plombs chaque fois qu'il se servira de son ordinateur. Eh oui ! C'est comme ça ! Dès que j'aurai le dos tourné, il s'en donnera à cœur joie, ici.

Tripp, le nez plongé dans sa tasse, ne fit aucun commentaire.

Hadleigh, elle, se raidit.

— Dès que vous aurez le dos tourné ? répéta-t-elle, alarmée. Vous avez l'intention de partir d'ici ?

De notoriété publique, Jim Galloway était très attaché à sa terre, à cette propriété qui appartenait à sa famille depuis des générations. Le nom des Galloway avait été l'un des premiers à apparaître sur les registres officiels, bien avant que le Wyoming ne devienne un Etat. Et puis il y avait le cimetière où reposait sa femme, ainsi que la plupart de ses ancêtres. Elle ne le voyait pas quitter tout cela de son plein gré.

Se pouvait-il qu'il parle d'un autre genre de départ ?

Il dut deviner le cours de sa pensée, car il partit d'un rire tonitruant.

— Non, princesse, je n'ai pas l'intention de passer l'arme à gauche dans l'immédiat. Je pars en Alaska, figure-toi. Comme dans la chanson. « Tout au nord, pour suivre mon étoile. » Sauf que mon voyage à moi sera moins périlleux. Je vais m'embarquer sur un de ces bateaux de croisière où le buffet est ouvert vingt-quatre heures sur vingt-quatre et d'où on peut admirer les baleines.

Tripp, bien qu'apparemment amusé par la description, continua à se taire.

— Wouah ! s'exclama Hadleigh, surprise par les projets de cet homme si sédentaire.

Elle aurait pu l'imaginer, un baluchon sur le dos, dormant à la belle étoile en compagnie de quelques compères avec qui il boirait du Jack Daniel's devant un feu de bois, la nuit venue. Mais en croisière ? Non. Jamais elle n'aurait cru Jim

Galloway capable de s'embarquer sur un bateau de luxe. Au point qu'elle avait cru à une plaisanterie, quand Tripp avait fait allusion à cet éventuel voyage, au Bad Billy's.

— C'est… super !

— On danse jusqu'à l'aurore, sur ces rafiots, ajouta Jim après avoir avalé une nouvelle gorgée de café. On joue au bingo, et pas pour gagner un grille-pain, fais-moi confiance. Il y a un spectacle tous les soirs… A se demander quand on trouve le temps de se reposer !

— A ce propos…, intervint Tripp.

Les yeux toujours brillants de malice, Jim repoussa sa chaise, bâilla et s'étira théâtralement, avant de reprendre la parole :

— Je suis épuisé, maintenant que tu m'y fais penser, fiston. On ne dirait pas, seulement c'est fatigant, de regarder tous ces ouvriers travailler sans relâche.

— Bonne nuit, p'pa, lança Tripp.

Par respect, il s'était levé en même temps que son père.

Jim l'ignora royalement. Il se tourna vers Hadleigh, s'inclina avec une élégance plus proche de celle d'un homme du monde que de celle d'un éleveur.

— Si j'avais trente ans de moins, déclara-t-il, lui prenant la main pour y déposer un baiser, je peux te dire que Tripp en serait pour ses frais !

Hadleigh, aux anges, serra les doigts calleux du vieil homme entre les siens. Il se redressa et, sur un dernier clin d'œil, sortit de la cuisine.

Hadleigh fut désolée de le voir partir. Et pas seulement parce qu'il lui avait évité un tête-à-tête avec Tripp. Jim Galloway était un homme délicieux.

— Je crois que je suis amoureuse, déclara-t-elle, lorsqu'ils furent seuls.

— Mon père est un sacré charmeur, je te l'accorde, fit remarquer Tripp en riant.

— Il va vraiment faire une croisière en Alaska ?

Tripp fit pivoter sa chaise pour se rasseoir, à califourchon cette fois.

— Oui, confirma-t-il. Le médecin lui a donné le feu vert hier après-midi. Son billet est payé, et il a même l'intention de renouveler sa garde-robe pour l'occasion. Que dis-tu de ça ?

— Je suis impressionnée.

— Bien ! Et si on passait aux choses sérieuses ? Notre discussion.

— Si tu y tiens, marmonna-t-elle dans un soupir.

— J'y tiens. Tu as été contrariée, tout à l'heure, chez Billy. Et ça t'est tombé dessus d'un seul coup. Sans raison apparente.

Elle déglutit péniblement avant d'acquiescer.

Et Tripp attendit, sans la presser — sans lui tendre de perche non plus —, qu'elle se décide à parler. Il avait déjà défini les règles du jeu, après tout. Si elle parvenait à lui dire sans rougir qu'il n'avait rien à voir avec ses préoccupations du moment, il n'insisterait pas.

Il lui aurait été si facile de dire cela... Mais elle s'y refusa.

Cette fois, l'heure de vérité avait sonné.

— Je... j'ai fait un genre de retour sur le passé, commença-t-elle. C'était inévitable, j'imagine, vu que nous étions dans le même box qu'il y a dix ans.

La voyant hésiter, Tripp lui prit la main.

Et attendit la suite.

— Je ne sais pas à quoi tu t'attends, reprit-elle, un peu rassurée bien que toujours tendue, mais ce que je vais te dire risque de te surprendre. Il se pourrait même que tu te moques de moi.

— Sûrement pas, promit-il d'une voix rauque. Ecoute, tu n'es pas obligée de me dire ce qui te tourmente, tu le sais aussi bien que moi. Je n'aurais pas dû te provoquer ainsi. D'un autre côté, je dois avouer que, du coup, je me fais tout un cinéma et que ça me rend dingue.

Une douce chaleur s'empara de la jeune femme, qui sentit ses yeux la brûler. La gorge serrée, elle s'accrocha à la main de Tripp.

Elle savait depuis le départ qu'il n'insisterait pas pour

obtenir une réponse. Tout comme elle avait su, dix ans plus tôt, qu'il l'empêcherait d'épouser Oakley Smyth.

Peut-être n'était-ce que pour tourner cette page de son histoire, mais, aussi terrifiée et gênée qu'elle soit, elle avait besoin d'avouer à Tripp ce qu'elle s'était refusée à admettre pendant toutes ces années.

Qu'est-ce qui l'avait motivée dans sa démarche, aussi inconsciente soit-elle ?

La réponse à cette question la laissa pantoise et franchement honteuse.

En refoulant ainsi cette vérité essentielle, elle avait eu beau jeu de reprocher à Tripp tout ce qui n'allait pas dans sa vie.

Ce genre de remise en question avait au moins un avantage, cela dit. Avec un peu de chance, elle serait plus active, dans sa participation au pacte de mariage, dorénavant. Elle pourrait oublier le passé, aller de l'avant et se lancer vraiment dans la recherche d'un homme qui l'aimerait sincèrement et qu'elle aimerait en retour.

Un homme avec qui elle fonderait un foyer et serait heureuse.

Et tant pis, si ce n'était pas le grand amour. On ne pouvait pas tout avoir, malheureusement.

— Tu avais raison, admit-elle enfin. A l'époque, je veux dire. J'étais beaucoup trop jeune pour me marier et je n'aimais pas plus Oakley qu'il ne m'aimait. Ce que j'ai compris ce soir, ce qui m'a tant bouleversée, c'est qu'en fait je… je me suis servie de lui.

Tripp haussa un sourcil dubitatif.

— Te servir de Smyth, toi ? Comment ça ?

Hadleigh prit une longue inspiration, puis se jeta à l'eau.

— Je… Au fond de moi, j'espérais que tu reviendrais à Mustang Creek avant qu'il ne soit trop tard, avoua-t-elle, se mordillant nerveusement la lèvre inférieure.

Comme il ne réagissait pas, elle se crut obligée de se justifier.

— Je n'avais que dix-huit ans, Tripp. J'étais orpheline, j'avais perdu mon frère. Quant à mamie… bien qu'elle m'ait toujours soutenue et qu'elle n'ait jamais failli à sa tâche, elle a perdu beaucoup de son allant, après la mort de Will. Je suppose que ce que je voulais, c'était un mari, des enfants, un toit… La sécurité émotionnelle, en quelque sorte.

Tripp ne paraissait pas surpris le moins du monde.

Et bien qu'il continue à se taire, elle eut l'impression de s'être débarrassée d'un vieux fardeau. Elle s'en trouva si ragaillardie qu'elle ajouta :

— Alors je t'ai demandé de m'emmener en Californie avec toi et…

— Et je t'ai répondu que j'étais marié.

— Oui… J'étais une gamine naïve qui croyait au prince charmant, admit-elle, laissant son chagrin remonter à la surface. A ma décharge, tu étais le meilleur ami de mon frère, Tripp. Tu as grandi à Mustang Creek et, dans une petite ville comme la nôtre, un mariage ne passe jamais inaperçu. On en parle pendant des mois. Dans ce contexte, je n'ai pas compris pourquoi tu ne m'as pas fait part du tien.

— Désolé, Hadleigh. J'aurais dû m'y prendre autrement, je sais. Je ne suis pas très fier de moi, sur ce coup-là.

Elle esquissa un pâle sourire.

— Tu n'y es pas. Ce n'est pas toi qui m'as blessée. Je me suis fait du mal toute seule. J'en demandais trop. Tu avais le droit d'épouser qui tu voulais, de vivre comme tu l'entendais ! C'est moi qui vivais dans un monde de rêve… Je poursuivais une chimère. J'étais une gamine, comme tu me l'as si gentiment fait remarquer, ce jour-là…

— Tu *étais* une gamine, oui. Une gamine intelligente, avec un avenir trop prometteur pour être gâché auprès d'un type comme Oakley Smyth.

Comme s'il avait compris la gravité du moment, Ridley vint poser son museau sur le genou de Hadleigh et poussa un petit gémissement de compassion. Attendrie, elle le caressa avec affection. C'était si gentil de sa part, d'essayer de la réconforter !

Au bout de quelques secondes, elle releva les yeux vers Tripp.

— Tu savais ? Que j'espérais que tu reviennes pour empêcher ce mariage, je veux dire ?

Il mit un tout petit peu trop longtemps à répondre.

— Non, dit-il d'une voix si rauque qu'il dut s'éclaircir la gorge pour pouvoir continuer. Je ne le savais pas. Pas à ce moment-là.

Mais il avait fini par le comprendre, de toute évidence.

Hadleigh, épuisée par ces aveux, décida de ne pas pousser les choses plus loin tant qu'elle n'aurait pas pris le temps d'y réfléchir.

— Je crois que j'en ai terminé pour ce soir, déclara-t-elle avec un sourire crispé.

Tripp acquiesça avec un mélange de perplexité et de soulagement.

— Je ferais bien de te ramener chez toi alors, proposa-t-il. Sinon, Melody risque de penser que je t'ai enlevée pour de bon, cette fois. Il ne faudrait pas qu'elle prévienne le FBI !

Malgré sa lassitude, Hadleigh laissa échapper un petit rire.

Elle fut aussitôt saisie par une sensation de légèreté, d'étrange liberté. Comme si… Oui, c'était bien un fardeau qu'elle avait porté si longtemps sans le savoir. Et à présent, il n'était plus là.

Envolé. Disparu.

Une autre question se posait toutefois. Etait-elle enfin prête à oublier la gamine de dix-huit ans qu'elle avait été ? Saurait-elle renoncer à ses rêves poussiéreux pour avancer, dans la vie ?

Une chose lui paraissait certaine, en tout cas. Il était temps, pour elle, de procéder à un certain nombre de changements.

Et pas des moindres.

8

Ni l'un ni l'autre ne prononcèrent un mot sur le chemin qui les ramenait en ville. Tripp n'était pas d'humeur à faire la causette, et Hadleigh… Hadleigh était là, mais en théorie seulement, car en pratique, elle était ailleurs. Dans un monde bien à elle, là où il ne pouvait pas la suivre.

Ou peut-être somnolait-elle, tout simplement.

Elle lui avait dit qu'elle ne souhaitait pas poursuivre cette conversation dans l'immédiat, et il la comprenait. Elle s'était confiée, presque confessée, et ça l'avait épuisée.

Jusque-là, rien de plus normal.

Sauf que les femmes étaient rarement sincères, quand elles déclaraient ne rien avoir à dire. Ce qu'elles voulaient, neuf fois sur dix, c'est qu'on les interroge, qu'on les pousse à s'expliquer. Avec tendresse, si possible. Et surtout avec patience. Il le savait d'expérience.

Quand l'atmosphère était tendue au sein de leur couple, par exemple, elles se muraient dans un silence hostile tout en affichant leur mécontentement. Mais si on leur demandait ce qui n'allait pas, elles répondaient invariablement : « Rien. » Et bien qu'il soit quasiment impossible, pour l'homme, d'obtenir une réponse plus précise, il avait tout intérêt à s'acharner, sous peine de le payer cher.

Il jeta machinalement un coup d'œil vers Hadleigh. Elle était aussi belle de profil que de face. Quant à ses formes…

Il était impossible de savoir si elle faisait la morte ou si elle dormait. Elle avait aux lèvres un petit sourire pensif des plus mystérieux. Si elle dormait, elle devait faire de beaux rêves. Dans le cas contraire, elle pensait à quelque chose d'agréable, voire de sensuel.

Bon sang ! Que se passait-il, dans sa jolie petite tête ?

Il aurait tout donné pour être celui qui occupait ses pensées. Parce que si son expression béate était due à un homme, il voulait que ce soit lui, et personne d'autre.

Lorsqu'il se tourna de nouveau vers elle, ce ne fut pas son visage qui retint son attention.

Ce fut sa poitrine.

Hadleigh avait des seins splendides. Fermes, ronds. Parfaits. Ce petit haut rose qui en épousait les contours était à se damner… et il sentit son cœur s'emballer comme un bronco sur une plaque de glace. Il aurait voulu les libérer de leur carcan pour les contempler, les tenir entre ses mains…

Le pick-up fit une embardée.

Laissant échapper un juron, il donna un brusque coup de volant et se concentra résolument sur sa conduite. Ce qui ne changea pas le fond du problème, car, du coin de l'œil, il voyait toujours Hadleigh.

Très bien, même… Trop bien.

Ses seins étaient de pures merveilles. Ni trop gros ni trop petits…

Il réprima tant bien que mal un soupir de découragement. Qu'est-ce qui lui avait pris, de l'emmener dîner au Bad Billy's ? Dans une ville comme Mustang Creek, cela constituait un rendez-vous galant et, bien qu'elle ait accepté, il n'en était rien ressorti de vraiment positif.

La réponse, évidente, était peu flatteuse. Dans son arrogance, il avait sincèrement cru que si tous deux arrivaient à passer une soirée à la même table dans le restaurant le moins romantique du Wyoming, il parviendrait à la reconquérir, à se frayer un chemin au-delà des barrières dont elle avait passé une décennie à s'entourer.

Cela dit, ils n'avaient pas été aidés, pendant la première partie de la soirée, avec ces interruptions à répétition. Mais les gens qui étaient venus le saluer étaient de vieux amis ou des voisins de longue date, désireux d'avoir des nouvelles de son père. Bien qu'il y ait sûrement eu une part de curiosité dans leurs intrusions, tous se souciaient sincèrement du « vieux Jim », comme ils l'appelaient. Bref, c'étaient de braves gens pour la plupart, et Tripp avait été incapable de les rabrouer. S'il l'avait fait, plus jamais il n'aurait pu se regarder dans une glace.

Toutes ces années passées loin de chez lui — d'abord à l'université, ensuite en Afghanistan et enfin sur la côte Ouest, comme pilote de ligne puis comme entrepreneur — ne l'avaient pas changé. Il était resté un cow-boy dans l'âme. Il n'était jamais aussi heureux qu'au grand air. A une période de sa vie, il avait pensé qu'il partait pour échapper au dur labeur et aux problèmes sans fin que rencontrait tout éleveur ou fermier. Aujourd'hui, il se demandait s'il n'avait pas fait tout cela uniquement pour pouvoir revenir un jour, quand il serait prêt, quand il se serait prouvé qu'il pouvait réussir ailleurs.

S'il était resté au ranch, il aurait sans doute été relativement heureux. Seulement il aurait passé des nuits entières à regarder le plafond de sa chambre à coucher en se demandant ce qu'il avait manqué ou ce qu'il serait devenu s'il avait pris un minimum de risques.

Alors non, il ne regrettait pas ses choix. A l'exception, peut-être, de celui qu'il avait fait en épousant Danielle. S'ils étaient restés amants, ils n'auraient pas tardé à se rendre compte qu'ils n'étaient pas faits l'un pour l'autre, et se seraient probablement quittés en termes amicaux.

Cela faisait beaucoup de « si », tout ça…

L'humeur de plus en plus morose, il s'efforça de penser à autre chose. Inutile de ressasser le passé, ce qui était fait était fait. D'autant qu'il n'était pas malheureux en cet instant précis, malgré les choses bizarres qui se passaient en lui.

Oui, des choses très bizarres…

Il voulait Hadleigh, c'était une certitude à présent. Et pas seulement dans son lit. Il voulait aussi qu'elle fasse partie de sa vie. Il était sous le charme de l'odeur fleurie de sa peau, du lustre soyeux de ses cheveux, de ses formes pleines…

De tout. Même de son caractère plus que vif !

Or, il sentait que la partie n'allait pas être facile.

Déjà parce qu'il était convaincu que la jeune femme était parvenue à certaines conclusions importantes, ce soir. Et que ses décisions à venir risquaient fort de l'éloigner définitivement de lui.

Ah, l'ironie du sort… Il avait tenté de se rapprocher d'elle et voilà qu'elle lui échappait. En temps normal, il n'aurait pas manqué de s'en amuser. Ce soir, non. Son sens de l'humour l'avait déserté, semblait-il.

Quant au baiser qu'il lui avait volé, en plein milieu du Bad Billy's, devant tout le monde… Qu'avait-il voulu prouver, bon sang ?

D'accord, Hadleigh ne l'avait pas repoussé. Pas plus qu'elle ne l'avait giflé ou qu'elle n'était partie, drapée dans sa dignité outragée. Elle aurait pu le rabrouer de mille manières différentes, et elle aurait eu raison.

Au lieu de quoi elle lui avait rendu son baiser.

Ce qui ne l'excusait en aucun cas, toutefois. Il s'était comporté en idiot, avec une arrogance rare.

Pareil pour le tour qu'il lui avait joué ensuite. L'emmener au ranch au lieu de la ramener chez elle, comme elle le lui demandait… Le dernier des machos n'aurait pas fait pire !

Et si elle n'avait pas catégoriquement refusé de le suivre, cela ne l'excusait pas, là non plus.

Conclusion : il lui devait des excuses.

Cela dit, leur arrivée au ranch avait été plutôt plaisante. Jim s'était littéralement illuminé de l'intérieur, telle une citrouille le soir d'Halloween, en voyant Hadleigh — et surtout, il était rapidement allé se coucher, les laissant seuls !

Et Hadleigh avait su faire taire son orgueil pourtant légendaire pour se confier à lui. Et ce qu'elle lui avait avoué l'avait… déstabilisé. Ce qui l'avait tant bouleversée, au Bad Billy's, c'était d'avoir pris conscience qu'elle n'avait jamais vraiment eu l'intention d'épouser Smyth et qu'elle avait espéré que lui, Tripp Galloway, viendrait la sauver et l'emmener au loin.

Une idée un peu folle, certes. Toutefois, il ne fallait pas oublier que Hadleigh n'avait que dix-huit ans à l'époque, et qu'elle avait été surprotégée par Will et par sa grand-mère, après la mort de ses parents. Cela ne s'était pas arrangé avec la disparition de Will, car Alice, jugeant probablement que sa petite-fille avait été suffisamment malmenée par l'existence, l'avait couvée à outrance.

Il essaya d'imaginer la vie de Hadleigh à cette époque. Sans succès. Il devinait juste que cela n'avait pas dû être facile pour elle.

Il vit les lumières de Mustang Creek se dessiner au loin et secoua la tête avec une certaine tristesse. Alice Stevens n'avait pas dû voir le mariage de sa petite-fille d'un très bon œil. Aucune personne sensée, connaissant Oakley Smyth de près ou de loin, ne l'aurait pu, d'ailleurs. Il y avait donc fort à parier que la brave femme avait fait tout son possible pour empêcher Hadleigh de l'épouser.

Cela n'avait pas dû être facile non plus. Hadleigh n'avait plus que sa grand-mère au monde, et son approbation lui aurait sans doute été précieuse. Cela n'avait pas empêché la gamine qu'elle était à l'époque de se rebeller et de se lancer dans l'aventure. Elle avait un but dans la vie et, bien qu'il soit plutôt hasardeux, elle s'était acharnée, misant tout sur un bonheur hypothétique, sur l'espoir d'avoir une famille bien à elle un jour.

Enfin, pour couronner le tout, elle lui avait innocemment offert son cœur, à lui, Tripp Galloway, le jour même où il avait empêché son mariage.

« Emmène-moi avec toi », avait-elle dit.

Il avait dû lui en coûter, de lui demander ça, non ?

Et comme elle avait dû souffrir en entendant sa réponse ! Car tout ce qu'il avait fait, ce jour-là, avait été de briser son cœur déjà fragilisé en mille morceaux.

Cette fois, il ne put réprimer le soupir agacé qui lui était monté aux lèvres. Il n'avait pas eu l'intention d'être aussi dur. Son seul but, à l'époque, avait été d'aider la petite sœur de son ami d'enfance. Et, bien que ne voyant toujours pas comment il aurait pu agir différemment, vu les circonstances, il regrettait de ne pas avoir été plus diplomate, moins abrupt. Surtout moins abrupt.

Il s'arrêta à un feu rouge en grimaçant. C'était bien beau, les remises en question, mais qu'est-ce que ça faisait mal ! Enfin, autant aller jusqu'au bout, à présent...

Il avait rejeté Hadleigh, de la manière la plus cavalière qui soit, et elle, de son côté, avait continué à l'aimer, cela lui apparaissait clairement, à présent.

D'accord, il n'avait pas eu le choix, mais s'il avait vraiment réfléchi à la question, il aurait été moins... Oui, moins brutal. Il aurait pris le temps de s'assurer que Hadleigh comprenait ses raisons. Il serait resté pour lui apporter son soutien moral, au moins jusqu'à ce que le scandale soit oublié.

Au lieu de quoi il avait attendu le retour d'Alice Stevens pour déposer Hadleigh devant chez elle, laissant à une vieille dame bien affaiblie le soin de recoller les morceaux, avant de retourner à sa petite vie citadine bien ordonnée. Pire encore, lorsqu'il lui était arrivé de penser à Hadleigh par la suite, il ne l'avait jamais envisagée comme une femme. A ses yeux, elle était restée une enfant, beaucoup trop jeune et vulnérable pour être considérée autrement.

Or, elle avait grandi. Comme tout le monde. En plus d'être belle, elle était intelligente, sexy... Un de ces jours, fatalement, un chanceux saurait la séduire, et cette fois elle n'aurait ni besoin ni envie que le meilleur ami de son frère vole à son secours. Oh non ! Elle rencontrerait un brave garçon, l'épouserait, porterait ses enfants et le rendrait heureux jusqu'à la fin de ses jours...

Il jura tout bas. Il ne voulait rien d'autre que le bonheur de Hadleigh Stevens, et pourtant, la simple idée qu'elle puisse partager le lit d'un autre, fonder une famille avec un autre, lui était insupportable.

Hélas, si son instinct ne le trompait pas, si Hadleigh avait fini de l'attendre et était prête à aller de l'avant, il ne pourrait pas faire grand-chose pour l'en empêcher.

A l'instant précis où il en arrivait à cette lugubre conclusion, Hadleigh sortit de sa torpeur — ou de sa somnolence — et se redressa en clignant des yeux. Elle se tourna vers lui, l'air vaguement étonnée de le voir là. Afin, sans doute, de mettre un peu de piquant à la scène, Ridley choisit ce moment pour passer le museau entre les deux sièges avant et lécher avidement la joue de la jeune femme. Surprise, celle-ci se mit à rire, s'essuya d'un revers de manche et tendit le bras derrière elle pour tirer doucement sur les oreilles du chien.

— Sac à bêtises ! dit-elle, avec une telle tendresse que, en plus du reste, Tripp se surprit à envier son compagnon à quatre pattes.

— On est presque arrivés, déclara-t-il d'une voix qui lui parut venir de très loin.

De nouveau, il grimaça. C'était malin, comme remarque... Comme si Hadleigh ne s'en était pas aperçue, elle qui n'avait quitté Mustang Creek que le temps de faire ses études, à l'université !

— Tant mieux, répondit-elle distraitement, occupée comme elle l'était par Ridley.

Ne trouvant rien à dire, du moins rien qui soit susceptible de le faire remonter dans l'estime de sa jolie passagère, Tripp garda le silence jusqu'à ce qu'ils se trouvent enfin devant chez elle.

La plupart des lampes étaient allumées, et la voiture de Melody était toujours là.

Tripp se gara à son tour, coupa le moteur et sortit en essayant d'empêcher Ridley de le suivre. Il s'apprêtait à ouvrir la portière de Hadleigh lorsque celle-ci la poussa avec une telle force qu'elle faillit le faire tomber.

— Oh ! Désolée, murmura-t-elle, un sourire fatigué aux lèvres.

Il marmonna un « pas grave » agacé.

Dans un monde parfait, elle l'aurait invité à entrer. Et après une discussion devant un feu de cheminée et quelques verres de vin, Hadleigh, l'air aguicheur, l'aurait pris par la main pour l'emmener dans sa chambre où…

Rien !

Il se força à revenir à la réalité. Il n'y avait aucune chance qu'une telle chose se produise.

Ressaisis-toi, mon gars, s'ordonna-t-il, exaspéré.

Il raccompagnerait Hadleigh jusqu'à sa porte et attendrait qu'elle soit rentrée pour repartir. Un baiser aurait été le bienvenu… ou pas.

— Je n'ai pas besoin d'escorte, protesta Hadleigh, manifestement gênée, quand il lui ouvrit le portail et lui fit signe de passer devant lui. Je t'assure que tu n'es pas obligé de…

Elle n'eut pas le temps de terminer sa phrase. La porte d'entrée s'ouvrit brusquement sur Melody qui observa leur arrivée. La chienne de Hadleigh, apparemment collée à sa jambe, pressa son museau noir contre la grille avec curiosité.

Ils avaient un public, à présent. Il ne leur manquait plus que ça ! Adieu, l'éventuel baiser…

En même temps, ce n'était pas très étonnant.

Il lança un regard éloquent à Melody qui lui répondit en fronçant le nez, d'un air de dire : « Compris ! »

Fort heureusement Hadleigh, qui ressemblait à une déesse ainsi illuminée par les rayons de la lune, ne sembla pas s'apercevoir de leur échange.

— Voilà ! dit-elle d'un ton enjoué. Je suis saine et sauve. Tu peux rentrer tranquille. Merci pour le dîner, Tripp, et pour… pour tout.

Pour *tout* ?

Il ne put dissimuler une certaine perplexité. Il lui avait offert une salade et un thé glacé auxquels elle avait à peine touché, avant de l'enlever pour la deuxième fois, se conduisant ainsi comme un maniaque de l'enlèvement. Il aurait dû s'habiller en conséquence, tiens ! Porter une tenue de camouflage, un masque, se décaper le bout des doigts aussi, afin de ne pas laisser d'empreintes derrière lui.

— Euh… De rien, finit-il par marmonner.

— J'ai passé une excellente soirée, Tripp.

Sur ces mots, elle se mit sur la pointe des pieds pour déposer un baiser des plus chastes sur sa joue. Comme on le faisait avec un grand-père un peu oublié, à la fin d'une visite à la maison de retraite.

Melody était restée sur le perron avec la chienne — Hermione ? Muggles ? un nom digne de figurer dans *Harry Potter*, en tout cas —, et Tripp eut l'impression d'être l'attraction de la soirée.

De sorte que pour une fois, alors qu'il avait tant de bagout habituellement, il ouvrit la bouche pour constater qu'aucun son n'en sortait.

Après un petit signe de la main, Hadleigh se dirigea vers le porche, le plantant là, au beau milieu de l'allée.

Il ne bougea pas d'un pouce tant qu'elle n'eut pas refermé la porte derrière elle.

En soupirant, il regagna son pick-up. A son approche, Ridley se mit à aboyer avec force. Il n'aimait pas être exclu, apparemment. A moins qu'il soit triste d'avoir perdu Hadleigh de vue.

— Bienvenue au club, mon chien.

Le seul bon côté de cette soirée était qu'elle était terminée. Et que demain serait un autre jour.

Melody, qui avait profité de son absence pour lui emprunter son bas de survêtement rouge et un vieux T-shirt, passait d'un pied sur l'autre avec impatience. Une vraie gamine en train d'attendre son tour à la marelle, dans la cour de récréation.

— Tu as l'intention de dormir ici, à ce que je vois, lui fit observer Hadleigh, avant de se pencher vers Muggles qui, de toute évidence, était ravie de la retrouver.

C'était le bon côté des chiens. Que vous les ayez quittés cinq minutes ou cinq mois plus tôt, ils vous faisaient la fête avec la même exubérance.

— Et toi, tu essaies de gagner du temps, rétorqua Melody d'un ton accusateur. Allez, raconte ! Je veux savoir ce qui s'est passé ! Avec tous les détails.

— Pas de problème, répondit malicieusement Hadleigh. Rien.

— Comment ça, *rien* ?

— Rien. Il ne s'est rien passé du tout.

— Tu plaisantes ? Pour ta gouverne, je vais sur les réseaux sociaux. Or, qu'est-ce que j'y ai vu aujourd'hui et pas plus tard que tout à l'heure ? Tripp et toi en train de vous embrasser ! On ne parle que de ça dans tout Mustang Creek, figure-toi.

— Surtout, fais comme chez toi, quand je ne suis pas là, chantonna Hadleigh, retirant son manteau pour l'accrocher à sa place, tout en tendant l'oreille pour guetter le départ du pick-up de Tripp. Je veux dire, n'hésite pas à aller sur mon ordinateur, à jeter un coup d'œil dans mon armoire à pharmacie et à vérifier les dates de péremption de ce que j'ai dans mon frigo. Ne te gêne pas, Mel.

— Tu sais aussi bien que moi que je n'ai pas eu besoin de ton ordinateur pour voir où tu en étais, répliqua cette dernière, feignant l'indignation la plus totale. Je me suis servie de mon téléphone, figure-toi. Par ailleurs, si j'avais fouillé dans ton armoire à pharmacie, je t'aurais demandé quand tu te déciderais enfin à prendre la pilule. Quant à ton réfrigérateur, tu peux me remercier, parce que je viens de te sauver la vie. J'y ai trouvé des trucs que ta grand-mère a dû acheter sous la présidence de George Bush Sr ! Cela dit, pas d'inquiétude. J'ai jeté tout ce qui était moisi, pourri ou pire. Ça t'évitera de t'empoisonner.

Hadleigh leva les yeux au ciel.

— Tout s'explique à présent ! s'exclama-t-elle. Tu as pensé qu'il valait mieux te changer avant de faire le ménage, c'est bien ça ?

— Je m'ennuyais, et il n'y avait absolument rien à voir à la télévision, alors j'ai décidé de vider le sèche-linge et de plier tes affaires. Je suis tombée sur ce T-shirt et ce jogging encore tout chauds, et je n'ai pas résisté à l'envie de les enfiler. Tu comptes porter plainte ?

— Tu es infernale, marmonna Hadleigh, attendrie malgré elle.

Intérieurement toutefois, elle continuait à penser à Tripp.

Il devait traverser la ville, en ce moment. Bientôt, il en ressortirait et prendrait la route du ranch, en pleine nature, sous le ciel étoilé. La lune, pourtant à son premier croissant, brillait de mille feux, ce soir-là — à croire qu'elle ne pouvait plus contenir sa lumière et risquait d'imploser à tout instant.

Soudain Hadleigh eut un pincement au cœur. Etait-ce la nostalgie, un peu comme lorsque, étant petite, elle allait dormir chez une copine et que, l'obscurité venant, elle regrettait déjà son lit ?

Possible.

Elle soupira et se rendit dans la cuisine. Elle voulait se préparer une tisane pour le cas, peu probable, où cela l'aiderait à dormir.

— C'est tout ce que tu as à me dire ? Que je suis infernale ? lança Melody en la suivant. Tripp Galloway t'a embrassée au milieu d'un restaurant bondé, tu ne lui as opposé aucune résistance et…

Hadleigh poussa un soupir de lassitude. Elle passa sous la voûte qui séparait la salle à manger de la cuisine et alluma les lumières. Bien qu'elle connaisse Melody par cœur, elle continuait à espérer, contre toute logique, que son amie se lasserait et finirait soit par rentrer chez elle, soit par aller se coucher dans la chambre d'amis.

Evidemment, elle n'eut pas cette chance.

Melody attendit qu'elle ait ouvert la porte de la cuisine à Muggles pour agiter son téléphone au-dessus de sa tête.

— Tu ne me crois pas, Had ? Je peux te montrer les photos, si tu veux !

Hadleigh, espérant échapper à son amie, suivit Muggles sur le perron.

— Je n'ai pas besoin de voir les photos, répondit-elle toutefois. J'étais aux premières loges, je te rappelle.

Melody, qui bien sûr l'avait suivie, gonfla ses joues de manière théâtrale.

— Qu'est-ce que j'ai fait pour mériter un traitement pareil ? se lamenta-t-elle. Bon sang, Had, je suis ton amie ou non ? Nous avons fait un pacte, toi, Bex et moi. Nous sommes toutes les trois dans le même bateau. Et tu refuses de me raconter ta soirée avec Tripp ? Je suis froissée, là. Non, pire. Tu me fais beaucoup de peine.

— Arrête ton cirque, Mel. Tu n'es pas froissée, tu es curieuse comme une chouette, ce n'est pas pareil ! rétorqua Hadleigh, attendant que Muggles ait fini de faire le tour du jardin. Enfin, tu es une de mes meilleures amies et je sais que tu ne veux que mon bien, ajouta-t-elle d'une voix plus douce.

— Si tu me comptes vraiment parmi tes meilleures amies, pourquoi continuer à me faire languir au lieu de me dire ce qu'il s'est passé, tout simplement ?

— Un baiser, voilà ce qui s'est passé, murmura Hadleigh, un peu triste, subitement, qu'il n'y ait eu qu'un baiser. Oh ! Et j'ai avoué à Tripp une chose que j'aurais sûrement mieux fait de garder pour moi.

Melody la dévisageant avec un mélange d'inquiétude et de sollicitude, elle se força à sourire, sans grand succès, puis haussa les épaules.

— C'est tout ce que j'ai à te raconter, Mel.

— Hadleigh ! Ça va, ma belle ? demanda son amie presque à mi-voix.

Elle ne faisait plus semblant d'être offusquée, à présent, mais semblait réellement inquiète, constata Hadleigh, touchée malgré elle.

— Ça ira, murmura-t-elle, presque avec conviction. Ecoute, je te propose une chose. Bex doit rentrer demain après-midi, non ? Si on attendait qu'elle soit chez elle, ça m'éviterait de me répéter.

Melody acquiesça à contrecœur puis, s'avançant jusqu'au perron, posa une main sur son épaule.

— D'accord. Seulement tu me promets que tout va bien, hein ?

— Si je te le dis…

Muggles revint si vite qu'elle faillit manquer une marche. Hadleigh éclata de rire, et lorsqu'elle reprit la parole, ce fut d'une voix relativement assurée :

— Allez, rentre te reposer, Mel. Tout ce stress commence à se voir sur ton visage. Tu as une mine abominable.

Malgré son émotion, Melody éclata de rire.

— Merci du compliment ! s'exclama-t-elle en reniflant bruyamment. C'est bon, d'avoir une amie comme toi !

Hadleigh referma la porte et se dirigea vers l'évier pour remplir la bouilloire. Melody prit appui contre le comptoir et l'observa attentivement en se mordillant la lèvre.

— Reste quand même le temps de boire une tisane, lui proposa Hadleigh.

Après tout, Melody avait tenu compagnie à Muggles toute la soirée. Et si cela n'avait pas été entièrement désintéressé de sa part, elle avait un cœur d'or et ne méritait pas d'être congédiée comme la dernière des intruses.

— Non. Je ferais mieux de rentrer, marmonna Melody. Les chats sont indépendants, et les miens ont largement de quoi grignoter, seulement ils m'attendent. Je ne voudrais pas qu'ils me croient morte ou partie dans l'Himalaya.

Hadleigh alluma le gaz sous la bouilloire, et se tourna vers elle en souriant.

— Tu n'es pas à une demi-heure près, si ? Allez Mel, reste au moins le temps de la boire, cette tisane.

Mais Melody avait décidé de lever le camp. Et une fois qu'elle avait pris une décision — importante ou non —, elle s'y tenait. Toujours. Résultat : le temps que Hadleigh finisse sa phrase, elle avait déjà récupéré son sac à main et décroché son imperméable du portemanteau, dans l'entrée.

Hadleigh s'empressa de la rattraper.

— Attends, je te raccompagne jusqu'à ta voiture !

— On est à Mustang Creek, dans le Wyoming, je te rappelle, lui fit remarquer Melody. Pas à Chicago. Ne t'en fais pas pour moi, je n'ai pas besoin d'escorte.

Toutefois, Melody n'avait pas l'exclusivité de l'entêtement, elle aurait dû le savoir.

— OK. Je vais rester sur le pas de la porte et attendre que tu sois dans ta voiture et que tu aies démarré, si cela ne te fait rien.

— Si tu y tiens vraiment ! répliqua Melody, levant les yeux au ciel avec une exaspération feinte.

Sur ces mots, elle descendit les marches puis se retourna pour agiter ses clés avec insistance.

Hadleigh savait que c'était un signe. Signe que tout allait bien, qu'elle pouvait rentrer. Elle n'en fit rien. En dépit de la fraîcheur ambiante — l'hiver approchait, doucement mais sûrement —, elle n'avait pas l'intention de capituler.

Vaincue, Melody laissa retomber son bras et se fit solennelle.

— C'était si terrible que ça, Had ? Je veux dire, elle s'est mal passée, ta soirée ? C'est pour cela que tu refuses d'en parler ?

— Non, non ! Simplement… je ne sais pas. C'était un peu comme faire un retour vers le passé et… et me retrouver ailleurs. Je ne dois pas être bien claire, là.

— Pas le moins du monde, en effet ! s'exclama Melody, les sourcils froncés. Je n'ai rien compris. Je vais te dire une bonne chose, Had. Si tu m'annonces que Tripp t'a emmenée dîner pour te sortir une nouvelle épouse de son chapeau, je vais me trouver dans l'obligation de le tuer. Ni plus ni moins. J'ajoute même, sans craindre de me tromper, que Bex se fera un plaisir de m'aider à me débarrasser du cadavre.

La bouilloire se mit à siffler dans la cuisine.

Hadleigh grimaça. Elle avait appartenu à sa grand-mère, cette bouilloire, et son bec était orné d'un petit oiseau qui se mettait à chanter quand l'eau bouillait. Hadleigh avait toujours détesté ce bruit. Un de ces jours, il lui crèverait les tympans, c'était certain ! Ce soir-là, elle passa outre.

— S'il s'est remarié, il ne m'en a rien dit, répondit-elle. Bon, tu te décides ou quoi ? Viens goûter à ma tisane et reste dormir ou monte dans ta voiture. Je me gèle, moi !

Melody n'hésita qu'une fraction de seconde. L'instant d'après, elle descendait l'allée en courant.

— J'y vais, j'y vais ! En fait, je suis déjà partie ! cria-t-elle, une fois arrivée au portail.

Hadleigh ne put s'empêcher de rire, de bon cœur, cette fois.

Melody se glissa derrière le volant et se passa une main sur le front en un soulagement feint.

« Sauvée ! Aucun tueur en série à l'horizon », semblait-elle dire.

A son tour, Hadleigh lui envoya un message silencieux.

Si je devais rester là toute la nuit, à attendre que tu décolles, je le ferais sans hésiter. J'espère que tu le sais, Mel.

Et quand son amie démarra enfin, sur un petit coup de klaxon, elle considéra qu'elle avait remporté une petite victoire.

Elle regagna sa cuisine au trot pour faire taire cette fichue bouilloire.

9

Il faisait froid et gris, au lendemain de cette soirée ratée avec Hadleigh. Et Tripp se promit une chose : il cocherait les jours sur le calendrier s'il le fallait, mais il ne s'approcherait pas de la jeune femme avant une bonne semaine.

Au moins.

Pas délibérément, en tout cas.

Car il était absolument certain que s'il ne se tenait pas à distance le temps de se ressaisir, il ferait ou dirait quelque chose de vraiment stupide. Encore plus si Hadleigh était aussi sexy que lors de leur dernière entrevue… Parce qu'elle avait été belle à tomber raide mort, dans son T-shirt moulant et son petit jean noir. Et que s'il la revoyait dans cette tenue, il risquait de se ridiculiser pour de bon.

D'où lui venait cette nouvelle propension à se conduire comme le dernier des butors, au fait ? Cela ne lui ressemblait guère. A croire qu'une version surexcitée de lui-même avait pris possession de son corps, portait son visage et s'appelait comme lui.

Si le véritable Tripp Galloway voulait bien se réveiller, ce serait sympa. Celui qui sévissait à Mustang Creek, ces dernières semaines, n'était qu'un imposteur. Rien à voir avec l'homme posé et bien élevé qu'il était en temps normal.

Il avait fait la guerre, bon sang ! Il en avait vu d'autres, dans sa vie ! Quand, revenu d'Afghanistan, il était devenu pilote de ligne, l'idée d'avoir la responsabilité d'un si grand nombre de vies ne lui avait jamais fait peur, par exemple.

Même dans les situations les plus périlleuses, et Dieu sait si elles avaient été fréquentes !

Plus tard, à bord d'avions plus petits, il avait dû affronter les rafales de vent, la glace, les défaillances du moteur, les turbulences, les oiseaux. Et c'était sans parler des piqués, sans doute destinés à corser un peu le reste. Pourtant, pas une fois, *pas une seule fois* pendant toutes ces années, il n'avait perdu son sang-froid. Il s'était toujours accommodé de toutes les situations, comme on le lui avait appris pendant sa formation.

Et tout cela grâce à son flegme naturel. Il ne savait pas être autre chose que compétent, inébranlable. Ce n'était pas dans ses gènes, tout simplement.

Et voilà que, à cause d'une seule soirée en compagnie de Hadleigh Stevens, il avait les nerfs en pelote ?

Incroyable !

Les corvées du matin ne l'avaient pas apaisé. Il s'était occupé des quelques chevaux que Jim avait gardés malgré leur faiblesse. Il avait mis du foin dans leur stalle, rempli leur abreuvoir, et avait brossé leur crinière… le tout en ne pensant qu'à Hadleigh. A sa beauté, à son odeur de fleurs, à ses yeux qui prenaient des reflets d'ambre quand elle s'enflammait pour une raison ou pour une autre.

Cela lui arrivait fréquemment d'ailleurs. Hadleigh Stevens avait été une enfant opiniâtre et, d'après ce qu'il avait vu ces derniers jours, elle n'avait guère changé sur ce plan-là !

Agacé, il jura tout bas. S'il ne parvenait pas à se sortir cette femme de l'esprit ne serait-ce que l'espace d'une demi-heure, il deviendrait fou, c'était certain.

Il poussa un long soupir et secoua la tête.

Le soleil était à peine levé et il était planté là, dans la cuisine en travaux, seul avec Ridley qui avait consenti à l'accompagner à l'étable au lieu de rester à l'intérieur comme il en avait pris l'habitude, depuis leur arrivée.

A présent, le chien dévorait sa ration de croquettes avec la même ardeur que s'il avait passé une journée entière à courir après les vaches égarées pour les ramener vers le troupeau, alors qu'il s'était contenté de suivre son maître en reniflant la poussière et en agitant mollement la queue.

Assez ruminé !

Se secouant, Tripp mit la vieille cafetière en route et bâilla à plusieurs reprises. Avec un peu de chance, il se sentirait légèrement plus humain une fois qu'il aurait sa dose de caféine dans le sang.

Il avait dormi deux heures au grand maximum, et mal, en plus. Pas de sommeil paradoxal pour lui, cette nuit-là. Aucune des étapes si essentielles à un esprit clair non plus. Quand il s'était enfin assoupi, son sommeil n'avait pas été suffisamment profond pour lui apporter du repos. Il était resté conscient, et son esprit aussi actif que s'il s'était retrouvé piégé sous la surface d'un lac gelé dont il aurait fébrilement cherché à s'échapper, sans réussir à trouver ne serait-ce qu'une poche d'air.

La cafetière gargouillait et crachotait, sans qu'il en sorte grand-chose. Tripp n'était pas un adepte de la consommation à outrance, loin de là. Tout ce qu'il avait acheté pour le ranch avait une fonction bien précise et était destiné à durer. Les autres rénovations répondaient davantage à des besoins spécifiques qu'à un souci d'esthétique. Pourtant, il se jura de jeter ce vieux clou de cafetière et de la remplacer par une autre, fabriquée au XXIe siècle, de préférence. Et aujourd'hui même ! Il aurait dû apporter celle, dernier cri, qu'il utilisait dans son appartement de Seattle, en fin de compte. Enfin, il l'avait donnée, ainsi que tout ce qu'il considérait comme superflu — c'est-à-dire les trois quarts de ses biens — à une œuvre de charité. Il ne servait donc à rien de s'attarder sur la question.

Il était appuyé sur ses coudes, face au comptoir, et continuait à pester contre l'appareil déficient quand il entendit le pas traînant de son père, derrière lui.

Depuis peu, Jim passait la plus grande partie de la matinée en peignoir et en chaussons. A une époque pas si lointaine, il n'aurait jamais quitté sa chambre sans être habillé de la tête aux pieds… Son petit rire étouffé était aussi rauque que d'habitude cependant, ce qui réconforta vaguement Tripp. Certaines choses étaient décidément immuables.

— Tu sais bien que l'eau ne bout jamais, quand on la surveille, lui rappela Jim.

Tripp se retourna à peine. Il n'était pas de la meilleure humeur qui soit, avant son café du matin. Encore moins après une nuit sans sommeil. Et puis il y avait Hadleigh, et la situation qui n'allait pas en s'arrangeant…

— C'est une relique, ce truc, grommela-t-il, désignant l'antique cafetière d'un signe du menton. Tu aurais dû t'en débarrasser il y a des années.

Jim resserra la ceinture de sa robe de chambre en flanelle — probablement aussi vieille que la cafetière ! — autour de son corps amaigri. Ses cheveux blancs partaient dans tous les sens, et sa barbe naissante était assez drue pour poncer un mur de béton. Quant à ses mules en cuir, elles avaient connu des jours meilleurs.

Il y avait pire, cependant. Son cher vieux papa souriait de toutes ses dents.

— Et pourquoi j'aurais fait une chose pareille, mon gars, tu peux me le dire ? Elle est parfaite, cette cafetière ! De plus, elle a une valeur sentimentale. C'est toi qui nous l'as offerte à Noël, à ta mère et à moi, l'année de tes quatorze ans. Avec l'argent que tu avais gagné en balayant la neige et en récurant l'écurie. Ah, tu étais fier de toi, je peux te l'assurer !

En un éclair, Tripp revécut ce Noël lointain. Sa mère débordait d'énergie et de gaieté, à cette époque — aucun d'entre eux n'aurait pu imaginer qu'elle partirait si peu de temps après ! Elle avait été emballée par sa nouvelle cafetière. Tripp la voyait encore, sur le rebord du canapé du salon, en robe de chambre rose et chaussons à pompons assortis, le bolduc et le papier cadeau à ses pieds, le visage aussi lumineux que les ampoules des guirlandes sur le sapin.

Il ferma les yeux, le temps de se remettre du choc que lui avait causé ce souvenir poignant. Lorsqu'il les rouvrit, une poignée de secondes plus tard, son beau-père se tenait à ses côtés et lui posait une main sur l'épaule.

— Elle me manque, à moi aussi, tu sais, fiston. Elle me manque terriblement.

Tripp se redressa en soupirant. La cafetière n'ayant toujours pas fini son travail, il se résigna à boire le fond de la carafe, un mélange épais qui ressemblait à un déchet toxique et en avait probablement le goût.

Comme il était encore trop ému pour faire confiance à sa voix, il avala une grande gorgée du liquide qui, en plus d'être aussi mauvais qu'il l'avait craint, lui brûla la langue.

La grimace qui en résulta eut l'heur de faire rire Jim.

Ridley avait terminé son déjeuner. Après avoir vidé sa gamelle d'eau, il courut vers la porte et se mit à japper pour qu'on la lui ouvre.

Tripp attendit qu'il se souvienne de la chatière, ce qui ne tarda pas. Le labrador se faufila à travers, laissa le battant voler derrière lui, comme les portes d'un saloon dans un vieux western.

— Faut pas trop lui en demander, à ton clébard, fit remarquer Jim, moqueur. Il vient d'arriver.

Au lieu de répondre, Tripp allongea son café d'un peu d'eau du robinet et se remit à le siroter en évitant soigneusement le regard de son beau-père.

Il n'était vraiment pas d'humeur à faire la conversation.

Jim, si, apparemment.

— Laisse-moi deviner, mon garçon. Ça ne s'est pas passé comme tu le souhaitais, avec Hadleigh, hier soir. Je me trompe ?

— Ça dépend de quel point de vue on se place, rétorqua sèchement Tripp.

Jim s'approcha de la table, tira une chaise et se laissa tomber dessus aussi lourdement que si les trois mètres qu'il venait de parcourir l'avaient éreinté.

— Tu as parfaitement le droit de te taire, reprit-il, magnanime. C'est ton choix, après tout. Encore qu'à mon avis ça ne te ferait pas de mal de te vider le cœur.

Tripp releva la tête et regarda son beau-père en face.

— Désolé, p'pa, dit-il d'une voix rauque. Tu n'y es pour

rien, je n'ai aucune raison de te faire subir ma mauvaise humeur ou de me murer dans mon silence. Une habitude de vieux garçon, je suppose. Je vis seul depuis trop longtemps.

Jim, bien qu'attentif, réagit avec un enjouement excessif.

— Comme beaucoup, mon gars. Comme beaucoup. Cela dit, sans vouloir te faire de peine, tu n'as jamais été du matin. Ah, ce n'était pas une mince affaire, de te tirer du lit, de te faire t'habiller pour venir m'aider ! Quand ta mère montait te réveiller, les matins où tu avais école, elle devait te piquer les côtes avec le bout du manche à balai jusqu'à ce que tu daignes sortir de ton hibernation. Je peux te dire que tu étais de mauvais poil, quand tu ouvrais les yeux. Et ça ne s'arrangeait pas de sitôt !

Tripp ne put s'empêcher de sourire au souvenir de sa mère et de son fichu manche à balai. Du haut de son mètre cinquante, elle ne cessait de lui répéter que s'il ne se levait pas immédiatement, non seulement il n'aurait pas le temps de déjeuner, mais en plus le bus ne l'attendrait pas. Ce à quoi elle ajoutait, avec un entrain remarquable à une heure aussi indue, qu'il devrait se rendre à l'école à pied, car ni elle ni Jim ne sortiraient la voiture pour l'emmener à Mustang Creek sous prétexte qu'il n'arrivait pas à se lever à l'heure.

— Je m'en souviens comme si c'était hier, murmura-t-il.

Constatant que la cafetière caractérielle avait enfin terminé son boulot, il alla vider sa tasse dans l'évier, la remplit de café tout frais… et grimaça dès la première gorgée. Cette mouture était à peine plus buvable que la précédente !

— Je te sers un peu de ce… breuvage ? proposa-t-il à son beau-père.

— Je suis encore capable de le faire moi-même, répondit ce dernier d'un ton buté. Je ne me suis jamais fait servir de ma vie et je n'ai pas l'intention de changer à mon âge. Tiens-toi-le pour dit, mon garçon.

Ignorant la remarque paternelle, Tripp remplit une seconde tasse qu'il posa fermement sur la table.

Jim grommela un vague remerciement, et Tripp ne put

s'empêcher de lui donner une tape sur l'épaule — pas trop fort, cependant, car Jim lui paraissait encore bien faible.

Il leur était souvent arrivé de chahuter un peu rudement, autrefois. Son beau-père était un adversaire de taille, rompu comme il l'était à creuser des trous pour les piquets des clôtures, à rentrer des balles de foin dans la grange ou à les jeter de l'arrière du pick-up pour nourrir les vaches en liberté.

Oui, Jim Galloway avait tout fait, dans sa vie... Plaquer le bétail à terre pour le marquer au fer rouge, castrer les taureaux, aider à la mise bas des veaux et des poulains quand il y avait un problème et que le vétérinaire était trop occupé pour venir jusqu'au ranch. Il avait habitué les chevaux à porter la selle, nettoyé leurs sabots et réparé leurs fers. Sans parler des stères de bois qu'il avait coupés hiver après hiver, des éléments qu'il avait dû braver pour mettre un moteur ou l'autre en route...

Il faudrait du temps à Tripp pour se faire à ce nouveau Jim, si vulnérable aujourd'hui et pourtant toujours aussi frondeur, malgré son peignoir usé et ses chaussons miteux.

— Attends ? Tu sous-entends que maman ne t'a pas servi ? lança-t-il, moqueur, dans l'espoir de détendre l'atmosphère. Je serais toi, je ferais attention à ce que je dis. Parce que j'étais là, ne l'oublie pas. Et je peux témoigner que c'était elle qui te servait ton café, qui repassait tes chemises et qui posait une assiette pleine devant l'endroit où tu venais de t'asseoir.

Jim répondit par un grognement indigné que démentait son expression goguenarde. Lorsque Ridley, revenu de sa sortie matinale, s'avança vers lui pour poser son museau sur ses genoux, il partit d'un rire franc et se mit à caresser l'animal entre les oreilles.

— A t'entendre, on croirait que j'ai réduit ta mère au rôle de femme au foyer, jamais récompensée de ses efforts.

Loin d'être sur la défensive, il parlait d'une voix calme et égale, comme un homme sûr de son fait.

— Or, puisque tu as si bonne mémoire, tu n'as pas pu oublier qu'elle avait du caractère, elle aussi. Pour lui faire prendre une direction qu'elle n'avait pas choisie, il fallait y aller au bulldozer ! Elle se plaisait dans son rôle d'épouse, tout comme elle se plaisait dans son rôle de mère. Le plus important, à ses yeux, c'était que nous vivions en harmonie, tous les trois. Et dans un confort relatif.

— Je le sais, p'pa, répondit Tripp sur le même ton. Je te taquinais, c'est tout.

Il s'interrompit et but plusieurs gorgées de son infâme café avant de reprendre, hésitant :

— Tu te sens d'aplomb pour ta croisière ? Parce que sinon, tu peux toujours la remettre à plus tard. Au printemps, par exemple. Je…

Jim se rembrunit visiblement.

— Sûrement pas ! s'exclama-t-il avec irritation. Tu me tannes depuis des semaines pour que je fiche le camp, sous prétexte que tu veux tout chambouler dans ce ranch, et subitement, tu voudrais que je reste ici ?

— Je m'inquiète un peu pour toi, c'est tout ! Pas de quoi monter sur tes grands chevaux, p'pa !

— Tu peux parler ! Quand je suis descendu, tout à l'heure, j'ai cru que tu allais débrancher ma cafetière, ouvrir la porte et la jeter dans la cour.

Tripp se passa une main dans les cheveux, serra les dents, puis se força à se détendre.

— Touché, marmonna-t-il, quand il eut retrouvé son calme.

Son beau-père n'en avait pas fini cependant. Il tapa sur la table du bout de l'index, comme il le faisait quand il voulait se faire entendre.

— Ellie était heureuse ici, je te dis. Ça lui plaisait, de s'occuper de notre maison. Elle aurait pu prendre un travail, si elle l'avait voulu. Elle avait été secrétaire, avant notre rencontre. Il fallait bien qu'elle gagne sa vie pour que vous mangiez tous les deux, la pauvre. Seulement elle préférait rester au ranch. Elle se plaisait ici, parce qu'elle pouvait vaquer à ses occupations en toute liberté.

— Je n'ai pas prétendu le contraire, lui fit remarquer Tripp, très calme.

Ridley, assis à quelques pas d'eux, les oreilles dressées,

semblait fasciné par la joute verbale. Ses yeux passaient alternativement de l'un à l'autre, un peu comme s'il suivait un mach de ping-pong.

Jim soupira longuement.

— Je le sais, fiston. C'est moi qui deviens pointilleux, dès qu'il s'agit d'Ellie. Son seul regret, et le mien aussi, d'ailleurs, c'est que nous n'ayons pas eu d'enfants ensemble. Pour le reste, j'ai toujours considéré qu'elle se plaisait dans son rôle de mère et de femme d'éleveur. Dès que l'on émet le moindre doute sur la question, je me sens agressé. C'est comme ça, je n'y peux rien. Peut-être parce que, en mon for intérieur, je continue à me demander si elle n'a jamais regretté d'avoir épousé un pauvre type comme moi.

— Tu n'es pas un pauvre type, et maman a été très heureuse avec toi, déclara Tripp d'un ton qui n'admettait pas de réplique.

Et il en était sûr. Il n'avait pas oublié la lueur qui brillait dans les yeux de sa mère à l'approche de l'heure à laquelle Jim terminait sa journée de dur labeur. En général, il avait terminé ses corvées du soir et faisait ses devoirs à la table de la cuisine. Sa mère préparait le dîner, un œil rivé sur l'horloge. Elle chantonnait à mi-voix, et dès qu'elle entendait le moteur du vieux pick-up de son mari, elle se précipitait dans la salle de bains pour se recoiffer, se mettre un peu de rouge à lèvres et changer de tablier.

Elle avait un faible pour les tabliers. Bien qu'ils soient totalement passés de mode, elle s'en confectionnait sur sa vieille machine à coudre. Elle choisissait des couleurs vives, des étoffes à petits pois, à rayures ou à fleurs, cousait de la dentelle et une ganse aux ourlets. Elle en possédait au moins une vingtaine qu'elle s'empressait de remplacer à la moindre tache ou déchirure. Dans sa ferveur, elle allait même jusqu'à les amidonner avant de les repasser ! Ellie Galloway dans toute sa splendeur : rétro bien avant l'heure.

A l'époque, Tripp trouvait cela plutôt cocasse. Les tabliers à froufrous, la course effrénée vers la salle de bains pour se refaire une beauté simplement parce que son mari arrivait… Cela lui semblait d'autant plus vain que Jim était invariablement crotté de la tête aux pieds et que, lorsqu'il retirait son chapeau, on voyait la sueur luire sur son front. Cela ne l'empêchait pas de s'extasier devant sa femme et de clamer haut et fort qu'il avait eu une chance extraordinaire de la rencontrer. A ce moment-là, elle rougissait comme une collégienne.

Puis elle faisait mine de bouder lorsque Jim refusait de l'embrasser avant d'avoir pris une douche. Parfois, chargeant Tripp de surveiller les casseroles, elle s'éclipsait. Et Tripp, encore naïf, veillait à ce que le repas ne brûle pas jusqu'à ce que sa mère réapparaisse une demi-heure plus tard, radieuse.

Il avait eu une chance folle, de grandir sous ce toit, entouré par un père et une mère qui s'aimaient et qui l'aimaient. Pourtant, il ne s'en était pas aperçu. Certes, il n'était encore qu'un gamin dont les préoccupations principales étaient le rodéo, le foot, les chevaux et les filles. Mais les divorces étaient déjà fréquents, et bon nombre de ses camarades de classe ne vivaient qu'avec un de leurs parents. Parfois même, comme Hadleigh et Will, ils étaient carrément orphelins.

Tripp savait à quel point Will se ressentait de l'absence de ses parents, même si sa grand-mère les entourait, Hadleigh et lui, de tout l'amour possible. Les deux amis étaient trop proches pour ne pas parler de tout ce qui les touchait de près ou de loin, et se confiaient volontiers l'un à l'autre, dans l'obscurité de la minuscule chambre de Will.

Il avait senti que Will l'enviait, par exemple. Et pourquoi ? Parce que sa mère le taraudait pour qu'il fasse ses devoirs ou qu'il range sa chambre, parce qu'il avait un certain nombre de règles à observer et devait faire sa part de travail, au ranch. Parce que Jim, bien que n'ayant jamais levé la main sur lui, était tout à fait susceptible de prendre sa voiture pour venir le chercher en ville s'il n'était pas rentré à l'heure dite. Une honte, pour Tripp, à l'époque ! Surtout quand tous ses copains étaient là pour entendre son beau-père lui ordonner, d'une voix terriblement calme, de monter dans la voiture.

En général, il ne disait pas grand-chose, sur le chemin du

retour. Il se contentait d'un sinistre « Ta mère s'est fait un sang d'encre pour toi. » Dans l'esprit de Jim, cela constituait un crime majeur, et Tripp se sentait tellement coupable qu'il aurait préféré se faire disputer. Cela aurait été plus supportable que ce silence qui en disait long.

Sa mère avait été heureuse, avec Jim. Et lui aussi…

— Merci, murmura-t-il soudain.

Jim le dévisagea avec perplexité.

— De quoi ?

Tripp eut un petit rire étouffé.

— De nous avoir rendus heureux, maman et moi. Et d'avoir traité le gamin qu'elle avait eu avec un autre que toi comme s'il était ton propre fils.

Aussitôt, les yeux de son beau-père s'embuèrent. Il renifla, détourna le regard, puis répondit d'une voix éraillée bien qu'il se soit éclairci la gorge à plusieurs reprises :

— Tu *es* mon fils, Tripp. La preuve, tu portes mon nom !

Tripp croisa les bras et pencha la tête sur le côté pour examiner l'homme prématurément vieilli, aux cheveux blancs hirsutes et vêtu d'un peignoir miteux, qui était assis devant lui.

— Allez, avoue, dit-il d'un ton faussement enjoué. Maman était jolie, intelligente et drôle. Elle avait bien des qualités, je te l'accorde. Seulement tu as bien dû avoir quelques doutes en ce qui concernait mon arrivée sous ton toit, non ? Du moins au début…

— Ta mère était *belle*, rectifia Jim. Pas jolie, belle, tu m'entends ?

Ses yeux étaient secs à présent, et son regard lointain. Doux aussi. Attendri. Encore plein d'amour.

— Quant à toi, tu avais trois ans quand je t'ai connu. Et il aurait dû être interdit d'être aussi mignon. Sans compter que tu avais oublié d'être bête. Tu commençais à lire et tu savais compter jusqu'à vingt sans te tromper. Pour le reste, il a toujours été très clair dans mon esprit que c'était ta mère et toi, ou rien du tout. Je m'estimais particulièrement heureux d'avoir réussi à attirer l'attention d'Ellie, moi, le vieux garçon têtu comme une bourrique, qui n'avait rien d'autre à offrir qu'un ranch déglingué. Et voilà que tout d'un coup, après des années de solitude, j'avais une famille ? C'était le paradis, pour moi ! Cette vieille bicoque est redevenue un véritable foyer du jour au lendemain et…

Vaincu par l'émotion, il laissa sa phrase en suspens et toussota à plusieurs reprises. L'instant d'après, il regardait Tripp droit dans les yeux.

— Bon ! lança-t-il d'un ton faussement enjoué. Je nous fais des œufs brouillés et des toasts ou on reste là à radoter jusqu'à ce qu'on meure de faim, tous les deux ?

Tripp éclata de rire.

— Va t'habiller. Je suggère que l'on aille faire un tour en ville. On déjeunera là-bas, et ensuite on ira t'acheter de nouveaux vêtements pour ta croisière de luxe.

— Les ouvriers ne vont pas tarder à arriver, lui fit remarquer Jim avec inquiétude. Et puis il y a le chien. Et les chevaux à nourrir.

— Je me suis occupé des chevaux, Ridley nous attendra dans le pick-up, et les ouvriers se débrouilleront très bien sans nous. A mon avis, ils seront même plutôt ravis de ne pas nous entendre leur demander quinze fois dans la journée s'ils savent bien ce qu'ils font.

Jim parut consterné par cette déclaration.

— Et surtout, je pourrai boire un café digne de ce nom, ajouta Tripp.

Hadleigh, Bex et Melody s'installèrent autour de la vieille table, au milieu du studio où Melody dessinait et fabriquait ses bijoux. Ses trois chats, Ralph, Waldo et Emerson, tous trois de race indéterminée, alignés sur le haut d'une étagère de la bibliothèque, ressemblaient à des statues de porcelaine. Malgré leur impassibilité apparente, ils surveillaient de près Muggles qui s'était à peine aperçue de leur présence et qui, de toute manière, n'aurait jamais eu l'idée saugrenue de leur faire la chasse.

— Had, tu m'as promis de tout nous raconter aujourd'hui, décréta Melody.

Sans doute pour mieux montrer sa détermination, elle posa les deux coudes sur la table, son menton entre les paumes de ses mains, et se pencha en avant.

— J'attends ça avec impatience depuis que Mel m'a expliqué ce qui s'est passé, ajouta-t-elle, les yeux écarquillés. Je peux te dire que j'avais hâte de rentrer, ma belle !

Les pauvres... Elles allaient être sacrément déçues, songea Hadleigh. Enfin, tant pis ! De toute manière, elle n'avait pas le choix, manifestement. Autant se lancer tout de suite, ne serait-ce que pour en finir au plus vite et pouvoir passer à autre chose.

— Je suis libre, déclara-t-elle.

Ses deux amies la dévisagèrent sans comprendre.

— Libre. Libérée, si vous préférez, précisa-t-elle. C'est fini ! Je vais enfin pouvoir classer le dossier « Tripp Galloway » et aller de l'avant.

Melody battit des paupières, ouvrit et referma la bouche. Bex, pour sa part, dévisagea Hadleigh entre ses yeux plissés.

— Tu peux être un peu plus précise, là ? exigea-t-elle. Qu'est-ce qui est fini, au juste ?

— Rien, répondit sèchement Melody, revenue de sa surprise. Parce que cela n'a jamais vraiment commencé, entre elle et lui. Ou alors, je devais être ailleurs, parce que je n'ai rien vu.

Hadleigh baissa les yeux vers Muggles qui dormait, le museau posé sur un de ses pieds, et fut prise d'un élan de tendresse si fort qu'elle sentit presque les larmes lui monter aux yeux.

L'amour...

Existait-il un sentiment plus fort, plus terrifiant, en ce bas monde ?

Les joues en feu, elle releva la tête vers ses amies et reprit, avec lenteur et précision, dans l'espoir — vain, elle le pressentait — d'éviter tout malentendu :

— Tripp et moi sommes allés manger quelque chose au

Bad Billy's. Et pendant que nous étions là-bas, j'ai eu… Enfin, une pensée m'est venue.

Melody fit un grand geste des deux mains. Cela n'allait pas assez vite à son goût, apparemment. Aussi Hadleigh poursuivit-elle son récit, laissant délibérément de côté le baiser dont la ville entière avait fait des gorges chaudes. De toute manière, Bex était au courant, à l'heure qu'il était…

— J'ai eu… un genre de révélation, je crois que l'on peut appeler ça comme ça, sur mon mariage raté.

Une horloge ancienne égrenait bruyamment les secondes, à côté du vieux poêle éteint. En cadence avec les battements fous de son cœur. Elle dut prendre une longue inspiration pour trouver le courage de continuer.

— Je me suis rendu compte que je n'avais jamais vraiment eu l'intention d'épouser Oakley, au fond. Même si je n'en avais toujours pas pris conscience, arrivée devant l'autel. Je… En vérité, et ce n'est pas glorieux, je suis presque certaine que je comptais sur Tripp pour se porter à mon secours. Le coup du chevalier en armure, si vous voulez… Jusque-là, rien de bien méchant. Seulement j'attendais aussi qu'il me déclare son amour éternel devant tout le monde. Qu'il me dise que nous étions faits l'un pour l'autre et…

De nouveau, elle s'interrompit, pour lever les yeux au plafond et faire une petite moue condescendante.

— Quelle andouille j'étais ! conclut-elle.

Ni Bex ni Melody ne jugèrent utile de démentir cette dernière affirmation. Pas plus qu'elles ne parurent surprises de l'entendre leur avouer qu'elle avait aimé Tripp Galloway.

Elles l'avaient sûrement deviné dès le départ, vu qu'elles avaient tout fait pour la dissuader de se marier avec Oakley.

— Par pitié, dis-moi que tu n'as pas avoué ça à Tripp, murmura Melody.

Hadleigh se mordilla la lèvre inférieure avant de répondre calmement :

— J'aimerais bien, seulement ce serait mentir… Parce que, pour une raison ou pour une autre, je n'ai pas réussi à tenir ma langue. J'ai essayé, je vous le jure. On est allés au ranch, Jim était là, on a papoté tous les trois devant un café, et puis… et puis je me suis retrouvée en tête à tête avec Tripp et je lui ai tout dit.

— Pourquoi ? demandèrent ses deux amies à l'unisson.

— Parce que c'est la vérité ? hasarda-t-elle, sans grande conviction cette fois-ci. De toute façon, Tripp devait s'en douter, parce que cela ne l'a pas plus étonné que ça, a priori.

— Ma pauvre…, murmura Bex, se tapant le front avec la paume de la main avant de se redresser, une lueur de colère dans les yeux. Et ensuite ? Qu'est-ce qu'il s'est passé ? Il t'a rejetée, comme il y a dix ans ? Il t'a servi ses boniments habituels ? « Tu es jeune, tu as toute la vie devant toi, tu finiras par rencontrer l'âme sœur, et patati et patata. »

— Non, répondit Hadleigh, se détendant quelque peu. Pas cette fois. Par contre, j'ai senti quelque chose changer en moi, et c'est là que j'ai compris.

Pour le coup, Melody et Bex retinrent leur souffle. De toute évidence, le suspense était devenu intenable.

Hadleigh tendit les mains devant elle pour mieux se faire comprendre.

— Je ne suis plus amoureuse de Tripp, et je peux vous dire que ça a été un choc, là aussi, parce que jusqu'à hier soir je n'avais même pas conscience de l'avoir aimé.

Melody se remit à battre des paupières. Bex se contenta d'examiner Hadleigh, les yeux ronds.

— Tu… tu n'es plus amoureuse de Tripp ? répéta Melody quand elle eut retrouvé l'usage de la parole.

Elle prit une goulée d'air qu'elle rejeta lentement et bruyamment avant de continuer :

— Et tu penses que c'est une bonne chose ?

— Comment as-tu pu ne pas t'apercevoir de tes sentiments pour Tripp ? enchaîna Bex. Tout le monde le savait, sauf Oakley, et encore, je n'en jurerais pas. Et si tu t'en doutais, toi aussi, quoi que tu en dises, pourquoi as-tu fait tous ces préparatifs ? Pourquoi es-tu allée jusqu'à l'église, bon sang ? Tu imagines ce qui te serait arrivé si Tripp n'était pas venu ? Comment aurais-tu réagi ? Tu serais devenue Mme Smyth, c'est ça ? Tu te serais laissé passer la bague au doigt par ce… ce… loser ?

Melody fit mine de frissonner, mais s'abstint de tout commentaire désobligeant.

— Je n'en sais rien et je ne tiens pas à le savoir, reconnut Hadleigh qui commençait à se faire l'effet d'une idiote.

— Je n'arrive pas à croire que tu aies avoué une chose pareille à Tripp, répéta Melody.

— C'est que tu ne m'as pas écoutée, riposta Hadleigh, agacée.

Elle avait l'impression d'être témoin à charge devant un tribunal, subitement.

Contre elle-même.

— J'aurais préféré que tu gardes ça pour toi, gémit Melody.

Bex se tourna vers elle.

— Remets-toi, ordonna-t-elle. Ce n'est pas la fin du monde. Et puis, qu'est-ce que ça peut faire, à présent ? Hadleigh en a terminé avec Tripp. Elle vient de nous l'expliquer, en long, en large et en travers. Elle est prête à aller de l'avant. C'est plutôt une bonne nouvelle, non ?

Melody se redressa sur sa chaise. Quand elle reprit la parole, ses yeux lançaient des éclairs :

— Ou plutôt, ce serait une excellente nouvelle, si Hadleigh n'était pas dans le déni le plus total.

— Je… Tu peux répéter ? bafouilla Hadleigh, indignée.

— Qu'est-ce que je disais ! s'écria Melody en agitant les mains dans tous les sens.

Affolés, les trois chats sautèrent de l'étagère à l'unisson pour s'éparpiller dans des directions différentes, tandis que Muggles, réveillée, poussait un petit jappement inquiet.

Devant ce spectacle, Melody eut la bonté de baisser d'un ton.

— Tu ne comprends donc pas, Hadleigh ? Tu recommences à te mentir. Tu n'es pas détachée de Tripp. Tu as la trouille, c'est tout. Et tu te dis que si tu décrètes que tu ne l'aimes plus, cela finira par être vrai et cela t'évitera de souffrir.

Hadleigh se leva, légèrement tremblante.

— Ça fait beaucoup de suppositions, tu ne trouves pas,

Mel ? demanda-t-elle calmement. Tu crois vraiment que tu me connais si bien que ça ? Mieux que je ne me connais moi-même ?

Melody parut se décomposer. Une profonde tristesse se lisait dans ses yeux, soudain.

— Non à ta première question, oui à la deuxième, dit-elle, presque dans un murmure. Ce ne sont pas de simples suppositions, et je te connais mieux que tu ne te connais toi-même, du moins pour le cas qui nous occupe. Tu as perdu beaucoup de monde, dans ta jeune existence, ma belle. Tes parents, ton frère, ta grand-mère… Il me paraît tout à fait normal que tu ne veuilles pas prendre le risque de perdre un autre être cher.

— Hé, les filles ! intervint Bex, manifestement alarmée. Ne vous disputez pas.

Hadleigh l'ignora. Elle savait que Melody ne voulait que son bien et qu'elle était une amie sincère. Il se pouvait même qu'elle ait raison, jusqu'à un certain point. Malheureusement, il arrivait que ses déclarations péremptoires et sa constante certitude d'avoir raison soient difficiles — pour ne pas dire impossibles — à accepter.

Comme maintenant, par exemple.

— Bon. Je ne sais pas ce qu'il en est pour vous, seulement moi, j'ai besoin d'air ! lança-t-elle en guise d'au revoir.

Sur ces mots, elle attrapa son sac et enfila son manteau à la hâte. Elle devait sortir de là et vite, sous peine d'éclater en sanglots. C'en était trop. Toute cette frustration, ce chagrin et cet émoi…

— Hadleigh ! Attends ! protesta Bex, la voyant se diriger vers la porte, Muggles sur les talons.

— Hadleigh, s'il te plaît, ne…

— Laisse-la partir, balbutia Melody.

Comme elle ne voulait pas perturber Muggles, Hadleigh se refusa le plaisir pervers de claquer la porte du studio suffisamment fort pour faire trembler les murs.

Elle se précipita hors du bâtiment, passa le portail et se retrouva sur le trottoir, les poings serrés dans les poches de son manteau, Muggles à ses côtés, quelque peu perturbée par ce départ en fanfare.

Hadleigh fit tout le trajet à pied, sans décolérer. Ce ne fut qu'une fois arrivée à destination qu'elle se souvint… que sa voiture était toujours garée devant le studio de Melody.

Tant pis ! Elle pouvait y rester, dans l'immédiat.

10

La semaine s'écoula sans que Tripp manque à sa parole : il ne s'approcha pas de Hadleigh Stevens.

Il lui en coûta toutefois énormément. L'envie de la voir se fit encore plus pressante qu'avant, presque dévorante.

Il s'efforça de se changer les idées, passant une nuit entière à jouer au poker dans le sous-sol de Spence Hogan, regardant l'un après l'autre tous les épisodes de *Pawn Stars*. Dans son désespoir, il alla même jusqu'à lire *in extenso* le moindre prospectus qu'il trouvait dans la boîte aux lettres !

Il se chamaillait avec Jim pour tout et rien, de la manière de faire les œufs brouillés à la situation politique et économique du pays.

Bref, le doute n'était plus permis, et il fut bien obligé d'en venir à la conclusion qui s'imposait. En plus de s'écrouler lamentablement, il était sur le point d'entamer une nouvelle carrière : malade mental à tendance obsessionnelle.

Il ne dormait que par à-coups — quand il avait la chance de trouver le sommeil ! Le reste du temps, il tournait et virait dans son lit. Le matin venu, trois tasses d'un excellent café — produit par la luxueuse machine qu'il avait achetée en ligne après avoir découvert que les détaillants de Mustang Creek ne disposaient que de versions améliorées de celle de Jim — ne parvenaient pas à le mettre de bonne humeur.

Jim, après l'avoir traité d'ours mal léché, s'en était pris à la cafetière, bien trop compliquée à faire fonctionner, selon lui. Pour finir, les deux hommes, aussi grincheux l'un que l'autre, en étaient arrivés à un compromis. La vieille cafetière que Jim avait pris soin de remiser à la cave retrouverait sa place sur le comptoir, à côté de celle que Tripp avait payée une petite fortune.

Leur petite virée en ville, en début de semaine, avait bien commencé, pourtant. Tous deux avaient une faim de loup, et l'excellent petit déjeuner qu'ils avaient pris au Bad Billy's les avait ragaillardis et mis de belle humeur. Les choses s'étaient gâtées sur le chemin du magasin où ils avaient décidé d'acheter ce que Jim s'était mis à appeler ironiquement sa « tenue de croisière ». Un bon vieux jean, quelques chemises en flanelle et des santiags auraient largement fait l'affaire, en définitive. Pourquoi dépenser de l'argent pour acheter des *tenues de clown* qu'il n'aurait plus jamais l'occasion de porter ?

Il avait néanmoins consenti à faire l'emplette de trois pantalons en Tergal identiques bien que de couleurs différentes, de quelques sous-vêtements et chaussettes, ainsi que d'une paire de chaussures montantes.

En protestant, bien évidemment. Selon lui, il n'en avait nul besoin et ne les porterait jamais à Mustang Creek, de peur qu'on lui rie au nez. Pourquoi ne pouvait-il pas emporter ses chaussures du dimanche, bon sang ? Après un bon coup de cirage, elles seraient comme neuves, non ?

Passant outre, Tripp avait ajouté au trousseau quelques chemises présentables, deux cravates à clip et un veston sombre.

A tout hasard, il avait orienté son père vers le rayon bagagerie. En vain, car Jim lui avait expliqué que la valise qu'il avait achetée avec Ellie pour leur lune de miel à Yellowstone ferait parfaitement l'affaire — et là, il avait tenu bon !

Ils avaient continué à se chamailler tout le long du chemin du retour. Une fois rentrés, ils avaient déjeuné puis dîné sans s'adresser la parole. Pour faire bonne mesure, les portes avaient même claqué à plusieurs reprises.

De sorte que cela avait été un grand soulagement pour Tripp quand il avait déposé son père à l'aéroport de Cheyenne, direction Idaho Falls où l'attendait une correspondance pour Seattle, puis son bateau pour l'Alaska.

La croisière devait durer dix jours, et Tripp se réjouissait d'avoir enfin un peu de tranquillité. Dix journées entières, seul avec le chien, les chevaux et les quelques têtes de bétail qui, eux au moins, s'abstiendraient de critiquer ses goûts en matière de machine à café… Le paradis, quoi !

C'était sans compter l'omniprésence plus que bruyante des ouvriers, malheureusement…

Tripp sella un cheval et prit le large… pour constater qu'il y avait des ouvriers partout, même dans les pâturages ! Là aussi, il y avait du travail, entre les clôtures à remplacer et le nouveau grenier à foin à bâtir. Pas de repos pour les braves non plus à l'intérieur de la maison et dans la grange où les charpentiers jouaient du marteau et de la scie, et creusaient des trous à qui mieux mieux, sans cesser de s'interpeller ou de plaisanter. Et comme tous avaient la mauvaise habitude de travailler, leurs clous coincés entre les dents, Tripp ne comprenait rien à ce qu'ils se disaient.

A bout de nerfs, il finit par aller surfer sur Internet, à la recherche d'un cheptel à vendre. Le premier éleveur qu'il trouva vivait dans le comté voisin, parfait ! Il siffla Ridley, le fit monter dans son pick-up et parcourut les cent cinquante kilomètres qui le séparaient d'un ranch au nom pour le moins étrange : Double-Sorry.

« Doublement désolé », il devait l'être, à en juger par l'état de l'allée qui y menait ! Elle était aussi cahoteuse que celle du ranch de Jim, c'était dire !

Enfin. Si le champ le plus proche de la grange était bordé de voitures, de camionnettes et de bétaillères, il n'y avait aucun avis d'huissier en vue.

Et il en fut infiniment soulagé.

Car bien qu'il ait décidé d'acheter du bétail en quantité, en plus d'une bonne dizaine de chevaux dignes de ce nom, il n'aurait pris aucun plaisir à profiter de la mauvaise fortune, financière ou autre, d'un de ses semblables.

Après avoir laissé à Ridley le temps de se dégourdir les

pattes et de faire ses besoins, il le fit rentrer dans le pick-up, ouvrit les vitres de manière à ce qu'il ait suffisamment d'air, et se dirigea vers un vieil étal à fruits déployé devant la grange pour y prendre sa carte d'enchérisseur.

Une femme l'accueillit avec cordialité et lui tendit un porte-bloc auquel était attaché un simple formulaire, ainsi qu'un stylo tout mordillé.

Le commissaire-priseur avait déjà commencé son travail, quelque part dans la grange, et l'assemblée était si nombreuse que plusieurs étaient restés sur le seuil de la porte grande ouverte. Certains tendaient l'oreille et le cou dans l'espoir de savoir ce qui se passait à l'intérieur, tandis que d'autres discutaient tranquillement, sans prêter la moindre attention à la vente en cours.

— Ne vous en faites pas, lui expliqua la femme, tandis qu'il s'emparait du porte-bloc et du stylo pour remplir le formulaire. Il y a beaucoup de monde, mais à ma connaissance, personne n'est vraiment là pour acheter.

Sur ces mots, elle se tourna vers quelques badauds.

— Charlie ? Roy ? Beanie ? Si vous voulez bien vous pousser pour laisser passer ce monsieur…

Tripp sourit. De toute évidence, elle avait compris qu'il avait de l'argent et qu'il était venu dans la ferme intention d'acheter, lui.

Ce qui était vrai, d'ailleurs.

— Merci, répondit-il.

— Je m'appelle Chessie, poursuivit son interlocutrice en lui tendant une main abîmée par des années de labeur.

Il la lui serra et ne put que constater qu'elle avait la poignée ferme d'un docker.

— Tripp Galloway, marmonna-t-il.

Chessie l'étudia un instant d'un air songeur.

— Galloway… Galloway… Vous ne seriez pas apparenté au Jim Galloway de Mustang Creek, par hasard ?

— Si, c'est mon père.

— Un brave homme s'il en est, répliqua Chessie avec

un large sourire. Passez-lui le bonjour de Chessie et Bert Anderson, si vous le voulez bien.

— Je n'y manquerai pas.

Il s'apprêtait à entrer dans la grange, à l'intérieur de laquelle il aurait pu se frayer un chemin grâce aux bons offices de Chessie, quand cette dernière, apparemment peu pressée d'accueillir d'autres acheteurs potentiels, lui fit remarquer :

— Vous ne lui ressemblez pas du tout, au vieux Jim.

— Vous n'êtes pas la première à me le dire ! répliqua Tripp en riant.

Chessie hocha longuement la tête, un peu comme si une de ses convictions profondes venait de s'avérer.

— Bon... Je vous laisse jeter un œil à notre cheptel, reprit-elle. Bert et moi avons eu notre content d'hivers rigoureux, ici. Il est temps que nous prenions notre retraite. Nous n'avons pas d'enfants à qui passer la main, et nous ne pourrons pas emmener tout ça avec nous, quand nous quitterons la région.

Elle reprit sa respiration, puis enchaîna :

— Je vous avoue que nos bestiaux vont me manquer, cela dit. Le ranch aussi, sûrement, même quand nous serons partis suffisamment longtemps pour être habitués à notre nouvel environnement... Mais bah, c'est la vie.

Tripp acquiesça vaguement et attendit quelques secondes, pour le cas où elle aurait eu quelque chose à ajouter. Parfois, songea-t-il avec compassion, il était plus facile de se confier à un parfait étranger qu'à quelqu'un de la famille ou à un ami de longue date.

Mais Chessie en avait réellement terminé, cette fois.

— Allez-y, mon garçon, dit-elle, lui désignant l'entrée d'un grand geste de la main. Je vous ai assez retenu comme ça.

Tripp hocha la tête et se prépara à entrer dans l'arène.

La grange était beaucoup plus spacieuse qu'elle ne le paraissait de l'extérieur, ce qui était une bonne chose, car il y avait un monde fou.

Un espace était réservé à la présentation du bétail, à l'avant de la salle, et le commissaire-priseur, un petit homme à la voix de stentor qui se tenait debout sur une balle de foin, haranguait avec humour un badaud qui, selon lui, voulait le beurre *et* l'argent du beurre.

Tripp sourit. Bien qu'il ne soit jamais venu dans le ranch de Chessie et Bert Anderson, il était en terrain connu.

Gamin, il avait souvent accompagné son père à ce genre de ventes, et il avait appris, principalement en suivant l'exemple de Jim, à écouter et à se taire autant que possible, à examiner les veaux, les taureaux ou les chevaux avec attention, à se fixer un prix maximum et à s'y tenir quoi qu'il arrive.

« Regarde le vendeur droit dans les yeux, mon garçon. Montre-lui ton respect, avait coutume de lui dire Jim, tandis qu'ils parcouraient des routes de campagne semblables à celles qu'il venait d'emprunter. Ils ne vendent pas toujours leurs terres ou leur cheptel de leur plein gré. Certains d'entre eux y sont obligés. Or, quitter l'endroit où on a travaillé si dur, qu'il pleuve, qu'il vente ou qu'il neige, crois-moi, ça n'a souvent rien de réjouissant. Ce n'est pas seulement une question d'orgueil. Quand on est le dernier d'une lignée d'éleveurs, et qu'on doit s'avouer vaincu, la blessure est profonde. »

Et soudain, dans cette grange où régnait une odeur de foin et de fumier, Tripp éprouva un manque : Jim n'était pas là, à observer, impassible, le déroulement des opérations, sous le rebord du Stetson qu'il ne quittait jamais.

Il sentit sa gorge se nouer et ses yeux le brûler. L'absence de son beau-père l'éprouvait aussi sûrement et profondément que s'il venait de mourir, pas de s'embarquer sur un bateau de luxe pour aller admirer les glaciers et l'immense toundra du Grand Nord.

Il fut distrait par l'arrivée d'un splendide hongre noir et blanc. Ce dernier tourna la tête et l'examina longuement. Un grand silence se fit en lui, et il sut instinctivement que le cheval et lui étaient liés à jamais.

Il ne laissa rien transparaître de son émotion cependant. Bien que conquis, il ne voulait pas montrer son intérêt ;

cela le desservirait. Il attendit donc avec impatience que les enchères commencent.

— C'est pourtant une belle bête, que vous avez devant vous ! fit remarquer le commissaire-priseur, confronté au mutisme général.

Le ton, délibérément chagrin, laissait supposer que l'assistance était pourtant bien placée pour pouvoir reconnaître un bon cheval au premier coup d'œil. Personne ne réagissant, il poussa un énorme soupir et consulta la carte qu'il tenait en main comme pour se rafraîchir la mémoire.

Tripp retint un petit rire. Il aurait pu jurer que l'homme savait tout du hongre, de son pedigree au nombre et à l'état de ses dents !

— Apache, déclara-t-il avec emphase, est capable de rassembler un troupeau à lui tout seul ou presque. Il a tout juste cinq ans, et il est en pleine santé.

Il examina gravement son public, puis reprit :

— Alors ? Mise à prix…

La somme qu'il annonça ne suscitant toujours aucune réaction, il baissa la mise à prix.

Quelques hommes passèrent d'un pied sur l'autre, des murmures s'élevèrent, mais personne ne fit d'offre.

Tripp continua à tenir sa langue, et cela bien qu'il meure d'envie de lever la main et d'agiter sa carte d'enchérisseur. Le prix lui importait peu, car il pouvait se permettre de payer dix fois la somme demandée. Toutefois, par certains aspects, acheter dans ce genre de vente était un sport, avec des règles tacites mais toujours respectées, la première et la plus essentielle étant de ne pas se précipiter.

Aussi attendit-il, non sans s'amuser au passage de sa difficulté à se maîtriser.

Le commissaire-priseur en était presque à supplier son auditoire lorsqu'un homme leva enfin une main. Ce fut le signal du départ : tout le monde se mit à surenchérir. Quand il jugea le moment propice, Tripp porta une main à son chapeau. Le commissaire-priseur le vit, répéta le dernier montant proposé en agitant un index dans sa direction… et, tout naturellement, fit remonter le prix.

Et théorie, Tripp avait la journée devant lui. Tant qu'il pouvait regagner son pick-up de temps en temps afin de faire sortir Ridley, rien ne pressait. Pourtant, il continuait à lutter contre l'envie dévorante de mettre fin à la négociation en proposant deux ou trois fois la somme demandée.

Les murmures se firent un peu plus forts, on s'agita dans les rangs… mais personne ne surenchérit. Le commissaire-priseur fit une nouvelle tentative. En vain. Finalement, il s'écria avec la ferveur d'un prédicateur :

— Adjugé, vendu au cow-boy aux santiags de luxe !

La boutade, pas bien méchante, fit sourire Tripp. S'il avait mis un point d'honneur à enfiler une des chemises en flanelle de Jim et portait un jean réglementaire, il n'avait rien pu faire pour ses santiags, effectivement fabriquées spécialement pour lui. Il n'en avait qu'une paire, et les godillots de son beau-père auraient été trop petits pour lui.

Tout cela n'avait aucune importance de toute manière. L'essentiel était qu'il soit redevenu l'heureux possesseur d'un cheval. Il y avait trop longtemps que cela ne lui était pas arrivé.

Ayant grandi dans un ranch, il avait toujours eu un cheval bien à lui. Il le nourrissait, l'entretenait, le dressait et devenait son cavalier attitré. Parmi cette longue lignée, Partner avait été son préféré, et sa mort subite, l'année où il était parti pour l'université, l'avait anéanti. Il s'était reproché de ne pas avoir été là pour remercier l'animal de tous les bons moments passés ensemble, de ne pas avoir eu le temps de lui dire adieu. Malheureusement, le sort en avait décidé ainsi, et Jim avait eu beau lui affirmer que Partner n'avait pas souffert, l'expérience avait été particulièrement douloureuse.

Si on lui avait demandé pourquoi un cow-boy pur et dur comme lui n'avait pas de monture, il aurait répondu sans hésiter que c'était pour des raisons pratiques. Lorsqu'il était étudiant, il n'avait ni le temps ni l'argent nécessaires. Une fois ses diplômes obtenus, il aurait pris comme prétexte son entraînement dans l'armée de l'air et son enrôlement à venir. Plus tard, il aurait expliqué que sa fonction de pilote de ligne sur des longs courriers ne lui laissait pas suffisamment de loisir ou que confiner un cheval à Los Angeles ou à Seattle relevait du crime majesté, pour un garçon de la campagne.

Oui, c'est ainsi qu'il aurait répondu. En toute sincérité. A présent qu'il avait comblé un vide émotionnel dont il n'avait jamais vraiment eu conscience, il voyait à l'évidence que la vérité était ailleurs.

Il n'avait jamais racheté de cheval parce qu'il craignait d'avoir avec un autre animal un rapport aussi fort que celui qu'il avait eu avec Partner.

Ridley avait été la première faille dans sa carapace. Il l'avait acheté à un pauvre type qui vendait la dernière portée de sa chienne à l'arrière de sa vieille camionnette, sur une voie rapide. Bien entendu, la dernière chose dont il avait eu besoin à l'époque, était d'un animal domestique. Tant pis. Il avait acheté le chiot pour vingt dollars — une affaire, à en croire le panneau de carton posé devant le véhicule —, dans l'intention de lui trouver un toit digne de ce nom.

Seulement il s'était laissé attendrir. Il avait donné au chiot un nom provisoire… et c'en avait été fait de lui. A l'occasion, il avait appris quelque chose d'important : quand on nommait une chose, et que la chose en question était dotée d'yeux pleins d'espoir, de quatre pattes et d'un cœur, on était fichu. Le lien était indéfectible.

Ces pensées en tête, il regarda Apache ressortir de la grange pour faire de la place à une jument, cette fois.

Il l'acheta aussi, parce qu'elle était très belle et aussi parce qu'il imaginait sans peine Hadleigh la montant. Emporté par son élan, il fit également l'acquisition d'un second hongre, plus trapu, qui fut présenté tout de suite après.

Et s'arrêta là.

Cela ne suffirait pas, il le savait. Les chevaux de Jim n'avaient plus leur place ailleurs que dans les pâturages où ils goûteraient une retraite bien méritée. Quant au bétail, il lui en faudrait entre cinquante et cent têtes, s'il voulait faire revivre le ranch.

C'était un début néanmoins. Et bon sang, quel bien cela faisait !

Il sortit payer et fut ébloui par les rayons du soleil, vifs malgré la fraîcheur ambiante. Un fermier du voisinage lui proposa d'emmener les deux chevaux et la jument jusqu'au ranch Galloway pour un prix raisonnable, et il accepta. Puis, après avoir fait courir un peu Ridley, il prit le chemin du retour.

Il fit une halte au drive-in du Bad Billy's où il acheta deux hamburgers, un pour lui, l'autre pour son chien, ainsi qu'une énorme portion de frites qu'ils se partagèrent. Découvrant subitement qu'il mourait de faim, il avala son repas presque aussi vite que Ridley.

Il faisait presque nuit, quand il atteignit enfin le ranch. La maison allait paraître bien vide, ce soir encore. Bien qu'il soit ravi que son beau-père se soit offert ces vacances, lui qui n'était jamais allé plus loin que Yellowstone, il savait que le vieux brigand lui manquerait, pendant ces dix jours.

Fort heureusement, il avait du pain sur la planche. Il devait préparer trois des quatre stalles vides pour les nouveaux arrivants. Et puis les vieux résidents avaient faim et soif, eux aussi. Il fallait s'occuper d'eux !

Lorsqu'il aperçut les phares du véhicule du voisin des Anderson, dans l'obscurité, il était fin prêt. Pressentant un événement majeur, Ridley se mit à courir comme un fou et à japper de toutes ses forces. Tant et si bien que Tripp dut l'enfermer dans la sellerie, de crainte qu'il ne se fasse piétiner.

Une fois qu'il eut payé le fermier pour son déplacement, et après s'être assuré que tous les chevaux étaient bien à l'abri dans leur stalle, il alla libérer Ridley et tous deux regagnèrent la maison.

La journée, bien remplie, était terminée.

*
**

Il ne fallut pas plus d'un quart d'heure à Hadleigh pour s'avouer vaincue. Elle baissa piteusement la tête vers Muggles et murmura :

— Je dois des excuses à Melody. Je ne peux pas laisser les choses en l'état.

Assise sur son tapis préféré, dans un coin de la cuisine, la chienne pencha la tête sur le côté et dressa les oreilles. A la voir, on aurait juré qu'en plus d'avoir compris ce que sa maîtresse venait de lui dire, elle était tout à fait d'accord avec elle. Le petit gémissement de compassion qu'elle poussa ne fit que renforcer Hadleigh dans sa conviction.

— Je sais, je sais, dit-elle, avant de passer en revue les casseroles et les poêles dépareillées qu'elle avait descendues de l'étagère et posées sur le comptoir.

Quand elle était contrariée, il fallait qu'elle s'active, de manière constructive de préférence. Or depuis peu, elle éprouvait le besoin de faire du tri, de passer l'éponge au sens propre comme au sens figuré, et de recommencer à zéro.

Un but louable, et commencer par les placards de la cuisine lui avait paru parfaitement logique. Malheureusement, sa querelle avec Melody lui pesait tant qu'elle n'avait quasiment pas avancé. Elle essayait de s'occuper, au fond. Pour éviter de trop penser.

« Commence par le commencement », lui aurait conseillé sa grand-mère. Et Hadleigh avait eu si souvent recours à cet adage qu'elle aurait pu jurer qu'il était imprimé dans ses gènes !

Elle commença donc par le commencement.

Elle avait pas mal réussi, dans sa vie professionnelle. Elle avait conçu des courtepointes, enseigné à la fois en ligne, chez elle et à travers tout le pays. De surcroît, elle adorait son travail. Toutefois, suivre le conseil bienveillant de sa grand-mère l'avait rendue perfectionniste, parfois à outrance, avec une nette tendance à anéantir tout obstacle ou adversaire susceptible de lui barrer la route.

Sauf que Melody n'était ni un obstacle ni un adversaire. Elle était l'une de ses amies les plus chères. Malgré quelques brouilles inévitables au fil des ans, Bex, Melody et elle avaient été plus proches que bien des sœurs.

Melody était directe, parfois insupportable même, dans sa franchise.

Certes.

Mais elle était aussi loyale, généreuse, drôle et bien plus encore.

Donc…

— Tu m'accompagnes, Muggles ? lança-t-elle, une main sur la poignée de la porte de la cuisine.

Sans doute rompue par le petit mélodrame auquel elle venait d'assister, la chienne bâilla bruyamment, posa son museau sur ses pattes avant et lui jeta un regard qui disait clairement : « Tu y tiens vraiment ? »

— Je te comprends, princesse. Reste au chaud et garde la maison. Je reviendrai dès que j'aurai demandé pardon à Mel et que j'aurai fait pénitence.

Muggles poussa un soupir plus qu'expressif et s'assoupit aussitôt.

Elle ronflait déjà quand Hadleigh, amusée malgré l'angoisse qui lui nouait le ventre, ouvrit la porte pour sortir.

Cinq minutes plus tard, elle prenait une longue inspiration, se redressait et frappait chez son amie.

Melody avait les yeux rouges et gonflés, lorsqu'elle vint lui ouvrir.

— Pardon, dirent-elles toutes les deux en même temps.

Et elles tombèrent dans les bras l'une de l'autre en versant quelques larmes.

— Moi et ma grande gueule, se lamenta Melody, quand elles eurent retrouvé une certaine contenance.

— Je n'aurais pas dû m'énerver ainsi, dit Hadleigh au même moment. Je me suis comportée comme une diva.

— Vous avez parfaitement raison toutes les deux ! intervint Bex, qui leur servait d'arbitre quand le besoin s'en faisait sentir. Mel, tu n'es pas obligée de dire *tout* ce qui te passe par la tête. Quant à toi, Hadleigh, cesse donc de tout prendre au sérieux. C'est lassant, à la fin !

Hadleigh et Melody se regardèrent et éclatèrent de rire.

— Je vais nous faire un thé ! annonça joyeusement Bex. Ou plutôt une tisane, à la réflexion. Vous n'avez pas besoin de caféine, les filles, vous êtes assez excitées comme ça.

Melody, qui avait retrouvé le sourire, fit entrer Hadleigh et lui prit son manteau pour l'accrocher à la patère, dans l'entrée.

— Dis donc, ajouta Bex avant de se rendre dans la cuisine. Tu ne crois pas que c'est le moment de montrer ton travail à Hadleigh ?

— Si, répondit Melody, jetant un coup d'œil en direction de sa table à dessin.

— Attends-moi ! lui lança Bex.

— Je voulais garder le secret jusqu'à Noël, précisa Melody en s'adressant à Hadleigh. Seulement *Bex est tellement fouineuse* que je n'ai pas pu ! ajouta-t-elle, faisant semblant de chuchoter.

— Je t'ai entendue ! chantonna Bex.

Hadleigh et Melody échangèrent un sourire complice.

— Mel, je suis vraiment désolée pour tout à l'heure, dit Hadleigh.

— Moi aussi, répondit son amie, lui serrant brièvement la main. J'aurais mieux fait de garder mes convictions pour moi.

Hadleigh haussa un sourcil.

— Parce que tu pensais *vraiment* ce que tu m'as dit ? Je veux dire… Tu penses que j'ai toujours été amoureuse de Tripp, sans en avoir conscience ?

Melody souffla bruyamment sur sa frange, l'air ennuyé.

— Oui, admit-elle enfin. Je le pense. Je ne peux pas prétendre le contraire. Mais encore une fois, je regrette de ne pas avoir su tenir ma langue.

Hadleigh réfléchit aux propos de son amie.

— Soit, dit-elle finalement. Cela ne veut pas dire pour autant que je suis d'accord avec toi.

— Non, bien sûr que non ! répliqua Melody, manifestement soulagée.

— Qu'est-ce que vous manigancez, toutes les deux ?

cria Bex, suffisamment fort pour couvrir le sifflement de la bouilloire.

— Tu aimerais bien le savoir, hein ! lui répondit Melody d'un ton railleur.

Bex ne répondit rien. Toutefois, ce fut avec une expression décidée qu'elle revint dans le salon, avec la théière en porcelaine de la grand-mère de Melody, trois tasses et trois soucoupes assorties, du sucre, du lait, des sucrettes, des serviettes en tissu et des cuillères en argent, le tout soigneusement disposé sur un plateau en osier.

— L'incident est clos ? s'enquit-elle.

— L'incident est clos, confirmèrent les deux femmes à l'unisson.

11

Bex servit la tisane avec sa grâce habituelle, et s'installa confortablement près de ses amies.

— Je propose que nous abandonnions définitivement le sujet « Tripp Galloway », dit-elle avec sa sagesse habituelle, mais d'un ton un peu hésitant.

— Excellente idée ! s'empressa de répondre Hadleigh.

A vrai dire, elle commençait à nourrir quelques doutes, elle aussi. Car si elle n'était pas désespérément amoureuse de Tripp, pourquoi avait-elle réagi aussi vivement à la remarque de Melody ? Cela ne lui ressemblait guère, de prendre la mouche ainsi, et encore moins de quitter un endroit dans un tel état de fureur.

— Si vous y tenez, marmonna Melody.

— On pourrait parler d'un certain chef de la police, pour changer, non ? suggéra Hadleigh d'un ton léger. De Spence Hogan, par exemple…

Aussitôt, les joues de Melody s'empourprèrent.

— Arrêtez, les filles ! lança Bex, exaspérée. Et tout de suite !

— Désolée, murmura Hadleigh en réprimant un sourire.

Melody la fusilla du regard.

— Parle-nous plutôt de tes dernières créations, Mel, reprit Bex.

— Tu parles du petit secret qui ne l'est plus, depuis que tu as profité de ce que j'avais le dos tourné pour fouiller dans mes affaires ? rétorqua Melody, pointant un index accusateur dans sa direction.

— De celui-là même, répondit Bex sans se démonter le moins du monde.

Melody gonfla les joues de manière théâtrale, et Hadleigh se souvint avec amusement de l'énergie avec laquelle son amie avait pris part aux cours d'art dramatique, au lycée, puis à l'université. A l'époque, elle voulait devenir avocate, et elle répétait à qui voulait l'entendre qu'exercer ses talents d'actrice l'aiderait à affirmer sa présence dans un tribunal.

— Cela ne vous dérange pas que je termine ma tisane ? s'enquit-elle, un brin d'acidité dans la voix.

— Avoue plutôt que tu essaies de gagner du temps, lui fit remarquer Bex. Enfin, ne te gêne pas, ma chérie. Bois-la tranquillement, ta petite tisane. Nous avons tout notre temps.

Piquée au vif, Melody reposa sa tasse d'un geste sec.

— Très bien, très bien ! Qu'est-ce qu'il ne faut pas faire, pour maintenir la paix !

Pour toute réponse, Bex la gratifia de son plus beau sourire.

Hadleigh, moins courageuse, plongea le nez dans sa tasse pour dissimuler son amusement comme elle le pouvait.

Melody se leva, s'avança d'un pas rageur vers sa table à dessin. Elle ouvrit un des tiroirs et en tira une des élégantes boîtes en velours noir qu'elle achetait en gros et utilisait pour présenter ses bijoux.

La curiosité de Hadleigh était vraiment piquée, à présent, et elle ne fut pas déçue quand Melody brandit trois bracelets en or, parfaitement identiques, qu'elle maintint en l'air sur le bout de son doigt.

— Il y en a un pour chacune d'entre nous, expliqua-t-elle. C'est une sorte de… de symbole.

Intriguée, Hadleigh haussa les sourcils.

— Ce sont des bracelets à breloques, expliqua Bex, venant à son secours.

Melody en tendit un à chacune de ses amies et mit le troisième autour de son poignet.

— Qu'est-ce que…, commença Hadleigh.

Elle fut incapable de continuer. Sa gorge s'étant nouée, la question resta en suspens.

— Explique-lui, murmura Bex, tendant son bras devant elle pour juger de l'effet obtenu.

— Minute ! répliqua Melody, un peu plus brusquement que nécessaire.

Hadleigh baissa les yeux vers les maillons d'or qui ornaient son poignet, émue aux larmes sans savoir pourquoi. Ce n'était qu'un bijou, après tout, et Melody leur en avait souvent offert, au fil des ans. Pourtant, elle sentait que celui-ci avait une signification particulière.

— Ils symbolisent notre engagement, reprit Melody. Notre pacte de mariage, si vous préférez.

— Je vois, murmura Hadleigh. Ecoute, Mel, ils sont splendides, seulement…

— Laisse-la terminer, la coupa Bex.

Melody prit une profonde inspiration avant de se lancer :

— Voilà. Dorénavant, nous les porterons chaque jour. Et quand l'une d'entre nous rencontrera le véritable amour, je fabriquerai une breloque spéciale en trois exemplaires. Quelque chose de symbolique, là aussi. L'idée, c'est que nous terminions avec trois breloques à l'image de nos trois histoires d'amour.

— Oh ! Melody…, murmura Hadleigh, infiniment touchée.

— C'est une belle idée, non ? demanda Bex.

— Destinée à nous rappeler que nous avons un but commun, précisa Melody. Et que…

Elle ne put continuer. Manifestement elle luttait contre les larmes, elle aussi. Toutefois, fidèle à elle-même, elle refusa de se laisser dominer par l'émotion et reprit :

— Et que nous y croyons. Nous avons foi en nos intentions et nous n'abandonnerons pas la partie, quoi qu'il arrive. Et quand chacune d'entre nous sera parvenue à son but, nous fêterons notre succès ensemble.

Elle se tut de nouveau, le temps de renifler bruyamment.

— En clair, c'est une pour toutes et toutes pour une, conclut-elle. Personne n'aura vraiment gagné tant que nous n'aurons pas toutes les trois trouvé l'âme sœur.

— Wouah ! s'exclama Hadleigh, impressionnée.

— Eh oui ! lança Bex. Ce pacte de mariage est plus qu'un but commun, en fin de compte. Comme Melody vient de nous le rappeler, c'est un véritable engagement.

— Qui ne vaut que si nous nous impliquons toutes les trois, et surtout, dans la durée, précisa Melody.

— J'en suis, murmura Hadleigh dans un élan de sincérité.

— Moi aussi, chuchota Bex, les yeux brillant d'une lueur suspecte.

— Dans ce cas, l'affaire est entendue ! conclut Melody. Que nous rencontrions l'amour en même temps ou à des périodes différentes, je vous promets de fabriquer de quoi célébrer nos couples respectifs. Et attention, personne ne retire son bracelet avant qu'il soit orné de trois breloques. Promis ?

— Ce sera d'autant plus facile qu'ils sont magnifiques, fit remarquer Hadleigh.

— Superbes, renchérit Bex, examinant avec fierté son propre bracelet.

— Et ensuite ? demanda Hadleigh.

— On verra bien ce que l'avenir nous réserve ! répondit Melody. Notre rôle, dans l'immédiat, c'est de nous en tenir à notre décision. De tout faire pour que ça marche. Alors ? Vous êtes partantes ou non ?

— Je suis partante, déclara Hadleigh avec une assurance qu'elle était loin de ressentir.

Parce qu'il ne s'agissait plus d'une plaisanterie, elle le sentait. C'était du sérieux, cette fois.

— Moi aussi, confirma Bex.

Melody tendit le bras autour duquel elle avait attaché son propre bracelet. Bex lui prit la main, et Hadleigh referma la sienne sur celles de ses deux amies.

Le pacte était vraiment scellé.

Dieu seul sait ce qui résulterait de ce curieux rituel, mais une chose était certaine : il n'était plus question de revenir en arrière.

*
* *

Cinq jours après son départ, Jim appela le ranch.

Il était surexcité et étonnamment bavard, pour un homme aussi taciturne que lui.

— J'ai rencontré quelqu'un, annonça-t-il avant que Tripp n'ait le temps de se remettre de sa surprise.

Le combiné du téléphone de la cuisine pressé contre son oreille, il mit quelques secondes à enregistrer l'information.

— Tu as… *quoi* ? demanda-t-il.

Heureusement, c'était l'heure du déjeuner et les ouvriers étaient partis, ce qui lui donnait un peu d'intimité.

Il s'était attendu à ce que son beau-père l'appelle dès l'embarquement, pour lui dire que le départ s'était passé sans encombre. Comme le coup de fil ne venait pas, il s'était résigné à n'avoir aucune nouvelle pendant toute la durée de la croisière. Et voilà que Jim, d'ordinaire si raisonnable et posé, lui annonçait…

Non. Il avait dû mal comprendre. C'était impossible. Pas après toutes ces années à pleurer son Ellie, comme il disait.

Et pourtant…

— Elle s'appelle Pauline, poursuivit Jim, avec l'enthousiasme d'un lycéen évoquant son premier rendez-vous galant. Elle est à la retraite. Elle enseignait les mathématiques dans un lycée et…

— Du calme, papa, l'interrompit Tripp. Tu vas un peu trop vite pour moi, là.

Jim partit d'un rire joyeux que Tripp n'avait pas entendu depuis la mort de sa mère.

— Nous sommes amoureux, reprit-il. Pauline et moi, nous nous aimons, Tripp. C'est du sérieux. Je… J'espère que tu t'en réjouiras pour nous.

Pauline… Une ancienne prof de maths… Qui n'avait probablement rien des psychopathes que l'on pouvait voir dans les émissions de télé-réalité, mais tout de même… Jim ne connaissait cette femme que depuis une semaine, autant dire qu'il ignorait tout d'elle.

— Attends une seconde, p'pa…

Mais Jim était lancé, et il ne parvint pas à l'arrêter.

— Elle a un camping-car ! enchaîna-t-il avec entrain. Alors nous avons décidé de prendre la route et de sillonner notre merveilleux pays dans tous les sens !

Tripp prit une longue inspiration, dans l'espoir de se remettre du vertige qui s'était emparé de lui. Cela fonctionna… très moyennement.

— Je vois, murmura-t-il.

D'un autre côté, c'était ce qu'il avait souhaité, non ? Que son beau-père cesse de se morfondre et se remette à vivre pleinement…

Jim avait dû deviner ses pensées, car il se mit à toussoter.

— Je sais, dit-il d'une voix rauque. Ça paraît un peu précipité. Ça l'est, d'ailleurs, je suis le premier à le reconnaître. Seulement je n'ai éprouvé cela qu'une fois dans ma vie. Le jour où j'ai rencontré ta mère, mon garçon. L'amour surgit au bon moment, pour des raisons qui nous échappent. Et je peux t'assurer que je suis amoureux de Pauline.

Il toussota de nouveau avant de reprendre :

— Ce que je veux savoir, Tripp, c'est si tu… si ça ne te pose pas de problème.

Tripp ferma les yeux et se força à relâcher les muscles de ses épaules.

— Tout ce que je veux, c'est que tu sois heureux, p'pa. Si je te parais un peu… désarçonné, c'est parce que, comme tu viens de le dire, tout cela me semble un peu rapide.

Jim laissa échapper un petit rire un peu nerveux et reprit son sérieux tout aussitôt.

— Dès que la croisière sera terminée, nous rentrerons à Mustang Creek. Tu comprendras mieux, une fois que tu auras fait la connaissance de Pauline, j'en suis certain.

— Papa… Je tiens à ce que tu saches que tu n'as besoin ni de mon approbation ni de ma permission. Seulement…

— Seulement vous avez lu trop d'histoires de meurtres plus ou moins véridiques, commandant Galloway. Allez, cesse de te faire du mouron, mon gars. Je peux t'assurer que Pauline n'a pas le profil d'une veuve noire. Aucun mari mystérieusement disparu à son actif, par exemple. C'est une simple prof à la retraite, veuve depuis près de vingt ans et mère de quatre enfants, tous mariés et avec un bon travail.

Il se tut, le temps de reprendre son souffle. De toute évidence, il était loin d'en avoir terminé.

— Et elle ne peut pas en avoir après mon argent, vu que je n'en ai pas, reprit-il. Elle non plus, d'ailleurs, ce qui nous met sur un pied d'égalité, tous les deux.

— En revanche, elle a un nom de famille, ta Pauline, je suppose...

Le ton était faussement détaché. S'il l'avait pu, Tripp aurait exigé de connaître son numéro de sécurité sociale et l'adresse de sa banque !

Jim ne fut pas dupe un seul instant. Il ne se vexa pas, cependant, car lorsqu'il répondit, ce fut avec bonne humeur :

— Norbrand. Pauline Norbrand. Tu veux que je te l'épelle, peut-être ?

Tripp ne put s'empêcher de rire. Bien qu'il culpabilise un peu d'être aussi méfiant, il était décidé à s'assurer que cette Pauline n'avait vraiment rien à cacher. De son point de vue, on ne pouvait pas s'en remettre au destin pour tout, encore moins quand il s'agissait du devenir de son père.

Il avait fait quelques recherches sur Oakley Smyth, à une époque... Et bien que cela ne lui ait pas forcément porté chance, vu qu'il commençait à douter que Hadleigh lui pardonne un jour sa réaction, il était prêt à recommencer.

Avec Pauline Norbrand en ligne de mire.

Ce ne sont pas tes affaires, mon gars, lui souffla une petite voix intérieure.

Elle avait sûrement raison, cette voix. D'un autre côté, quel mal y avait-il à rechercher la vérité ? Aucun. Même quand on tombait sur une réalité fâcheuse.

— Non, répondit-il un peu tardivement. Pas besoin de me l'épeler, je devrais m'en souvenir.

Sur ce, ils passèrent à autre chose. Jim se mit à parler de sa croisière, fort plaisante, des paysages fantastiques qu'il avait vus, de la nourriture — divine, selon lui, surtout comparée au frichti qu'il se préparait soir après soir depuis des années. Il reprenait du poids, ce qui était bon signe. Enfin — et surtout ! —, il avait gagné cinq cents dollars au bingo !

Comme Tripp l'interrogeait sur son état de santé, il assura qu'il était en pleine forme, se reposait suffisamment et prenait ses médicaments à heures régulières.

— Encore une fois, cesse de te faire de la bile, fiston. Ça finira par te jouer des tours, un jour ou l'autre.

— J'essaierai, lui répondit Tripp d'un ton distrait.

Il s'était déjà emparé de son smartphone pour y chercher le numéro d'un vétéran comme lui, détective privé de métier à Denver, dans le Colorado.

Il ne lui restait plus qu'à espérer que son copain n'ait pas été forcé de mettre la clé sous la porte. Avec tous les sites de recherche accessibles sur Internet, les gens trouvaient facilement les informations qu'ils voulaient obtenir, de nos jours. Plus besoin d'avoir recours à des enquêteurs en chair et en os.

Préoccupé par sa prochaine mission, il souhaita une bonne journée à son pèr,e qui lui répondit d'un ton joyeux.

Il décida toutefois d'attendre, avant d'appeler son ami détective. Cela ne lui ressemblait guère, d'être aussi suspicieux. En même temps, il fallait être réaliste. S'il s'était donné la peine de se renseigner sur Danielle, par exemple, il se serait épargné bien des tracas. Elle aussi, d'ailleurs.

Ridley, le museau pressé contre la chatière, se mit à gémir doucement. On aurait dit un chiot abandonné par sa mère.

— Si tu veux aller faire un tour, débrouille-toi tout seul, lui dit Tripp. Pousse la trappe et sors.

Ridley lui décocha un regard accusateur… et s'exécuta.

Et Tripp, souriant malgré lui, mit son ordinateur portable en route.

— J'organise une petite soirée, samedi prochain, annonça Bex, quand les trois amies eurent enfin l'occasion de se réunir pour prendre le thé chez Melody.

— Une soirée ? répéta Melody avec enthousiasme.

Bex releva le menton d'un air de défi, à peine adouci par la lueur enjouée qui brillait dans ses yeux.

— Ce n'est pas tous les jours que l'on atteint l'objectif que l'on s'était fixé, dans sa vie, que voulez-vous ?

— Oh… Tu veux parler de ta franchise, murmura Melody.

— Je parle de ma franchise, en effet, confirma Bex, un sourire hésitant aux lèvres. Ce n'est pas rien, vous savez ? Des gens du pays tout entier se sont inscrits à ma formation parce qu'ils veulent ouvrir leur propre All Jazz Up.

— Je sais que ce n'est pas rien, ma belle ! s'écria Hadleigh. Oh ! Bex… Nous sommes tellement fières de toi, toutes les deux, nous…

A court de mots, elle s'interrompit brutalement et jeta un coup d'œil inquiet à Melody qui semblait tout aussi mal à l'aise qu'elle. En effet, toutes deux avaient parfaitement conscience de ne pas avoir assez félicité leur amie pour sa réussite professionnelle.

— Je le sais, murmura Bex.

— C'est vrai, Bex, renchérit Melody. Nous sommes fières de toi. Et tellement contentes que tu sois parvenue à ton but. Seulement, nous n'avons pas su te le montrer… Quelles gourdes nous faisons !

Elle fit une petite moue contrite et ajouta, presque timidement :

— Tu nous pardonnes ?

Bex haussa légèrement une épaule. C'était le maximum qu'elle puisse faire, dans ce genre de situation. Elle avait toujours été d'une nature accommodante, d'où son rôle de pacificatrice, voire d'arbitre, dans le trio.

— Je n'ai rien à vous pardonner, dit-elle enfin.

— On peut t'aider à la préparer, cette soirée, si tu veux, proposa Hadleigh, de plus en plus mal à l'aise.

La souplesse de Bex l'inquiétait, par moments. Son amie ne s'offusquait jamais de rien, ne se permettait jamais la moindre remarque acerbe, même quand elle avait toutes les raisons de le faire.

— Non. Contentez-vous de venir. Ah, et ne vous creusez

pas la tête pour savoir ce que vous allez mettre, parce que j'ai réservé le Moose Jaw Tavern pour l'occasion. Alors jean, T-shirt et baskets, les filles.

— Le Moose Jaw Tavern ? s'exclama Hadleigh.

C'était une surprise. Elle s'était attendue à ce que les festivités aient lieu ailleurs. Dans la petite maison qu'habitait Bex, par exemple, ou, si elle avait vu grand, dans les locaux de All Jazz Up.

— On y allait souvent, à une époque, intervint Melody, manifestement séduite par l'idée. C'était plutôt sympa, souvenez-vous. Il y avait des tournois de billard, on dansait au son du juke-box, la bière n'était pas chère, le pop-corn était gratuit… et puis il y avait ces cow-boys super canons qui passaient par Mustang Creek pour un rodéo ou l'autre, une ou deux fois dans l'année.

— Comment aurait-on pu oublier ? demanda Bex avec un petit rire.

— Pour ma part, j'ai essayé, avoua Hadleigh. D'oublier, je veux dire. On a passé de sacrées soirées, là-bas…

Melody leva les yeux au ciel.

— C'est ça. Joue les saintes-nitouches, à présent ! lança-t-elle d'un ton railleur. Nous étions de vraies rebelles, à l'époque. Plus déchaînées que des scouts évadés d'un jamboree !

— Bien ! intervint Bex, prenant Hadleigh par le coude pour l'entraîner vers la sortie. Allons-y, avant que ça ne recommence à se gâter, entre vous.

— Ne vous gênez pas. J'ai du travail, moi, marmonna Melody entre ses dents.

Bex et Hadleigh entendirent à peine la remarque. Bex referma la porte derrière elle, tandis que Hadleigh se dirigeait vers son vieux break, garé le long du trottoir. Voyant le bracelet de Melody briller à son poignet, au moment d'ouvrir la portière, elle sentit son moral remonter d'un cran.

— Je suis contente que vous vous soyez rabibochées, toutes les deux, lui confia Bex, qui l'avait rejointe. C'est bien que tu sois revenue t'excuser presque aussitôt.

— Moi aussi, je suis contente, répondit Hadleigh en

souriant. Cela dit, je ne sais toujours pas ce qui m'a fait réagir aussi vivement.

— Tu as le droit de t'énerver de temps en temps, tu sais. Tu n'es qu'un être humain comme un autre.

— Un peu trop humain, peut-être, parfois, tu ne trouves pas ? Enfin ! C'est comme ça ! Je ne vois pas ta voiture. Je te dépose quelque part ?

— Non, merci. Je vais marcher un peu. Je n'ai pas fait mon jogging, aujourd'hui. J'ai besoin d'exercice.

Hadleigh hocha la tête, ouvrit sa portière et se glissa derrière le volant.

— Alors à bientôt, ma belle.

— A bientôt ! répondit gaiement Bex.

Une fois rentrée chez elle, et après avoir salué Muggles, Hadleigh fit un peu de rangement et quelques cartons de bricoles dont elle ne se servait plus, qu'elle emmènerait dans un magasin de charité dès le lendemain matin.

Puis elle se fit chauffer une soupe en conserve, se prépara un sandwich au fromage et mangea le tout en réfléchissant aux événements de la journée. Elle avait fait un saut à l'hôpital pour rendre visite à Earl, passé plusieurs heures au magasin où elle avait peaufiné son dernier cours en ligne et servi de rares clients, puis elle était allée boire le thé chez Melody.

Elle repensa à ce que lui avait dit Bex, au moment de la quitter, et se félicita de s'être réconciliée avec Melody. En même temps, elle n'avait pas eu le choix.

« Le problème, quand on monte sur ses grands chevaux et que l'on part en claquant la porte, lui avait dit sa grand-mère un jour, c'est que neuf fois sur dix, on s'en mord les doigts et on se sent obligé de s'excuser. » Elle s'était interrompue pour lui sourire, avant de conclure : « Crois-moi, ma fille, il est bien plus facile et beaucoup moins humiliant d'apprendre à se dominer. »

Bien sûr, et comme d'habitude, Alice Stevens avait raison.

Hadleigh se mordilla la lèvre inférieure. Si seulement ce sage conseil lui était revenu *avant* son clash avec Melody !

Malheureusement, dans son cas, les choses ne se passaient jamais ainsi, semblait-il.

Vaguement découragée, elle rinça son bol, son assiette et ses couverts, et les mit au lave-vaisselle, sous le regard attentif de Muggles.

— Qu'est-ce qu'il y a ? demanda-t-elle à la chienne.

Muggles lui répondit par un simple jappement, un peu incertain.

Deux secondes plus tard, on frappait à la porte d'entrée.

Hadleigh se sécha les mains, et sentit son estomac se nouer. Brièvement, mais suffisamment pour qu'elle se demande ce qui lui prenait.

Avait-elle peur ? Certainement pas. Elle était à Mustang Creek, sa ville natale, un véritable havre de paix, la plupart du temps. Elle était intriguée, alors ? Curieuse de savoir qui ça pouvait être ?

Non plus.

Elle traversa la maison, Muggles sur les talons, sans cesser de s'interroger. A défaut de mieux, elle opta pour un mélange de vigilance et d'espoir fou.

Elle jeta un coup d'œil à travers l'une des fenêtres et ne fut que très moyennement surprise de voir Tripp sur son perron.

Ainsi baigné par la lumière dorée du réverbère, il avait la beauté d'un dieu grec, avec ses cheveux couleur paille, son visage résolu et sa carrure de Titan. A croire qu'il avait vu le jour sur le mont Olympe et qu'il s'était déguisé en mortel, en remplaçant sa toge par une tenue de cow-boy.

Quelle pensée saugrenue, songea-t-elle, se moquant aussitôt d'elle-même.

Malgré tout, la magie de l'instant plana au-dessus d'elle tout le temps qu'elle mit à déverrouiller et à ouvrir la première porte.

Tandis qu'elle observait Tripp à travers les mailles de la porte-moustiquaire, elle songea à la manière dont elle allait l'accueillir.

« Tu aurais dû m'appeler. Entre donc. Tu peux rester un peu ? Pour la vie ? »

Non ! Rien de tout ça ! Jamais elle ne parviendrait à prononcer ces paroles. Parce que…

Tout simplement parce que Melody avait raison, en fin de compte : elle aimait Tripp de tout son cœur, ce n'était pas nouveau, et…

Le choc que lui causa cette pensée fut particulièrement rude. Au point qu'elle essayait toujours de se ressaisir lorsque Tripp sourit imperceptiblement et qu'elle vit cette fossette si craquante creuser sa joue droite.

Et puis, il y avait cet énorme bouquet de roses rouges qu'il avait apporté avec lui…

Etait-ce un signe ?

Sans dire un mot — elle en aurait sûrement été incapable ou n'aurait pas été cohérente, de toute façon —, elle souleva le crochet qui maintenait la porte-moustiquaire fermée et recula d'un pas, manquant de trébucher sur Muggles.

Tripp l'examina avec un mélange de curiosité et d'amusement à peine dissimulé. Il pencha légèrement la tête sur le côté, et une lueur indéfinissable se mit à briller dans ses yeux.

Il venait de retirer son chapeau, songea-t-elle distraitement. Elle en voyait encore la marque dans ses cheveux.

— J'aurais dû t'appeler, dit-il en guise de bonjour.

— Mais tu ne l'as pas fait.

Sa voix semblait venir de très loin. Et si elle n'avait mis aucune agressivité dans sa remarque, son trouble, lui, avait dû être palpable.

Tripp lui décocha un nouveau sourire, encore plus lumineux que le précédent.

— J'ai eu peur que tu m'envoies promener, avoua-t-il.

Il referma la porte et lui tendit son bouquet.

— Elles viennent du supermarché, précisa-t-il. Quand est-ce qu'un de nos concitoyens se décidera à ouvrir un vrai magasin de fleurs ? Il ferait fortune, à mon avis.

D'une main bien trop tremblante à son goût, Hadleigh s'empara des roses.

Bien qu'elle ne soit pas en état de les compter, elle vit tout de suite qu'il y en avait soit dix-huit, soit vingt-quatre, toutes en bouton, d'un rouge vif et à la fragrance si enivrante qu'elle sentit la tête lui tourner.

— Merci, murmura-t-elle.

Cette fois, le mot avait ressemblé à un croassement. Une horreur…

Elle rougit violemment.

— Qu'est-ce qui me vaut…

— J'aimerais que l'on ait une discussion sérieuse, tous les deux, l'interrompit Tripp.

Son sourire avait disparu, et son regard s'était fait tendre et quelque peu hésitant.

— Pourquoi pas ? répliqua-t-elle, plus pour elle-même que pour Tripp.

Pourquoi pas ? C'est tout ce que tu trouves à dire ? Allez. Recommence. Tu peux faire mieux que ça.

— Tu n'as pas amené Ridley ?

Pas terrible non plus. Décidément, tu n'as aucune conversation, ma fille !

Tripp hocha la tête, l'air toujours aussi solennel. Et si Hadleigh ne voyait pas où il voulait en venir, une chose paraissait certaine : il ne jouait pas. Son intonation, sa posture et son attitude, tout en lui indiquait qu'il était sérieux. Sincère. Et ouvert à toutes les possibilités.

— Je l'ai laissé dans le pick-up, répondit-il.

Hadleigh, aussi résolue à sortir du tourbillon vertigineux dans lequel elle était prise qu'à mettre les roses dans un vase au plus vite, regagna la cuisine au pas de course, sans rien ajouter.

Tripp s'attarda, le temps de saluer Muggles qui se délecta de ses caresses et le fit savoir à sa façon.

Qu'il reste avec elle le plus longtemps possible !, songea Hadleigh. Elle avait besoin de se retrouver seule un instant, histoire de reprendre ses esprits pour pouvoir tenir une conversation correcte.

Malheureusement, Tripp lui emboîta le pas…

Evidemment, le trajet jusqu'à la cuisine ne changea rien

à l'affaire. Quand elle se retrouva devant la table, elle était aussi perturbée qu'avant, si ce n'est plus.

Elle prit soin de tourner le dos à Tripp tandis qu'elle fouillait fébrilement dans ses placards à la recherche d'un vase assez grand pour contenir le bouquet. Quand elle eut terminé, elle ouvrit le tiroir où sa grand-mère rangeait ses sécateurs.

— Hadleigh…, murmura Tripp avec douceur.

Elle ne put pas faire semblant de ne pas l'avoir entendu car elle s'était raidie. En désespoir de cause, elle continua à lui tourner le dos.

— Ces… ces fleurs sont magnifiques, balbutia-t-elle. Merci, Tripp. C'est vraiment gentil.

Malgré son cœur qui battait la chamade et son esprit en ébullition, elle procéda par ordre. Méthodiquement. Comme sa grand-mère le lui avait appris. Elle commença donc par remplir aux trois quarts le vase en cristal, avant de débarrasser le bouquet de son emballage et de tailler en biais le bas de chaque tige qu'elle plongea dans l'eau fraîche.

Sentant les mains de Tripp se poser sur ses épaules, elle tressaillit, non parce qu'elle avait été surprise, mais parce que la sensation lui avait fait l'effet d'une véritable décharge électrique.

De nouveau, il murmura son nom d'une voix rauque, la fit doucement pivoter sur elle-même et la débarrassa du sécateur et de la rose qu'elle tenait à la main.

Lorsqu'elle se décida enfin à lever les yeux vers lui, elle était à la fois troublée et pleine d'espoir. Elle battit des paupières, ouvrit la bouche pour dire quelque chose, n'importe quoi, puis la referma.

Tripp lui souriait avec une tendresse infinie. Ses yeux avaient le bleu d'un ciel de printemps, la chaleur en plus. Il se tenait si près d'elle que son souffle lui chatouillait les lèvres…

— Les roses peuvent attendre quelques minutes, chuchota-t-il. Tu ne veux pas essayer de te détendre un peu ?

« Facile à dire, quand tu me regardes de cette manière ! », faillit-elle rétorquer, prise d'une délicieuse panique.

Lui semblait parfaitement calme, en revanche, serein,

alors qu'elle se faisait l'effet d'un personnage de dessin animé courant dans tous les sens dans l'espoir d'échapper à un danger quelconque.

— Je… D'accord, répondit-elle nerveusement.

Et afin de prouver sa bonne volonté, elle inspira et expira lentement à plusieurs reprises.

Tripp éclata de rire, un rire à la fois viril et apaisant. Il posa doucement les mains sur son visage… et elle eut l'impression que le sol se dérobait sous ses pieds.

— Je ne ferai rien sans ton accord, lui assura-t-il.

Elle sentit la tête lui tourner. Etait-il possible d'être enivré par la seule proximité d'un être cher, par la chaleur de sa peau, par le timbre de sa voix ?

Apparemment, oui.

— Je le sais, répondit-elle d'une voix à peine audible.

Et c'était vrai. Si Tripp Galloway lui faisait du mal, ce serait sentimentalement, pas physiquement. C'était son cœur qu'il mettait en péril, pas son corps.

Il fit glisser son pouce sur sa lèvre inférieure.

— Je voudrais t'embrasser, murmura-t-il. Si tu es d'accord, bien sûr.

Hadleigh, qui en était à craindre de s'effondrer *s'il ne l'embrassait pas*, au contraire, acquiesça et referma ses bras autour de sa nuque.

Se penchant alors vers elle, Tripp lui effleura les lèvres en une caresse à peine perceptible.

C'était prometteur… mais pas suffisant. En gémissant, elle se hissa sur la pointe des pieds dans l'espoir d'un véritable baiser. Il la serra de plus en plus fort contre lui…

Et se décida enfin à l'embrasser vraiment.

La réaction de son corps fut immédiate : il explosa en une myriade d'étincelles.

Elle s'entendit gémir et, pensant que Tripp allait se détacher d'elle, resserra son emprise.

A son grand étonnement, il approfondit encore son baiser.

Ce fut le signal de départ d'une énorme bataille intérieure.

« Tu ne peux pas faire ça », lui disait sa raison, tandis

que son corps hurlait le contraire : « C'est le paradis sur terre, Had ! »

La raison : « C'est trop rapide. »

Le corps : « J'attends cela depuis trop longtemps… »

Quand Tripp mit fin à l'étreinte, ce fut pour poser son front contre celui de Hadleigh, l'air un peu piteux.

— Désolé, marmonna-t-il sur un ton qui démentait son propos. Je ne voulais pas… Enfin, ce n'est pas ce que je voulais faire.

Hadleigh réussit à rire, malgré sa gorge nouée par l'émotion, malgré les larmes qui lui brûlaient les yeux et qu'elle était trop orgueilleuse pour laisser couler.

— Exact, dit-elle. Si ma mémoire est bonne, ce que tu voulais, c'était *une discussion sérieuse.*

Nouveau soupir de Tripp, suivi d'un nouveau sourire.

— Oui…

Hadleigh s'enhardit jusqu'à lui passer une main dans les cheveux. Elle en avait si souvent rêvé… Et comme elle s'y était attendue, ils étaient soyeux et aussi chauds que les rayons d'un soleil d'été.

— Je commence à penser que nous avons trop parlé, justement, fit-elle remarquer d'un ton léger. On pourrait peut-être passer à autre chose, non ?

— Si j'interprète bien tes propos, répondit Tripp d'une voix étranglée, et Dieu sait si j'aimerais que ce soit le cas, je… je préférerais que tu prennes un peu de recul… Que tu te demandes si c'est vraiment ce que tu veux.

La jeune femme fronça brièvement les sourcils.

— Je vais être plus claire, alors, décréta-t-elle solennellement. Ce que je suis en train de te dire, c'est que tu ferais bien d'aller chercher Ridley, parce que tu n'es pas près de repartir d'ici, cow-boy !

Tripp l'observa avec attention, toujours indécis.

— Had, tu sais que cela changera la donne entre nous, n'est-ce pas ? Or, je veux pouvoir me regarder dans une glace sans rougir… après. C'est pourquoi je tiens à m'assurer que tu es sûre de toi. Qu'il ne s'agit pas d'un caprice ou…

Elle le repoussa doucement et le regarda droit dans les yeux.

— Un *caprice* ? répéta-t-elle d'un ton railleur. Je ne suis plus la petite sœur de ton meilleur copain, Tripp. Je suis une adulte, à présent. Suffisamment grande pour savoir ce que j'ai à faire. Mets-toi bien ça dans la tête.

Devant son air dubitatif, elle s'empressa d'ajouter :

— Bon, cela n'a peut-être pas toujours été le cas, je veux bien le reconnaître. Seulement soyons honnêtes. Tu connais beaucoup de gens qui ont toujours su exactement où ils en étaient, dans ce genre de situation ?

Elle s'interrompit un instant avant de préciser :

— Toi, par exemple. Tu as toujours été sûr de ce que tu pensais ? De ce que tu éprouvais pour les gens ? A chaque instant de ta vie ?

— Non, ma belle, admit-il. Loin de là.

— Alors pourquoi ce serait différent, pour moi ?

— Ah. Là, tu marques un point.

Le timbre de sa voix était devenu à la fois terriblement rauque et infiniment tendre.

Ils continuèrent à s'observer sans bouger, murés dans leur silence, proches et pourtant douloureusement conscients de la distance infime qui les séparait.

Hadleigh finit par poser un doigt sur les lèvres tièdes de Tripp.

— Cesse de te poser des questions et va chercher ton chien. Si je change d'avis à un moment ou à un autre, je te le ferai savoir, fais-moi confiance.

Pour le coup, il éclata d'un rire un peu éraillé.

— Oui, marmonna-t-il. Si tu changes d'avis, si tu me dis « non », je t'entendrai. Et je te promets que je m'arrêterai… à condition que j'en sois capable. Parce que je ne suis qu'un homme, tu comprends. Et bien qu'il ne soit pas de bon ton de le formuler, je peux t'assurer que le point de non-retour n'est pas une légende.

Hadleigh vit un flot d'émotions défiler sur le visage de Tripp. Bien distinctes, elles se succédèrent avec rapidité. Le désir pur, puis une certaine réticence, et encore la passion, l'espoir, un amusement un peu méfiant…

Puis de nouveau le désir. Manifeste.

— Ah oui ? murmura-t-elle, songeuse. Le fameux point de non-retour. Je croyais qu'on l'avait déjà dépassé, avec ce baiser.

— Tu ne m'as pas repoussé, je te ferai remarquer.

— Non ! lança-t-elle, avec espièglerie. Je ne t'ai pas repoussé.

Elle haussa les sourcils avant de demander :

— Alors ? Tu te décides à aller chercher ce pauvre chien avant qu'il ne meure de froid, ou je dois m'en charger moi-même ?

Entre le moment où il laissa Hadleigh, radieuse, dans la cuisine, et celui où il rejoignit son pick-up garé devant la petite maison, Tripp eut l'impression de voler.

Une fois qu'il eut libéré Ridley de sa prison de luxe, il profita de ce que le labrador s'ébrouait sur le trottoir pour ouvrir la boîte à gants et en tirer le paquet de préservatifs qu'il avait apporté avec lui. Il le glissa dans sa poche, puis leva la tête vers le ciel étoilé.

— Pourvu que je ne sois pas en train de commettre une erreur…, murmura-t-il.

Non. Pas en embrassant Hadleigh Stevens. Et faire l'amour à la jeune femme serait encore meilleur, il n'en doutait pas une seconde.

Il n'en restait pas moins vrai que le jour succéderait à la nuit, et que, comme il l'avait expliqué à Hadleigh, il tenait à se regarder dans la glace sans rougir, le lendemain matin. Et ça…

Ridley, que de tels dilemmes n'affectaient jamais, agita la queue, leva une patte et arrosa joyeusement le portail.

— Tu ne m'aides pas beaucoup, lui lança-t-il. Tu en as conscience, au moins ?

En guise de réponse, le chien se remit à agiter la queue,

le considérant avec confiance, l'air d'attendre la suite des événements.

Et soudain, Tripp fut traversé par une secousse quasiment tellurique. Il avait toujours adoré son labrador, mais tout d'un coup, il éprouva envers lui un amour si profond que son cœur faillit éclater.

— Viens, Ridley, balbutia-t-il, la gorge nouée. Ne faisons pas attendre la dame.

La dame en question l'attendait sur le seuil de sa maisonnette, la porte grande ouverte.

Tripp ne pouvait voir son expression, car elle se tenait entre l'éclairage du porche et celui de l'entrée, derrière elle. Toutefois, il s'interrogea. Pourquoi était-elle dehors ? S'était-elle attendue à ce qu'il se précipite au volant de son pick-up et démarre en trombe ?

S'il l'avait fait, comment aurait-elle réagi ? Aurait-elle été déçue de le voir prendre la poudre d'escampette ou, au contraire, soulagée ?

Il n'en avait aucune idée. Et cela n'avait peut-être pas d'importance, au fond.

Il s'avança jusqu'au bas des marches, Ridley caracolant à ses côtés, tel un poney de cirque.

Puis il s'immobilisa, le temps de regarder Hadleigh, de se réjouir de sa simple existence, du miracle que constituait à elle seule cette femme si belle, si lumineuse…

Ridley fut plus direct : dès qu'il vit Hadleigh, il se précipita vers elle, manifestement aux anges.

Comme Tripp le comprenait !

Amusée et ravie, Hadleigh se baissa pour lui souhaiter la bienvenue d'une caresse. Puis elle se redressa lentement, sourit et plongea son regard dans celui de Tripp qui n'avait pas bougé.

Il sentit battre son cœur un peu plus fort et prit une longue inspiration. Des images du passé se bousculèrent en lui, des pensées.

Il connaissait Hadleigh depuis toujours.

Will et lui étaient à l'école primaire, lorsqu'elle était

venue au monde. De sorte que Tripp l'avait vue faire ses premiers pas et s'éveiller aux mystères du monde qui l'entourait. Il l'avait regardée grandir, puis commencer à prendre des risques, ce qui lui avait valu plus d'une écorchure aux genoux ou aux coudes. Il avait été là, avec Will, pour lui apprendre à nager, à faire du vélo et à monter à cheval. Et lorsqu'ils avaient été à peu près certains de ne pas constituer un mauvais exemple pour elle, ils l'avaient emmenée dans presque toutes leurs sorties.

Mais surtout, ils l'avaient protégée.

Et pourtant, tous deux avaient fini par lui briser le cœur, chacun à leur manière. Will en se faisant tuer dans une guerre qui n'aurait pas dû être la sienne, et lui en l'enlevant le jour de son mariage de conte de fées, pour lui annoncer aussitôt qu'il était marié.

Depuis, elle avait mûri. Elle était devenue la femme accomplie qu'il avait toujours pressentie en elle, et plus encore.

— Tu comptes rester dehors encore longtemps comme ça ? lui demanda-t-elle soudain. Il fait un froid de canard, je te signale. Ridley est plus malin que toi : il est rentré, lui !

Cela suffit à rompre le charme. La statue de pierre qu'il était devenu s'aperçut qu'elle pouvait se remettre à bouger.

Il partit d'un grand rire, monta les marches du perron en deux bonds, et suivit Hadleigh à l'intérieur, là où il faisait bon, où l'ambiance était feutrée.

Et, du moins pour quelques heures, là où ils seraient seuls au monde, elle et lui.

Hadleigh n'était plus vierge. Elle s'était débarrassée de ce détail à l'occasion d'une courte idylle sans grand intérêt, l'année de son arrivée à l'université. Toutefois, elle avait peu d'expérience en matière de sexe. Un autre étudiant — qui, elle pouvait se l'avouer à présent, ressemblait vaguement à Tripp — avait succédé au premier. Et puis il y avait eu ce type, rencontré au cours d'un dîner d'affaires et presque aussitôt oublié. Et pour cause : cela avait été l'affaire d'une seule nuit, une expérience dont elle n'avait pas honte mais dont elle ne tirait aucune fierté non plus, un genre de rite initiatique. Selon Melody, tout adulte était en droit de s'autoriser une étreinte avec un parfait inconnu. *Une*, pas deux.

Pour Hadleigh, cela avait été largement suffisant.

Avant tout cela, bien sûr, à peine sortie de l'enfance et particulièrement douée pour se mentir, elle avait, en toute naïveté, failli épouser Oakley Smyth.

Rien que d'y penser, elle en avait encore des frissons.

La véritable nature de sa relation avec Oakley en aurait probablement surpris plus d'un — Tripp le premier —, car tous deux n'étaient jamais allés au-delà du flirt. A l'époque, Hadleigh ne s'en était pas étonnée. Aujourd'hui, elle comprenait mieux ce qui avait retenu Oakley.

Bien que menteur patenté, il s'était sans doute senti un peu coupable à la pensée de ce qu'il allait faire à l'autre femme de sa vie, ainsi qu'aux deux enfants qu'elle lui avait donnés.

Quant à elle, elle avait tenu le premier rôle dans une pièce destinée à être interrompue bien avant que le rideau soit tombé.

Tant et si bien que Bex et Melody avaient fini par la surnommer « la Vierge Virtuelle ». A juste titre, peut-être, car même après avoir goûté à la chose à plusieurs reprises, elle ne comprenait toujours pas pourquoi on vantait tant les mérites du sexe, que ce soit dans les livres ou dans les films. Cela pouvait être agréable, oui… au même titre qu'un massage du dos ou qu'un plongeon dans un lac de montagne par une étouffante nuit d'été. Une fois que c'était terminé, on n'y pensait plus.

Mais à présent qu'elle était au bord du précipice et sur le point de se lancer, c'était pour voler, pas pour tomber. Elle n'était plus la gamine qu'elle était à dix-huit ans, elle n'avait plus rien de la jeune femme un peu timorée qu'elle était à l'université. Ce soir, elle savait très bien ce qu'elle faisait. Elle avait conscience de prendre des risques, parmi lesquels celui, majeur, de souffrir le martyre.

Et elle en était venue à une conclusion simple : si cela se produisait, elle encaisserait, voilà tout. Bien que pénibles,

les chagrins d'amour étaient rarement mortels, du moins à sa connaissance.

Tripp, qui sentait bon la fraîcheur de cette belle soirée d'automne, sourit d'un air hésitant et l'attira à lui.

Elle regarda autour d'elle avec étonnement. Elle avait regagné la cuisine sans même s'en apercevoir !

— Tu peux me dire ce qui te trotte par la tête, quand tu es absorbée dans tes pensées, comme c'était le cas à l'instant, ou c'est un secret ? s'enquit-il.

Elle lui passa ses deux bras autour de la taille et s'appuya contre lui avec un petit soupir de contentement.

— Je passe beaucoup trop de temps à rêvasser, admit-elle, évitant ainsi de répondre vraiment à la question. C'est un peu comme s'il y avait une petite salle de projection, là-haut, où je me passe mes propres films. Je regarde le passé, je me demande ce qui aurait pu se produire dans d'autres conditions. Parfois, je pense à ce qui pourrait arriver demain ou après-demain…

Elle s'interrompit, haussa les épaules et sourit.

— Rassure-toi. Ce soir, avec toi, j'ai la ferme intention de vivre le moment présent. De profiter de l'instant autant que j'en suis capable.

Pour toute réponse, Tripp hocha la tête.

Et l'embrassa.

Bien que ce ne soit pas la première fois, elle eut le sentiment que l'univers tout entier rétrécissait jusqu'à n'être plus qu'un point infime dans la galaxie, avant d'exploser en un véritable feu d'artifice et de partir dans toutes les directions à une vitesse folle.

Elle s'accrocha au cou de Tripp. C'était plus sûr, si elle ne voulait pas léviter et disparaître dans le cosmos pour l'éternité, telle une étoile condamnée à l'oubli.

Une fois amarrée, elle laissa échapper une petite plainte. Elle voulait d'autres baisers, elle voulait se perdre dans la magie de l'étreinte, elle voulait Tripp.

Tout entier.

Il la souleva et la fit tournoyer dans ses bras sans mettre

fin à leur baiser. Elle en aurait pleuré de joie, si elle l'avait pu, si toute son énergie, tout ce qu'elle avait été ou serait jamais, n'avait été absorbé par le lien qui unissait ses lèvres à celles de Tripp.

Il ne se détacha d'elle qu'une fois arrivé dans le couloir.

— Où… ? demanda-t-il, manifestement perplexe.

Elle avait occupé une des chambres du haut, étant enfant. Une pièce minuscule, située sous les combles, face à celle qu'occupait son frère. Tripp s'en souvenait forcément. Toutefois, quelques mois après la mort de sa grand-mère, elle avait eu besoin de changement. Alors elle avait fait refaire la chambre du bas, bien plus spacieuse que les deux autres, et s'y était installée.

— Là, chuchota-t-elle, désignant une porte à deux battants d'un signe du menton.

Tripp pivota sur lui-même et prit la direction qu'elle venait de lui indiquer.

La pièce paraissait d'autant plus grande qu'elle était peu meublée. Le lit au tour de cuivre était recouvert d'une de ses courtepointes préférées, elle avait passé l'armoire et la commode, toutes deux anciennes, à la chaux avant de les disposer de part et d'autre de la chambre, et des tapis bariolés ornaient le plancher en chêne immaculé. Une cheminée en état de marche, dont les briques ocre rappelaient l'Italie, trônait entre deux hautes fenêtres.

Un pâle rayon de lune éclairait l'ensemble.

Tripp regarda autour de lui, surpris. De toute évidence, il ne s'était pas attendu à un tel décor.

Il secoua la tête, comme s'il essayait de se ressaisir, puis s'avança vers le lit où il la déposa doucement. Deux secondes plus tard, il s'accroupissait devant elle pour lui retirer ses chaussures et ses chaussettes. Néanmoins, au lieu de se relever ou de la rejoindre sur le lit, il entreprit de lui masser le pied droit, de deux pouces fermes.

Elle ne put retenir un gémissement de plaisir. Elle ferma les yeux et murmura :

— Humm… C'est bon…

— Tu m'en vois ravi, ma belle. C'était le but.

— Qui aurait pensé que les pieds…

Au lieu de terminer sa phrase, elle soupira. Tripp s'empara de son autre pied et massa les deux en même temps.

— Oh ! Tripp…

— Laisse-toi aller, dit-il d'une voix douce.

Sur un petit cri faussement résigné, elle s'étira de plus belle.

— Je dois avoir l'air malin, comme ça, marmonna-t-elle. On dirait que je…

— Que tu te laisses aller.

Elle s'agrippa au tissu de sa courtepointe. Elle devait rester ancrée au monde réel, car si elle se laissait *vraiment* aller, elle risquait de se déshabiller sans plus attendre…

Son corps entier était en feu, désormais. Et bien qu'encore vêtue, elle craignit de jouir violemment, avant même que Tripp ait terminé de la masser !

Si cela se produisait, les choses seraient claires. Elle, Hadleigh Stevens, serait définitivement à classer dans la catégorie des fétichistes du pied, pour commencer, et Dieu sait quoi d'autre ! Encore que… Non. A bien y réfléchir, si Tripp Galloway arrivait à la combler simplement en lui massant les pieds, qu'est-ce que ce serait quand il passerait aux choses sérieuses ?

Sans trop savoir pourquoi, elle eut soudain envie de se réfugier dans sa petite salle de projection privée. Bien sûr, elle y serait seule. Certes, elle se ferait l'effet d'une princesse de conte de fées, emprisonnée dans sa tour et condamnée à l'attente. Mais elle y serait en sécurité et, d'une certaine manière, dans son élément. Elle connaissait la solitude et la nostalgie, s'accommodait de l'attente sans aucun problème. L'inconnu, ce qu'elle avait envie de repousser tout en l'appelant de toutes ses forces, c'était cette passion folle, totalement irresponsable.

Terrifiante.

Fort heureusement, Tripp finit par se redresser. Il retira sa chemise, qui disparut aussi mystérieusement que son blouson quelques minutes plus tôt, et posa une petite boîte sur la table de chevet — des préservatifs, nota-t-elle.

Bien que la chambre ne soit éclairée que par un rayon de lune, elle eut tout le loisir d'admirer son corps d'homme viril. Ses épaules étaient incroyablement larges, son torse ferme et ses abdominaux proéminents. Un fin duvet doré ne formait plus qu'un simple V au niveau du nombril et disparaissait dans la ceinture basse de son jean.

Elle était presque choquée par sa beauté, par sa simple présence. Ce n'était pas la première fois qu'elle le voyait torse nu, bien sûr. Au cours de ses nombreuses visites chez les Stevens, il lui était souvent arrivé de retirer son T-shirt pour lancer des cerceaux dans l'allée, par de chauds après-midi d'été. Et puis il y avait eu la piscine municipale, les baignades dans les nombreux lacs environnants, sans parler des fameuses bagarres dans l'arrière-cour, qui attiraient tous les gamins du quartier et se terminaient généralement à grands jets de tuyau d'arrosage.

Ce soir cependant, c'était différent. Elle n'était plus la fillette gauche qui ne savait jamais si elle devait s'asseoir ou rester debout, se demandait constamment quoi faire de ses jambes trop longues et de ses bras trop maigres. Quant à Tripp… c'était un homme, à présent. Plus un adolescent espiègle.

Enfin, ils étaient seuls, tous les deux. Dans cette chambre où aucun autre homme n'avait pénétré.

L'espace d'un instant, elle se demanda si elle ne rêvait pas…

Tripp lui tendit la main sans rien dire. Elle la prit et se laissa guider. Il l'obligea doucement à se relever, la rattrapant au vol lorsque ses jambes la lâchèrent.

Les yeux brillants et l'ébauche d'un sourire aux lèvres, il murmura :

— OK, princesse. Le grand moment est arrivé. Soit on fait l'amour, soit on ne fait pas l'amour. A toi de décider.

Pour toute réponse, elle enleva son T-shirt.

Tripp poussa un petit cri étouffé. Son regard brûlant s'attarda un instant sur ses lèvres, puis se posa sur son décolleté, juste au-dessus de la dentelle délicate de son soutien-gorge. Un râle lui échappa et, du bout du doigt, il effleura le renflement de ses seins, laissant derrière lui de minuscules traînées de feu.

Envoûtée, mais plus sûre que jamais de ce qu'elle voulait, elle dégrafa l'attache de son soutien-gorge pour libérer ses seins et les offrir à celui qui allait devenir son amant.

Cette fois, il ne put réprimer un grondement féroce. Bientôt, ses mains furent sur ses mamelons. Il les malaxa jusqu'à ce qu'elle gémisse, et lorsqu'il baissa la tête pour en suçoter un, elle se mit à crier et se laissa retomber en arrière.

Les sensations que Tripp éveillait en elle, avec le bout de sa langue, avec ses lèvres chaudes et avides, la rendirent fébrile. Elle avait tellement envie de lui que son impatience frisait le désespoir.

Il abandonna ses seins — temporairement, elle l'espérait ! — pour revenir à sa bouche, et soudain elle sentit quelque chose se libérer en elle.

Un flot de passion, de féminité, de joie infinie, trop longtemps refoulé.

Percevant sans doute le bouleversement qu'il avait provoqué en elle, Tripp, tout en la dévorant de baisers, parvint à la débarrasser du reste de ses vêtements et à se déshabiller lui-même.

Puis, après avoir déroulé un préservatif sur son sexe en érection, il se tourna vers elle.

Ils se regardèrent en silence, savourant cet instant avec un même plaisir, puis Tripp la souleva. Par réflexe, elle enroula les jambes autour de ses hanches, renversa la tête en arrière et ferma les yeux, s'abandonnant avec une confiance qu'elle n'aurait jamais pu avoir avec un autre que Tripp.

Il la maintint en l'air sans effort et, ses bras puissants refermés autour d'elle, avança jusqu'au mur contre lequel il la plaqua doucement. Puis il referma ses mains sur ses fesses et se remit à l'embrasser, furieusement, jusqu'à en perdre le souffle.

Elle gémissait sans discontinuer, à présent, rendue comme folle par l'attente et le désir impérieux qui l'habitait.

— C'est ta dernière chance, lui murmura-t-il à l'oreille avant de lui en mordiller le lobe, puis de s'en prendre à un de ses seins.

Elle se tortilla dans ses bras, se frotta contre son corps ferme. Elle ne respirait plus que par à-coups.

— Maintenant, Tripp, supplia-t-elle d'une voix saccadée. Prends-moi maintenant.

Tripp poussa un véritable rugissement et, d'un coup de reins habile, s'enfonça en elle, la faisant enfin sienne.

Un premier orgasme la secoua aussitôt. Interminable, d'une intensité folle, il s'empara de son être tout entier, peut-être même de son âme.

Elle n'avait plus aucune retenue, plus aucune honte. Tel celui d'un animal sauvage, son corps s'arc-bouta contre celui de Tripp, en cadence, ses cris se transformant en râles saccadés. Son triomphe lui paraissait à la fois nouveau et aussi vieux que les étoiles qui brillaient depuis des lustres sur Mustang Creek.

Tripp…

Dans un sanglot, elle cria son nom. Il l'apaisa, lui murmurant des mots doux, semant des baisers sur son cou, ses paupières, ses lèvres. Toutefois, il ne ralentit pas le rythme. Au contraire, la prenant avec une force décuplée, il se mit à aller et venir en elle de plus en plus vite, de plus en plus fort…

Le plaisir se fit plus vif, et les orgasmes se succédèrent sans qu'elle ait le temps de reprendre son souffle.

Lorsque Tripp, perdant tout contrôle, se rendit enfin en hurlant son nom, elle était épuisée.

Les doigts enfouis dans ses cheveux, elle l'enveloppa de sa douceur et se délecta de son plaisir, les yeux brouillés de larmes.

12

Hadleigh s'était endormie comblée. Elle se réveilla en sursaut, aux heures les plus sombres de la nuit, consciente d'être seule dans son lit.

Debout dans l'obscurité, Tripp cherchait ses vêtements éparpillés à droite et à gauche. De toute évidence, il s'efforçait de faire le moins de bruit possible.

La jeune femme eut un bref pincement au cœur. Etait-ce de la joie ou de la tristesse ? Elle n'aurait su le dire et n'éprouva pas le besoin de s'attarder sur la question.

— Tu t'en vas ? chuchota-t-elle.

Tripp se tourna vers elle. Torse nu, il finissait de boutonner son jean.

— J'ai des chevaux à nourrir, répondit-il simplement.

Mais à quel genre de réponse s'était-elle attendue ? « C'était super, merci » ? « A un de ces quatre » ? « Ne m'appelle pas, je te passerai un coup de fil quand j'aurai envie de te voir » ?

Décidément, elle manquait d'assurance, quand il s'agissait de Tripp Galloway…

— Tu as besoin d'un coup de main ? proposa-t-elle.

Il s'approcha de la table de chevet et alluma la lampe, un large sourire aux lèvres. Ces lèvres sensuelles qui avaient fait des merveilles sur son corps…

— Un peu de compagnie ne serait pas pour me déplaire, dit-il d'un ton neutre.

Elle rejeta les couvertures, se souvint un peu tardivement qu'elle était nue et se recouvrit aussitôt en rougissant.

— Donne-moi un quart d'heure, le temps que je prenne une douche et que je m'habille, dit-elle très vite.

— Je vais en profiter pour faire un café.

Elle fut presque soulagée de le voir sortir de la chambre. Mais qu'est-ce qui lui prenait ? Elle avait été tout sauf timide, entre ses bras, dans ce lit. Pourtant, et bien qu'elle ne regrette rien de ce qu'elle avait fait avec lui, elle éprouvait le besoin d'être seule, afin de recouvrer ses esprits.

Dès que Tripp eut disparu, elle sauta du lit, attrapa à la hâte des sous-vêtements et une paire de chaussettes dans un des tiroirs de la commode, sortit un jean et un vieux T-shirt de l'armoire et courut jusqu'à la salle de bains. Une de ses créations, là encore, avec sa petite baignoire, ses deux lavabos, son plan de toilette de marbre et sa cabine de douche, spacieuse et équipée de trois jets de massage stratégiquement placés.

Par comparaison avec les autres pièces d'une maison aussi modeste, la suite que formaient la chambre et la salle de bains aurait sans doute paru incongrue à un éventuel acheteur. Toutefois, en plus d'avoir envie de changement, après le décès de sa grand-mère, elle avait, à sa grande surprise, hérité d'une petite fortune dont elle avait fait bon usage.

Bien qu'Alice Stevens ait été d'un naturel frugal, Hadleigh s'attendait qu'il ne lui reste pas grand-chose, une fois les taxes diverses et les frais d'enterrement réglés. Elle savait que les traites du magasin et de la maison étaient payées depuis des années — ce qui, dans son esprit, était déjà un gros avantage. Elle était loin du compte cependant, car sa grand-mère avait économisé pendant des années. Non contente de mettre à la banque l'intégralité de la somme qu'elle avait touchée à la mort de son fils et de sa femme, elle avait fait fructifier les chèques mensuels versés à ses petits-enfants par la Sécurité sociale. A cela était venue s'ajouter l'assurance-vie de Will, de sorte que les comptes de la famille étaient bien fournis.

Hadleigh avait toujours pensé que tout cet argent avait été englouti par ses études, avec tous les frais qu'elles avaient entraînés. La réalité était tout autre.

Pendant toutes ces années et sans jamais se plaindre, Alice avait élevé ses petits-enfants sur l'argent des recettes, souvent maigres, du magasin. Elle avait vendu des tissus, des patrons, des idées d'imprimés, ses propres créations, avait donné des cours de matelassage aussi souvent que possible… Bref, elle avait trimé sans répit et surtout, sans jamais s'accorder la moindre fantaisie.

Cette pensée émouvait toujours Hadleigh à des degrés divers, et ce matin-là, pourtant glorieux, ne fit pas exception à la règle. Parce que, si elle ne pouvait dire avec précision l'étendue du sacrifice que sa grand-mère avait dû faire pour assurer l'avenir de sa descendance, elle la devinait sans peine.

Quand ses amies — des femmes divorcées ou veuves comme elle, pour la plupart — partaient en vacances, après avoir mis leurs fonds en commun pour louer un bus et rallier Reno, le Grand Canyon ou Disneyland, sa grand-mère restait à Mustang Creek. On avait beau la supplier, rien n'y faisait. Elle refusait, avec son amabilité habituelle mais fermement. Elle n'avait pas le temps de parcourir le pays, prétendait-elle. Elle avait un magasin à tenir et deux garnements à surveiller, au cas où on l'aurait oublié.

Pour le reste, un sou restait un sou. En sa qualité de couturière accomplie, elle confectionnait ses propres vêtements et la plupart de ceux de Hadleigh. Elle ne manquait jamais de découper les bons de réduction qu'elle trouvait dans les journaux et attendait les soldes pour faire ses achats. Elle portait les mêmes chaussures jusqu'à ce qu'elles soient franchement immettables, faisait pousser ses légumes dans un coin du jardin, préparait des conserves pour l'hiver. Enfin, d'aussi loin que Hadleigh se souvienne, elle ne s'autorisait jamais la moindre folie. Pas question pour elle de s'offrir un deuxième rouge à lèvres ou le dernier roman à la mode, par exemple.

Oh non ! Alice Stevens possédait, en tout et pour tout, un bâton de rouge à lèvres, acheté au drugstore du coin et qu'elle finissait d'utiliser avec un petit pinceau. Ses livres — et Dieu sait si elle lisait ! — provenaient tous de la bibliothèque municipale. Elle avait un jour affirmé à Hadleigh qu'attendre un peu pour connaître la suite d'un best-seller ne la tuerait pas. Elle avait dû aller au cinéma trois fois, en tout et pour tout, depuis le jour où ses petits-enfants avaient emménagé avec elle, et quand on lui demandait pourquoi elle ne s'y rendait pas plus souvent, elle répondait qu'elle trouvait idiot de payer une entrée alors qu'elle avait du pop-corn dans son placard et qu'il y avait toujours une bonne émission à la télévision.

Sauf qu'elle adorait le cinéma…

Hadleigh entra dans sa cabine de douche en secouant la tête avec résignation.

— Comme disait mamie, ce n'est pas la peine de revenir sur le passé, vu que l'on ne peut rien y changer, murmura-t-elle.

D'autant que si son frère et elle, prenant conscience de tout ce dont leur grand-mère se privait, avaient tenté de lui faire changer ses habitudes, ils se seraient heurtés à un mur. Alice n'en avait jamais fait qu'à sa tête, c'était de notoriété publique.

Sur cette note un peu plus gaie, Hadleigh repensa à Tripp, qui s'affairait dans la cuisine. Malgré l'eau qui s'échappait du pommeau de la douche, elle l'entendait parler aux chiens, ouvrir et refermer les portes des placards.

Quand on vivait, comme elle, seule depuis un bon bout de temps, c'était un vrai bonheur d'avoir un invité.

Encore plus lorsque l'invité en question n'était autre que Tripp Galloway.

Il est sacrément doué, au lit, songea-t-elle. *En dehors du lit aussi, d'ailleurs.*

Cette simple réflexion suffit à lui faire revivre quelques-unes des sensations de la nuit, et aussitôt elle sentit son corps s'enflammer.

— Holà ! Du calme, ma belle. Tu as entendu ce qu'il t'a dit, non ? Ce n'est pas le moment. Il y a les chevaux à nourrir.

Elle sortit de la douche, s'enveloppa dans une serviette et s'avança vers les lavabos pour se brosser les dents. Elle ne s'était pas lavé les cheveux pour ne pas avoir à les sécher, ce qui lui aurait pris trop de temps. Aussi se contenta-t-elle de les démêler avant de les ramener en un genre de chignon qu'elle fit tenir avec une barrette.

Une fois habillée, et dans un rare élan de coquetterie, elle se mit un peu de mascara et de gloss, puis gagna la cuisine d'un pas faussement nonchalant — mais si elle s'était écoutée, elle aurait traversé la maison en courant…

Après tout, Tripp était là, encore tout ébouriffé par ses caresses, sexy en diable…

Mieux valait ne pas avoir l'air trop empressée, cependant.

Sauf qu'elle l'était, empressée. C'était le moins qu'elle puisse dire.

Elle se figea sur le seuil, frappée par la présence de Tripp dans la cuisine. C'était bien simple : il semblait remplir tout l'espace.

Elle prit le temps de l'observer, s'attardant sur le début de barbe qui commençait à recouvrir son menton. A se damner, là encore…

S'il avait fait mine de venir vers elle, elle se serait précipitée dans ses bras.

L'instant lui paraissait inoubliable, un de ceux où l'on avait l'impression que le temps s'était figé, que la terre avait cessé de tourner. Et pourtant, tout était… normal.

Deux tasses vides étaient posées à côté de la cafetière, sur le comptoir. Les chiens, revenus de leur petit tour dans le jardin, dévoraient leurs croquettes côte à côte. A les voir, on aurait juré qu'ils avaient été élevés ensemble.

S'apercevant de sa présence, Tripp lui décocha un de ces sourires en coin dont il avait le secret.

— Tu es divinement belle ! déclara-t-il d'une voix rauque.

Hadleigh se sentit bêtement flattée.

Et pourtant… *Divinement belle*, elle ? Jamais de la vie.

Melody était belle.

Bex était belle.

Elle, pour sa part, s'estimait présentable. Mignonne, tout au plus.

— Tu as entendu ça dans un film ? demanda-t-elle, un

sourire de guingois aux lèvres, avant de désigner d'un geste son vieux jean, ses baskets maculées de terre et son T-shirt fané.

— Hein ? Oh non ! Je ne fais pas dans les répliques de film. Elles sont trop convenues. C'est bon pour les types ventripotents qui portent une énorme chaîne en or et dissimulent leur calvitie sous un postiche.

Après avoir fait mine de réfléchir à la question, un sourcil haussé, Hadleigh finit par déclarer :

— Hmm… Non. On ne peut pas dire que tu aies du ventre. Et je ne t'imagine pas avec un bijou d'aucune sorte, encore moins avec une perruque.

— Tu m'en vois ravi, parce que dans le cas contraire, je ne donnerais pas cher de… de la suite.

Hadleigh s'aperçut qu'elle était toujours plantée sur le seuil de la cuisine, incapable de bouger, comme pétrifiée.

— Et maintenant ? demanda-t-elle dans un souffle.

— Maintenant ? On va au ranch, on s'occupe des chevaux et ensuite, je te prépare un bon petit déjeuner, ça te va ?

— Je ne te parlais pas de ça ! s'exclama-t-elle, tout en se demandant pourquoi elle restait figée ainsi.

— Ah bon ! De quoi parlais-tu, alors ?

Il s'amusait bien, le brigand !

Et soudain, elle eut l'impression d'avoir de nouveau treize ans, un appareil dentaire et des genoux cagneux. Sentant le rouge lui monter au visage, elle serra les dents, bien décidée à ne répondre sous aucun prétexte.

Tripp traversa la cuisine et lui caressa doucement la joue.

— C'est important, Hadleigh, murmura-t-il d'une voix grave.

Une lueur indéfinissable brillait dans ses yeux, et il paraissait hésitant.

— Je ne veux pas tout gâcher en précipitant les choses, ajouta-t-il.

La jeune femme se raidit. Elle n'avait peut-être pas autant d'expérience que les citadines avec qui Tripp sortait — ou, plus exactement, *couchait* — d'habitude, mais elle était tout de même capable de reconnaître une rebuffade.

Devant son expression fermée, Tripp plissa les yeux.

— Qu'est-ce qu'il y a ? demanda-t-il, manifestement alarmé.

Ce qu'il y avait ? On pouvait se le demander, en effet.

Tripp Galloway et Hadleigh Stevens…

Deux adultes consentants qui avaient passé la moitié de la nuit à faire l'amour dans toutes les positions imaginables, rien de plus. Dans un monde parfait ou dans un conte de fées, cela aurait pu les mener à des lendemains qui chantent, mais la réalité était là.

Dans toute sa cruauté.

Tripp la rejetait.

Pourtant, il paraissait peiné, tout d'un coup.

— J'ai simplement dit que je ne voulais pas risquer de tout gâcher en allant trop vite, lui rappela-t-il. Or, j'ai comme l'impression que tu as entendu tout autre chose.

— Tu trouves que nous allons trop vite ?

Presque aussitôt, elle se reprocha sa question. Elle n'avait pas eu l'intention de prononcer ces mots. Ni maintenant ni… jamais.

Tripp secoua la tête.

— Non. La route que nous avons prise pour arriver jusqu'ici a été longue et sinueuse. A présent, nous sommes là et, de mon côté, je ne nous vois pas revenir en arrière.

— Je… D'accord, murmura-t-elle, complètement perdue et incapable de le dissimuler, cette fois. C'est quoi, le plan, alors ?

Tripp lui sourit, et ce fut un peu comme lorsque le soleil perce enfin les nuages, à la fin d'un interminable jour de grisaille.

— Tu penses vraiment qu'il faut planifier cela ?

— Disons que j'aime bien savoir à quoi m'attendre, avoua-t-elle.

Tripp pencha la tête sur le côté, et soudain il fut si près d'elle qu'elle sentit ses lèvres la picoter.

— Ça, je peux le comprendre, dit-il. Alors, voyons… Pour

commencer, tu peux t'attendre à ce que je t'embrasse dès que tu seras à portée de lèvres. Comme là, par exemple…

Il se pencha vers elle, l'embrassa avec une douceur qui réveilla tous ses sens, et se redressa bien trop vite à son goût.

— Tu peux aussi t'attendre à ce que je profite de la première occasion pour te faire l'amour, poursuivit-il, presque dans un murmure.

Une myriade d'étoiles dansait dans ses yeux lorsqu'il demanda :

— C'est assez précis pour toi ou tu veux que je te dresse la liste de tous les endroits où j'ai l'intention de t'honorer, ma belle ?

Hadleigh sentit son corps s'embraser avec une telle force qu'elle craignit un instant de devoir s'asseoir.

— Je… Non, ça ira, balbutia-t-elle. Je préfère avoir la surprise.

Tripp renversa la tête en arrière et partit d'un rire joyeux.

Puis il l'embrassa, tout doucement, et murmura d'une voix un peu rauque :

— Il est grand temps qu'on y aille, je crois.

— Pourquoi ? Tu as peur que tes chevaux tombent d'inanition ? demanda-t-elle, glissant les bras autour de sa taille.

Il la serra contre lui et laissa échapper un petit grognement.

— En partie, oui.

— En partie… Donc, il y a une autre raison…

— Oui. Nous avons utilisé tous les préservatifs.

Cette fois, ce fut elle qui éclata de rire.

Ce fut un véritable plaisir pour Tripp de regarder Hadleigh s'affairer dans l'écurie. Elle plantait hardiment sa fourche dans les rations de paille qu'elle déposait aussitôt dans les mangeoires, et avait un excellent contact avec les chevaux. Elle s'arrêtait devant chacun d'entre eux pour leur dire quelques mots, leur grattant les oreilles lorsqu'ils acceptaient de baisser leur énorme tête afin qu'elle puisse les atteindre. A croire qu'elle avait fait cela toute sa vie.

Les ouvriers n'étaient pas encore arrivés mais ne tarderaient pas, et le ranch déborderait bientôt d'activité.

Tripp soupira et s'efforça d'oublier les plombiers, les électriciens, les peintres et autres couvreurs pour se concentrer sur l'instant présent.

Il n'y avait que Hadleigh, lui, les deux chiens et les chevaux, dans cette écurie.

Et le moment était sublime.

Il se prit à imaginer Hadleigh au ranch, en permanence… Hadleigh assise face à lui, à la table de la cuisine, Hadleigh partageant son lit, la nuit venue…

Il n'avait aucun besoin de s'imaginer tout cela, en fin de compte. Depuis la nuit précédente, il savait ce qu'il ressentirait, de lui faire l'amour au quotidien. Ce serait différent de tout ce qu'il avait pu éprouver avant elle. Transcendant, bouleversant. Au point qu'il aurait envie de recommencer dès l'instant où elle crierait son nom, lui enfonçant ses ongles dans le dos et s'arc-boutant pour s'offrir totalement à lui.

Elle jouirait une dernière fois dans un soupir — elle avait des orgasmes à répétition —, et se mettrait à trembler de tous ses membres. Quelques secondes plus tard, elle laisserait échapper un long gémissement et, tout doucement, redescendrait sur terre.

Et ce gémissement, ainsi que la manière dont elle le serrerait en elle, serait sa perte. Incapable de se contenir, il s'enfoncerait dans son corps sublime une dernière fois, crierait à son tour, puis se laisserait retomber à ses côtés, épuisé et comblé.

Oh oui, il avait été comblé, cette nuit ! Et il l'aurait été plus encore s'il n'avait constamment eu conscience de porter un préservatif.

Non que cela diminue son plaisir — ils étaient si fins, à présent, qu'on ne les sentait pas. Non. C'était leur fonction même, leur efficacité qui l'avait contrarié.

Parce que, pour la première fois de sa vie, il avait eu envie de concevoir.

De faire un enfant.

Avec Hadleigh Stevens.

On n'en est pas encore là, cow-boy, songea-t-il, tout en continuant à brosser la jument qu'il avait achetée aux Anderson.

— Comment s'appelle-t-elle ? lui demanda soudain Hadleigh.

Perdu dans ses pensées, il sursauta presque. Il ne s'était pas aperçu que Hadleigh admirait l'animal, de la stalle voisine.

— Je n'en sais rien, avoua-t-il. En fait, maintenant que tu m'en parles, je ne me souviens pas que quiconque ait mentionné un nom. Il n'apparaissait pas sur sa fiche non plus, d'ailleurs.

Hadleigh fit une drôle de grimace, à mi-chemin entre le dégoût et l'amusement le plus total.

— Ah, les hommes ! s'exclama-t-elle. Il n'y en a pas un pour rattraper l'autre. Les animaux sont comme nous. Ils doivent avoir un nom, Tripp. Ça leur donne une identité. Ils ont besoin de savoir où est leur place, eux aussi !

Tripp risqua un petit sourire. Il aimerait cette femme toute sa vie et même dans l'au-delà !

Pourquoi avait-il mis si longtemps à s'en rendre compte ?

— Dans ce cas, dit-il de son accent le plus traînant, je suggère que tu décides de la manière dont nous allons appeler cette pauvre bête.

Il fronça les sourcils et ajouta :

— Pendant que tu y seras, si tu es inspirée, l'autre hongre est dans le même cas. A ma connaissance, il n'a pas de nom, lui non plus.

— Si je suis inspirée ? Je suis une artiste, je te signale. C'est mon métier.

Elle se tenait si près de lui qu'il dut se faire violence pour ne pas l'embrasser.

— OK. Tu as carte blanche, alors.

Il avait répondu d'une voix éraillée, sûrement parce qu'il pensait toujours à la manière dont elle gémissait et criait son nom quand elle atteignait l'extase pour la première fois. S'il s'était écouté, il l'aurait portée jusqu'à sa chambre ou, mieux encore, il l'aurait prise ici même, debout dans l'écurie.

La pile de copeaux de bois tout frais qu'il avait fait livrer quelques jours auparavant aurait parfaitement convenu, elle aussi, tout comme…

Il s'éclaircit la gorge et tenta de se ressaisir.

— Vas-y. Choisis un nom.

Hadleigh se remit à examiner la jument, l'air songeur. Au bout de quelques secondes, son joli visage s'illumina tout entier.

— Ça y est ! J'ai trouvé ! s'exclama-t-elle, manifestement contente d'elle. « Dragée ».

— Quoi, dragée ?

— Dragée ! Ce sera le nom de ta jument.

Il secoua la tête sans se départir de son sourire.

— Impossible, répliqua-t-il d'un ton faussement chagrin.

— Impossible ? Et pourquoi ça ?

— Parce que comme tout cow-boy qui se respecte, je me vois mal aller chercher une jument nommée *Dragée* dans le corral. Voilà pourquoi.

Hadleigh parut un peu vexée.

— C'est complètement idiot, comme raisonnement ! lança-t-elle, vexée.

— Peut-être, mais c'est comme ça. Je ne tiens pas à être la risée de tout le comté, figure-toi.

— Parfait. Dans ce cas, choisis toi-même. Donne-lui un nom bien macho, comme « Tueur » ou « Fer de Lance ». Et surtout ne te préoccupe pas du fait que c'est une femelle.

— C'est ta jument, fit-il remarquer avec un petit rire étouffé. Tu peux l'appeler comme tu veux.

— Mais pas « Dragée ».

— Mais pas « Dragée ».

— Bon sang, Tripp, tu…

— Ecoute, on en a terminé ici. Alors rentrons déjeuner. Cela te permettra de réfléchir tranquillement à un nom qui nous convienne à tous les deux.

Soudain, Hadleigh écarquilla les yeux.

— Attends… Tu viens de me dire que c'était *ma* jument ou j'ai rêvé ? murmura-t-elle.

— Tu as très bien entendu, ma belle. C'est *ta* jument.

— Tu… tu l'as achetée exprès pour moi ?

— Disons que dès que je l'ai vue, j'ai pensé à toi. Je te l'ai offerte sur une impulsion.

— Poussière d'Etoile ?

Il leva les yeux au ciel. Aussi impossible que cela puisse paraître, elle avait choisi un nom encore plus inepte que « Dragée » !

— Ah non ! gronda-t-il.

— Clochette en Fer Blanc ?

Elle se moquait de lui, à présent. Il n'y avait qu'à regarder la lueur malicieuse qui brillait dans ses yeux pour s'en convaincre.

— Arrête, chipie, protesta-t-il, ouvrant la porte de la stalle pour aller la rejoindre.

Ils finirent par se mettre d'accord dans la cuisine toujours en chantier, devant leur bacon et leurs œufs brouillés. « Sunset ».

— C'est parfait, non ? Sa robe dorée tire sur le roux, comme les derniers rayons du soleil en été.

— Va pour Sunset, alors, répondit-il.

Je t'aime, Hadleigh Stevens. Je veux me réveiller à tes côtés tous les matins de ma vie, et m'endormir dans tes bras chaque soir. Je veux te faire un enfant. Non, cinq… Dix !

Bien sûr, il ne pouvait prononcer ces paroles à voix haute. Cela aurait été prématuré.

— Ça fait longtemps que tu n'es pas montée à cheval ? demanda-t-il, tandis qu'ils débarrassaient la table. Parce que l'on pourrait aller faire un petit tour, si tu veux.

— Un bon bout de temps, oui.

Un petit sourire espiègle se dessina au coin de ses lèvres.

— On pourrait aussi faire un saut en ville pour acheter d'autres préservatifs, suggéra-t-elle.

Il partit d'un rire sonore et fit mine de consulter une montre inexistante. Depuis l'avènement des téléphones portables, il ne se donnait plus que très rarement la peine de mettre la sienne, un cadeau que lui avait fait Jim, l'année où il était sorti de l'université.

— Les ouvriers vont arriver d'une minute à l'autre, expliqua-t-il, la faisant pivoter pour lui donner une petite tape sur les fesses.

Puis, la question des préservatifs le taraudant toujours, il demanda, d'un ton léger :

— Tu es sous contraceptif, je suppose. Tu prends la pilule ?

— Moi ? Pour quoi faire ? répliqua-t-elle, manquant de trébucher sur un des chiens qui s'était faufilé entre eux pour courir jusqu'à la chatière. Je n'ai pas d'amant.

Excellente nouvelle !, songea-t-il. Mais une nuit de passion n'était pas forcément annonciatrice d'une monogamie immédiate et éternelle.

— Enfin, à part toi, je veux dire, précisa-t-elle.

Il lui prit la main, d'abord un peu timidement puis, comme elle ne se dérobait pas, avec un peu plus d'assurance.

— Tu m'en vois ravi, ma belle.

A lui, maintenant, de faire en sorte que cela continue.

Ils retournèrent à l'écurie, les deux chiens gambadant joyeusement à leurs côtés, enchantés de cette nouvelle promenade.

Le soleil se levait doucement, déversant des rayons rose orangé sur les pics déchiquetés des montagnes, et l'air, bien que frais, avait la pureté caractéristique des grands espaces. Le bleu du ciel, encore lavande, virait tout doucement à ce bleu incroyablement clair que Tripp associait au Wyoming.

— Bex donne une soirée, samedi, dit soudain Hadleigh, avant de détourner la tête avec timidité.

— Je sais.

Hadleigh s'immobilisa devant l'entrée de l'écurie, et leva vers lui un regard étonné.

— Comment tu le… Attends. Elle t'a invité, toi aussi ?

— Oui. Ça te pose un problème ?

Elle mit quelques secondes à répondre.

— Non, dit-elle finalement. Simplement… elle ne m'a rien dit.

Tripp lui prit les mains en souriant.

— Si je comprends bien, tu aurais préféré être prévenue, c'est bien ça ?

En guise de réponse, elle se mordilla la lèvre inférieure.

— Elle avait peut-être peur que tu ne viennes pas si tu savais que je risquais d'y être, suggéra-t-il doucement.

— Je n'aurais jamais manqué ça. Sous aucun prétexte, répliqua-t-elle, une nuance d'indignation dans la voix. D'abord parce que Bex est une de mes meilleures amies, et ensuite parce que c'est un véritable exploit, d'avoir transformé un petit cours de fitness local en franchise au niveau national. Ça se fête, je pense. Non, ce qui me dérange, c'est que j'ai l'impression… d'avoir été piégée.

Tripp porta la main de la jeune femme à ses lèvres, l'embrassa doucement et se délecta du courant électrique qui les parcourut tous les deux.

— Je peux me décommander, si tu veux.

— Surtout pas ! Je tiens à ce que tu assistes à cette soirée.

— Cela ressemble furieusement à une invitation, fit-il remarquer avec un clin d'œil. On y va ensemble, c'est ça ?

Il avait dit cela d'un ton léger, mais il attendit sa réponse avec anxiété.

Hadleigh laissa échapper un rire mélodieux.

— Holà ! Pas si vite ! s'exclama-t-elle.

Il attendit, l'examinant avec attention. Un peu comme le jour où il avait volé tout seul pour la première fois, il avait l'impression d'avoir des ailes… et la peur au ventre. La sensation fut si vive qu'il sentit ses yeux le brûler et sa gorge se serrer.

— D'accord, dit-elle enfin, à son grand soulagement. Allons-y ensemble.

Il vit ce petit creux se former à la base de son cou et résista à l'envie d'y poser les lèvres.

— Et tu as raison. C'est une invitation. Ce sera… notre première sortie officielle, conclut-elle.

Incapable de prononcer un mot, il se contenta de hocher la tête.

Une fois Apache et Sunset sellés, ils les firent sortir de

l'écurie. Entre-temps, ils s'étaient mis d'accord pour appeler le deuxième hongre « Rick », le diminutif de « Ricochet », ce qui lui allait comme un gant, nerveux comme il l'était.

Hadleigh glissa hardiment un pied dans l'étrier, puis, s'accrochant au pommeau de la selle, se hissa sur le dos de Sunset. L'exercice fut un peu périlleux et elle dut s'y reprendre à deux fois avant d'y parvenir, mais Tripp savait qu'il devait la laisser se débrouiller seule.

Hadleigh était une femme indépendante et elle avait sa fierté. C'était une des raisons pour lesquelles il l'aimait, même s'il ne doutait pas un instant qu'il leur arriverait plus d'une fois de s'affronter, au cours des années à venir.

— Je suis un peu rouillée, je crois, avoua-t-elle, une fois qu'elle fut en selle.

— Tu te débrouilles comme un chef, tu veux dire ! répondit-il, lui tendant les rênes qu'elle attrapa d'une seule main.

Avant de tourner les talons pour monter Apache, toutefois, il lui reprit les rênes. S'il était important d'épargner la susceptibilité de Hadleigh, il l'était tout autant, voire encore plus, de veiller à sa sécurité.

— Une dans chaque main, expliqua-t-il avec toute la diplomatie dont il était capable. Ne les serre pas trop. Tiens-les d'une main ferme, sans tirer dessus. Et surtout, ne les enroule *jamais* autour de ta main. Si tu étais désarçonnée pour une raison quelconque, ta jument risquerait de te traîner sur plusieurs mètres.

— Comme ça ? demanda-t-elle, refermant ses doigts fins sur les lanières de cuir.

— Comme ça, oui. Le truc, encore une fois, c'est de les tenir fermement, sans tirer dessus. Les chevaux sont très intuitifs. Ils savent exactement ce qu'éprouve leur cavalier. Si tu prends peur, ils prennent peur. S'ils sentent que tu as les commandes, ils se soumettent, dans la plupart des cas.

— *Dans la plupart des cas ?* répéta-t-elle, un brin de nervosité dans la voix.

Tripp monta sur Apache — un véritable Pégase qui piétinait,

dans son impatience de prendre son envol — et lui tapota l'encolure pour lui faire passer un message subliminal. « On va y aller doucement aujourd'hui, mon beau. »

— Ne t'inquiète pas, dit-il en se tournant vers Hadleigh. Sunset est très docile. Je ne t'aurais pas laissée l'approcher à moins de dix mètres si j'avais eu le moindre doute à ce sujet.

L'espace d'une fraction de seconde, Hadleigh parut vaguement émue, et il se demanda si elle pensait la même chose que lui. Sa vie de femme, elle la vivait seule pratiquement depuis le début. Enfant, elle avait été protégée par ses parents, et après leur mort, sa grand-mère et Will avaient pris le relais. Melody Nolan et Bex Stuart étaient de véritables amies qui avaient ses intérêts à cœur, c'était évident.

Pourtant, cela ne suffisait pas.

Il était relativement traditionnel, il était le premier à l'admettre, mais pas au point de penser qu'une femme avait besoin d'un homme pour s'épanouir — ou inversement d'ailleurs. Ce dont il était convaincu, en revanche, était que, pour certains, la vie ne valait la peine d'être vécue qu'auprès d'un partenaire avec qui on pouvait rire et pleurer. Quelqu'un qui n'était pas forcément d'accord avec vous et n'avait pas peur de vous le faire savoir, mais qui n'en respectait pas moins vos idées pour autant.

Sans respect, l'amour ne pouvait pas durer. Sans confiance non plus.

Or, si Tripp était à peu près sûr d'avoir le respect et l'amour de Hadleigh, il ne savait pas encore si elle lui faisait confiance.

Un peu sans doute. Sinon, elle ne l'aurait pas autorisé à lui faire l'amour, n'aurait pas réagi avec un tel enthousiasme, ne lui aurait pas rendu ses caresses.

Faire l'amour…

Il y avait eu beaucoup de femmes dans sa vie, et pourtant, *a posteriori*, il se rendait compte qu'il n'avait jamais *fait l'amour* à aucune d'entre elles.

Il fallait donc instaurer de la confiance dans leur couple. Et pas « un chouia », comme l'aurait dit Jim. L'enjeu était trop important.

Et ce n'était pas tout. Au cours de ses précédentes rencontres, même pendant son union aussi courte que tumultueuse avec Danielle, il avait principalement pensé à court terme. Or, quand il pensait à Hadleigh, c'était l'expression « pour toujours » qui lui venait à l'esprit.

Ces réflexions lui occupèrent l'esprit et le cœur pendant les deux heures que dura la randonnée.

Ils longèrent le ruisseau qu'ils traversèrent en son endroit le moins profond, puis coupèrent à travers champs pour aller voir la nouvelle remise à foin. Tout juste terminée, elle était solide et remplie jusqu'aux chevrons de balles de foin odorantes.

Tripp jeta un coup d'œil à Hadleigh, parfaitement à l'aise sur sa monture, dorénavant. Elle n'avait pas mis bien longtemps à se réhabituer aux finesses de l'équitation.

Il retira son chapeau et admira la nouvelle construction. Elle résisterait aux vents, aux tempêtes de neige, aux printemps pluvieux et aux étés arides.

Bref, elle passerait sans encombre l'épreuve du temps.

Tout comme l'existence qu'il comptait mener avec Hadleigh. Il ne se contenterait pas de moins.

Vas-y doucement, cow-boy, s'ordonna-t-il, examinant subrepticement la femme de sa vie.

Dieu qu'elle était belle !

Tu n'as pas le droit à l'erreur, cette fois, vieux.

Et c'était vrai. Il ne se relèverait pas d'un deuxième échec.

Pas quand il s'agissait de Hadleigh Stevens.

13

Il se passa deux choses, le samedi suivant. Tripp fit l'acquisition de cent cinquante herefords, et Jim réapparut, radieux, dans le camping-car que conduisait sa nouvelle conquête.

Pauline Norbrand, une rousse flamboyante, avait un visage lumineux, à première vue.

Elle klaxonna à plusieurs reprises, faisant un bruit tellement inaccoutumé que Ridley fila ventre à terre se réfugier sous le pick-up de son maître, tandis que les chevaux se mettaient à ruer et à hennir.

Tripp, qui s'occupait de Rick dans le corral, prit le temps de se préparer moralement. La présence de Pauline et l'existence de ce camping-car n'avaient rien de surprenant. Il avait été prévenu des projets de mariage et de voyage de son père et de sa belle. Ce qu'il avait ignoré en revanche, c'était le moment précis où il serait confronté à la réalité.

Et la réalité, c'était que son beau-père, Jim Galloway, refaisait sa vie. Tout simplement.

Bien qu'il n'ait pas compté les jours, il lui sembla que la croisière avait été écourtée, en fin de compte. Peut-être que, dans leur enthousiasme, Pauline et Jim avaient sauté du bateau pour regagner Seattle à la nage, on ne sait jamais !

Vaguement amusé par cette pensée incongrue, il renonça à seller Rick et alla poser la bride, la selle et la couverture sur la clôture qu'il enjamba lestement. Le moteur du camping-car, bien entretenu mais loin d'être neuf, s'arrêta en toussant.

Les portières du véhicule s'ouvrirent dans un même élan.

Jim, rajeuni de vingt ans, sauta littéralement sur la terre ferme, tandis que Pauline descendait plus dignement, en s'aidant de la rampe.

Elle avait un visage affable, un sourire à se damner, un corps tonique… Oui. Pauline Norbrand était une belle quinquagénaire, portant fièrement une chemise blanche nouée à la taille, un jean moulant et des sandales fantaisie.

Elle regarda Tripp s'avancer vers eux sans inquiétude apparente. Visiblement, elle s'attendait à un accueil chaleureux.

Jim rejoignit sa dulcinée et glissa un bras autour de sa taille. Il rayonnait.

— Voici Pauline, mon garçon, lança-t-il fièrement.

— Je m'en serais douté, répliqua Tripp en retenant un sourire.

Malgré sa réticence, il avait finalement eu recours aux services de son ancien coéquipier devenu détective privé. Informé du passé irréprochable de Pauline Norbrand, il avait décidé que ce qui comptait, c'était le bonheur de Jim. Rien d'autre.

Il s'approcha de l'heureux couple en s'essuyant les mains sur son jean, un peu honteux d'être aussi crasseux après s'être occupé des chevaux, et surtout pas rasé.

Il tendait la main à Pauline pour la saluer lorsque, à sa grande surprise, elle se hissa sur la pointe des pieds et lui planta un baiser sonore sur la joue.

— Vous devez être le fameux Tripp ! s'exclama-t-elle.

— Dans le cas contraire, je ferais comme si, répondit-il en riant. Je ne voudrais pas que vous regrettiez de m'avoir fait la bise !

Jim parut à la fois ravi de sa réaction et infiniment soulagé. Histoire, sans doute, de faire diversion, il désigna les grues et les ouvriers qui vaquaient à leurs occupations.

— Ce ranch est une véritable ruche, dit-il d'un ton faussement bougon. Et puis, qu'est-ce que c'est que ce troupeau que j'ai aperçu, dans les prés, tout à l'heure ?

— Les travaux sont presque finis, rassure-toi, lui répondit Tripp. Quant au bétail, j'ai racheté les herefords de Pete

Helgeson. Comme c'est notre voisin, nous n'avons eu qu'à coucher quelques mètres de fil barbelé pour amener les vaches sur nos terres.

— Pete ? Qu'est-ce qui lui arrive ? s'enquit Jim, le front barré d'une ride inquiète, subitement.

— Rien, rien, p'pa, rassure-toi. Pete se trouve trop vieux pour, je cite, « courir après ces bestioles têtues comme des mules ». Alors je lui ai fait une offre et voilà !

Soudain, Pauline donna un petit coup de coude discret à Jim qui, d'abord décontenancé, hocha vigoureusement la tête.

— On a une surprise pour toi, murmura-t-il, prenant la main gauche de Pauline pour montrer à Tripp l'alliance en or dont elle était ornée. J'espère que tu ne trouveras pas ça trop rapide et que tu ne te froisseras pas de ne pas avoir été invité au mariage. Nous avions tellement hâte que nous n'avons pas pu attendre.

Du coin de l'œil, Tripp vit Ridley sortir de sa cachette et faire quelques pas vers eux.

— Je n'ai qu'un mot à dire, papa. Félicitations.

Jim se redressa de toute sa hauteur puis, lâchant Pauline, s'approcha de lui pour l'étreindre avec une tendresse maladroite.

— J'ai une chance folle, déclara-t-il, les yeux humides. Je…

Il dut s'éclaircir la voix pour pouvoir poursuivre.

— Bien ! A présent, si ça ne vous fait rien, je vais vous abandonner quelques minutes, tous les deux. Je voudrais jeter un coup d'œil à mon ranch. Enfin, à ce qu'il en reste…

Aussitôt, Pauline glissa son bras sous celui de Tripp pour l'entraîner à l'écart.

— Jim m'a dit à quel point il avait aimé votre mère, lui confia-t-elle à mi-voix. Ellie devait être une femme merveilleuse.

— Elle l'était, confirma Tripp, soudain ému, lui aussi. Malheureusement, elle a disparu depuis bien longtemps, et Jim a vécu dans une grande solitude, toutes ces années. Maman serait ravie de savoir qu'il a enfin trouvé quelqu'un à aimer.

Pauline s'arrêta et, sans lui lâcher le bras, leva vers lui des yeux brouillés de larmes.

— Elle était tout pour lui, murmura-t-elle, manifestement émue elle aussi. Comme vous, d'ailleurs. Je peux vous assurer qu'aucun fils n'est plus aimé que vous, en ce bas monde.

Tripp sentit sa gorge se nouer. Son émotion était si vive qu'il dut détourner la tête, le temps de se ressaisir.

Il examina son père qui, à quelques pas de là, regardait les peintres terminer les murs de l'écurie, et répondit :

— C'est… c'est réciproque, croyez-le bien.

Ridley s'enhardit jusqu'à venir renifler les chaussures de Pauline puis, apparemment conquis, agita la queue avec enthousiasme.

— Coucou, le chien ! s'exclama chaleureusement Pauline, se penchant vers lui pour lui gratter les oreilles. Tu es beau comme tout, dis donc ! Tu es venu me souhaiter la bienvenue, toi aussi ? On va devenir amis, toi et moi ?

Aux yeux de Tripp, cette réaction fut plus probante que le résultat des recherches de son ami détective. Bien qu'il soit convaincu qu'il y avait de braves gens partout, y compris parmi ceux qui ne possédaient pas d'animaux, il ne se sentait rien en commun avec eux.

Jim, apparemment satisfait des travaux effectués sur l'écurie, revint vers eux.

— Je ne connaissais pas ce cheval, dit-il, désignant le corral d'un petit coup de menton.

— Normal, je viens de l'acheter. En même temps qu'un superbe hongre nommé Apache et qu'une jument répondant au doux nom de Sunset.

— Tu n'as pas perdu ton temps, à ce que je vois ! lança Jim, une lueur amusée dans les yeux.

— L'hiver approche, lui rappela Tripp. Autant que tout soit prêt.

— Je te reconnais bien là, mon garçon. Bien ! A présent, je vais faire visiter la maison à Pauline. Du moins si j'arrive à retrouver mon chemin, parce que j'imagine que ça a changé, à l'intérieur aussi !

Tripp le gratifia d'une petite tape amicale.

— Ça devrait aller, p'pa. Ne t'inquiète pas.

— Il a acheté deux lave-vaisselle, confia Jim à Pauline. Tu y crois, à un truc pareil, toi ? *Deux* lave-vaisselle. Comme si un ne suffisait pas !

— Nous sommes au XXIe siècle, *papi*, répliqua-t-elle d'un ton affectueux. Il sera bien content de les trouver, ses deux lave-vaisselle, s'il donne un dîner, ou à Thanksgiving et à Noël.

— On ne reçoit pas beaucoup ici, tu sais, commença Jim. Du moins…

Il se tourna vers son fils, l'air à la fois goguenard et un peu perplexe.

— Du moins, à ma connaissance, ça fait un bout de temps que ça ne s'est pas produit, conclut-il. Sauf s'il y a eu des changements, là aussi…

— Si tu n'es toujours pas remis de cette histoire de lave-vaisselle, répliqua Tripp, soucieux de changer de sujet, attends-toi à un sacré choc quand tu verras la salle de bains du rez-de-chaussée !

— Venez avec nous, lui proposa Pauline. Il est encore un peu tôt dans la journée pour roucouler sous la couette, vous savez !

— Que tu dis ! rectifia Jim, s'enfouissant le visage dans sa chevelure.

Elle le chassa d'une légère tape et éclata d'un petit rire joyeux.

— Tiens-toi correctement, vieux brigand !

Mais Tripp n'avait pas terminé son travail. De plus, il devait passer chercher Hadleigh pour aller à la soirée de Bex, et il n'était ni douché ni rasé.

— Je vous rejoindrai plus tard, répondit-il. J'ai encore à faire.

Ridley, lui, n'hésita pas un instant. Emboîtant le pas à Pauline comme s'il avait affaire à une vieille connaissance, il partit sans se retourner, le traître.

En secouant la tête, Tripp regagna le corral pour rentrer Rick, puis il sella Apache et partit voir les nouvelles vaches dans les pâturages.

Leur nouvel environnement n'étant pas bien différent du précédent, elles n'étaient pas dépaysées et broutaient paisiblement. Tripp examina la clôture qu'il avait remise en place avec Pete et constata que, comme la plupart des autres, elle devrait être remplacée. Ces travaux de rénovation étaient sans fin ! Mais, loin de le décourager, cela lui donna un regain d'énergie.

Il regagna le ranch, rentra les chevaux dans leur stalle, s'assura du bon fonctionnement des nouveaux abreuvoirs électriques et remplit les mangeoires de foin frais.

Le tout en ne pensant qu'à Hadleigh.

Il ne l'avait aperçue qu'une fois, de loin, depuis le matin où elle l'avait accompagné jusqu'ici, après leur nuit fabuleuse, et son absence créait en lui une sensation de vide quasiment insupportable.

Leurs étreintes lui manquaient tellement qu'il commençait à craindre de devenir fou, s'il ne pouvait serrer la jeune femme contre lui très bientôt. Il crevait d'envie de respirer la douce odeur de ses cheveux et de sa peau, de l'amener à l'extase jusqu'à ce qu'elle hurle son nom, s'accroche à ses épaules, se soulève pour l'absorber tout entier, insatiable, comme envoûtée.

Lorsqu'il prit enfin le chemin du retour, le soleil se couchait, et la vue des lumières allumées, à l'intérieur de la maison, lui fit chaud au cœur. C'était réconfortant, d'avoir d'autres interlocuteurs que Ridley, le soir venu…

Les ouvriers étaient repartis avec leurs outils et leurs semi-remorques, et le matériel entreposé un peu partout dans la cour avait considérablement diminué. Les pots de peinture n'encombraient plus le porche non plus, de sorte qu'il put aller de l'écurie à la maison sans avoir l'impression de faire un parcours à obstacles.

Installé à sa place habituelle, devant la table de la cuisine, Jim lisait son courrier. Comme il ne faisait aucun achat en ligne et qu'il ne connaissait pas l'existence des e-mails — enfin, ne *voulait pas* la connaître —, il continuait à recevoir de nombreuses lettres ainsi qu'un tas de catalogues et, inévitablement, des publicités diverses.

Ridley, couché à ses pieds, le salua d'un simple regard, puis retourna à sa sieste. Pauline avait disparu.

— Où est ta chère et tendre ? demanda-t-il, remontant ses manches pour se laver un peu.

Jim retira ses lunettes de lecture bon marché en souriant.

— Elle était épuisée, avec toute cette route, répondit-il. Elle a conduit sur tout le trajet, la pauvre. Alors elle a mangé un sandwich, s'est fait couler un bon bain bien chaud et elle est allée se coucher.

Quelques secondes plus tard, il demanda, d'un ton plus solennel :

— Tu me parais… différent, mon garçon. Il s'est passé des choses, pendant mon absence ?

Tripp se sécha les mains avec un petit soupir — il n'allait pas pouvoir éternellement repousser le sujet « Hadleigh » — et se tourna vers son père.

— Ce serait un peu long à te raconter, et je dois être à Mustang Creek dans à peine plus d'une heure. Alors on discutera de tout cela demain, si tu n'y vois pas d'inconvénient.

— Ça me va très bien, répliqua Jim, un petit sourire en coin. Seulement ne t'étonne pas si j'en arrive à certaines conclusions peut-être un peu hâtives, dans l'intervalle.

— Par exemple ?

— Par exemple ? Eh bien, je serais tenté de dire que si tu es aussi pressé d'aller en ville, c'est parce que Hadleigh t'y attend. Puis-je espérer que vous avez enfin compris que vous étiez faits l'un pour l'autre, tous les deux ?

— Tu peux toujours l'espérer !

Il n'en dit pas plus et planifia la soirée à venir. Il commencerait par passer au supermarché pour acheter un bouquet de fleurs et, accessoirement, un paquet de préservatifs, ce qui, vu que tout le monde se connaissait dans la petite ville, exigerait un certain doigté.

Hadleigh lui avait envoyé un texto pour lui demander de passer la chercher au magasin. A l'en croire, elle avait quelque peu négligé ses affaires, ces derniers temps, et était surchargée de travail.

— Passe une bonne soirée, fiston, lui dit Jim, en se plongeant dans la lecture de la lettre qu'il venait d'ouvrir. Et ne crois pas t'en tirer si facilement ! Je t'attends de pied ferme demain matin au petit déjeuner. A condition que tu sois rentré, bien sûr.

Pour toute réponse, Tripp éclata de rire et quitta la cuisine pour aller se préparer.

Hadleigh éteignit son ordinateur avec une certaine satisfaction. Comme la veille et les jours précédents, elle avait travaillé d'arrache-pied. Son dernier projet, une leçon de matelassage filmée qu'elle comptait vendre à un prix raisonnable sur son site, était presque terminé et, entre deux clients, elle avait réussi à donner un cours pour débutants.

Mais surtout, elle s'était lancée dans la création d'une nouvelle courtepointe très particulière et si personnelle qu'elle sentait son cœur s'envoler rien que d'y penser.

Son regard se posa sur l'horloge ancienne accrochée au mur. Déjà 19 heures ?

Tripp serait là d'ici quelques minutes… et elle n'était pas prête. Ou, plus exactement, elle ne s'était pas apprêtée. Parce que moralement, elle était plus que prête. Il y avait trop longtemps qu'elle ne l'avait pas vu, et les quelques coups de fil qu'ils avaient échangés n'avaient pas suffi à combler le vide.

Elle se précipita dans la minuscule salle de bains de l'arrière-boutique et retira ses vêtements de travail. Une fois en soutien-gorge et petite culotte, elle se passa un peu d'eau sur le visage et examina d'un œil critique son reflet dans la glace. Si on ne pouvait qualifier sa coiffure de « catastrophique », elle n'était pas suffisamment élaborée pour une soirée de ce genre non plus.

En toute hâte, elle se sécha, appliqua sur son visage une crème teintée et une légère couche de mascara sur ses cils.

Elle mettrait un peu de gloss sur ses lèvres une fois qu'elle aurait enfilé la tenue qu'elle avait pris soin d'apporter avec elle.

Muggles aurait constitué un problème si une voisine, membre actif du refuge pour animaux de Mustang Creek, ne lui avait pas proposé de l'emmener à la maison de convalescence, où se reposait le vieil Earl. Au retour, elle la ramènerait chez Hadleigh, lui donnerait à manger et remettrait la clé sous le paillasson.

Hadleigh ne la ferait pas attendre trop longtemps néanmoins. Bien que la chienne soit patiente, comme tous ses semblables, elle aimait la compagnie.

Soudain, elle se sentit rougir. Elle ne rentrerait probablement pas seule, ce soir…

Elle enfila la tenue qu'elle avait mis un temps fou à choisir, une tunique rouge à l'ourlet en biais sur un pantalon de satin noir qui mettait ses formes en valeur sans trop les mouler. Elle avait toujours adoré le contact de ces matières légères et soyeuses.

Elle venait de s'asseoir sur l'abattant des toilettes pour enfiler une paire de ballerines en velours noir lorsqu'on frappa à la porte du magasin.

Tripp. Et elle n'était ni coiffée ni vraiment maquillée !

Elle réfléchit quelques secondes, en arriva à la conclusion que si elle n'allait pas ouvrir immédiatement, il risquait de penser qu'elle avait changé d'avis ou — pire encore ! — qu'elle se cachait quelque part dans sa boutique dans l'espoir de le voir repartir.

Aussi cria-t-elle : « Une seconde, j'arrive ! », avant de se précipiter vers la porte.

Un homme se tenait sur le trottoir, oui.

Un sourire idiot aux lèvres et la main en visière sur le front, il essayait de voir ce qui se passait à l'intérieur.

Seulement ce n'était pas Tripp.

Oakley Smyth avait décidé de lui rendre une petite visite de courtoisie.

Il avait choisi son jour ! Justement le soir où elle attendait son… son amant.

Elle ne l'aurait pas fait entrer s'il ne l'avait déjà aperçue, à travers la vitre. Or, dans une petite ville comme Mustang Creek, il était de bon ton de faire preuve de courtoisie envers ses concitoyens. De plus, elle n'avait rien contre son ex-fiancé — rien pour non plus, d'ailleurs. Ils ne se fréquentaient plus, voilà tout, et s'ils s'étaient croisés une demi-douzaine de fois depuis leur mariage avorté, c'était le grand maximum.

Il était resté bel homme, bien qu'un peu… délabré, et il avait conservé l'allure nonchalante qui convenait à son rang. A ce titre, il faisait exception à Mustang Creek, où les gens affrontaient avec courage les duretés de la vie.

Il prit le temps de la dévisager à travers la vitre puis, sans attendre qu'elle l'y invite, poussa la porte du magasin et entra.

— Toujours aussi belle !

— Je… Tu tombes mal, répliqua-t-elle. Je sors et…

Elle n'eut pas le temps de terminer sa phrase. Les phares d'une voiture illuminèrent brièvement la rue et s'éteignirent.

Cette fois, c'était bien Tripp.

— Tu as peur de lui, Had ? Du pilote de ligne, je veux dire.

— Peur de lui ? répéta-t-elle, indignée. Bien sûr que non, voyons ! Qu'est-ce que tu veux au juste, Oakley ?

— Eh ! Du calme ! Qu'est-ce qui te rend si nerveuse, si ce n'est pas Galloway ?

Compris. Il n'était pas dans son état normal. Le fait qu'il ne sente pas l'alcool ne prouvait rien. Il avait dû prendre des médicaments… ou autre chose.

Cela dit, il avait raison sur un point : elle était sur des charbons ardents. La simple perspective de revoir Tripp la mettait dans tous ses états. Cela dit, il n'était pas question pour elle de raconter sa vie sentimentale à Oakley Smyth. Ne serait-ce que parce que cela ne le regardait nullement.

Tripp entra à son tour, l'interrogea du regard, comme pour s'assurer que tout allait bien, puis se tourna vers Oakley.

Et subitement, Hadleigh comprit la gravité du moment. Tout, absolument tout, dépendait de ce qui allait se passer dans les secondes à venir. Si Tripp avait recours à la violence ou si elle lisait le moindre doute dans ses yeux, leur relation s'arrêterait avant même d'avoir vraiment commencé.

Elle retint donc son souffle et attendit, les yeux agrandis par l'angoisse.

Les deux hommes s'affrontèrent un long moment du regard, tels deux cerfs prêts à croiser les bois. Puis Tripp se tourna vers elle, son fameux sourire aux lèvres.

— Tu es prête, ma belle, ou tu as besoin de quelques minutes pour finir de te pomponner ?

Elle fut si soulagée par sa réaction qu'elle en eut le vertige.

— Je… je suis presque prête, bredouilla-t-elle.

— Parfait, répondit Tripp, dont les yeux bleus étaient aussi tranquilles qu'un ciel d'été sur le Wyoming.

Il lui tendit le bouquet de zinnias orange, jaunes et blancs qu'il dissimulait derrière son dos.

— C'était ça ou d'autres roses rouges. J'ai pensé que ce serait un peu répétitif, expliqua-t-il.

Hadleigh s'empara des fleurs d'une main mal assurée. Elle était si émue qu'Oakley n'existait plus. Comme s'il s'était envolé en fumée…

— Merci, murmura-t-elle d'une voix tremblante.

Sur ces mots, elle tourna les talons et retourna dans la salle de bains presque en courant.

Lorsqu'elle en ressortit, une dizaine de minutes plus tard, un peu plus calme, la boutique était vide. Oh Seigneur ! Que s'était-il passé entre les deux hommes ? Jetant un coup d'œil dehors, elle vit que le pick-up de Tripp était toujours là. C'était toujours ça.

— Tripp ?

— Je suis là ! lui répondit-il de l'atelier adjacent.

Elle s'immobilisa sur le seuil de la pièce où elle donnait ses cours, cousait ses courtepointes et mettait son site à jour. Délicieusement troublée, elle posa le vase rempli de fleurs soigneusement taillées dans un coin et observa la scène, le cœur battant. Oh non…

Tripp examinait le croquis qu'elle avait réalisé sur l'immense feuille de papier qui recouvrait sa table à dessin. Il s'agissait du motif de la courtepointe qu'elle n'avait montré à personne, pas même à Melody ou à Bex, parce qu'il était trop révélateur, et que ce serait revenu à leur ouvrir son cœur.

Il traça lentement le contour d'un des personnages, une Hadleigh rayonnante, en jean et chemise à manches longues, un bébé blond, une petite fille, sur une hanche. L'autre personnage représentait Tripp qui portait un autre enfant, un garçon cette fois, à peine plus âgé que la fillette aux joues rebondies. L'arrière-plan serait bleu et vert : des pâturages verdoyants rencontrant un magnifique ciel bleu azur.

Tripp devait savoir qu'elle se tenait derrière lui. Pourtant il continua à examiner le croquis sans prononcer un mot.

Quand il se tourna enfin vers elle, elle sentit sa gorge se nouer et ses joues s'enflammer.

— C'est ainsi que tu nous vois ? murmura-t-il d'une voix si basse qu'elle dut tendre l'oreille pour l'entendre.

Elle se mordilla la lèvre inférieure puis, incapable de répondre, hocha simplement la tête.

Le visage de Tripp s'éclaira, et elle comprit qu'elle ne l'avait pas effrayé en couchant ainsi ses rêves les plus fous sur le papier. Bien au contraire.

Après avoir jeté un nouveau coup d'œil au croquis, il s'avança vers elle et lui encadra délicatement le visage des deux mains.

Il plongea son regard dans le sien et murmura :

— Je t'aime.

Puis il lui offrit son sourire de charmeur, et la petite pièce s'illumina.

— Mais autant te prévenir tout de suite, Hadleigh. Je ne me contenterai pas de deux enfants.

Ne sachant plus si elle devait rire ou pleurer, elle se jeta dans ses bras pour l'embrasser.

Tant et si bien qu'ils faillirent manquer la soirée de Bex.

Le parking du Moose Jaw Tavern était délimité par un cordon de papier crépon bleu et rouge, et le panneau portable sur lequel on lisait le menu et la date du prochain tournoi de billard, en temps normal, se trouvait sur le bord de la route. Des lettres autocollantes disposées à la va-vite indiquaient qu'il s'agissait d'une soirée privée.

Il y avait même un réceptionniste qui, liste en main, vérifiait le nom des invités.

Le Moose Jaw était bondé, apparemment. La musique assourdissante qui s'échappait du juke-box montait vers le ciel étoilé, et pick-up, voitures et camionnettes étaient garés pare-chocs contre pare-chocs. A Mustang Creek, le terme « soirée privée » avait un sens particulier, toutefois : il signifiait, en gros, que tous les gens du comté étaient les bienvenus. Et c'était sans compter les esseulés de passage auxquels on n'hésitait pas à tendre une assiette pour qu'ils aillent faire la queue devant le buffet.

Tripp se tourna vers Hadleigh et lui jeta un regard surpris.

— Bex a tendance à se laisser emporter, par moments, expliqua-t-elle simplement.

Tripp fit avancer son pick-up jusqu'au réceptionniste, un gamin du coin, vêtu d'une veste à réflecteurs, et qui prenait sa mission très au sérieux.

— Votre nom, monsieur ? demanda-t-il.

C'était le fils du propriétaire du principal magasin d'agroalimentaire de Mustang Creek, une affaire familiale, fondée des décennies auparavant, de sorte que sa famille et celle de Tripp se connaissaient depuis toujours.

— Je m'appelais déjà Tripp Galloway hier après-midi, quand tu m'as aidé à charger mes sacs de foin dans le pick-up que tu vois devant toi, *Darrell*. Aux dernières nouvelles, ça n'a pas changé. Alors ne t'attends pas à ce que je te présente une pièce d'identité !

L'adolescent daigna lever le nez de sa feuille et aperçut Hadleigh qui lui fit un petit signe de la main. Vaguement déstabilisé, il se tourna vers Tripp.

— Ça va, ça va ! Je fais mon boulot, c'est tout !

— Si tu te comportes comme ça avec les gens que tu

connais, j'aimerais bien voir ce que ça donne avec de parfaits inconnus, mon gars ! lui fit remarquer Tripp.

D'un geste ferme, Darrell cocha leurs deux noms sur sa liste et ébaucha un sourire.

— Pour l'instant, il n'y en a pas eu, admit-il.

Puis, reprenant le sérieux qui convenait à sa fonction d'un soir, il recula d'un pas pour laisser passer le pick-up et s'occuper du conducteur suivant.

Tripp se gara dans l'allée qui longeait l'arrière du saloon. Cela lui éviterait peut-être de se retrouver bloqué par d'autres véhicules, si jamais Hadleigh et lui décidaient de rentrer tôt…

— Il fait bien sombre, ici, fit remarquer la jeune femme d'un ton léger.

— Ne t'inquiète pas, ma belle, je suis là pour te protéger.

Il coupa le moteur, descendit de voiture et alla ouvrir la portière à sa passagère. Et soudain, voyant Hadleigh debout sur le marchepied, le visage éclairé par les rayons de la lune, il repensa au jour où il l'avait portée sur son épaule comme un vulgaire sac de pommes de terre pour la sortir de la petite église, dix ans auparavant…

— Au fait, qu'est-ce que tu as dit à Oakley, quand je vous ai laissés seuls, tout à l'heure ? demanda-t-elle soudain.

— Je lui ai demandé s'il avait l'intention de se mettre au matelassage.

Elle émit un petit bruit, peut-être un rire étouffé.

— Et ?

— Et non. Il venait te dire un petit bonjour, et voir, par la même occasion, si tu n'étais pas prête à lui accorder une seconde chance.

Il fallait reconnaître que si Oakley n'était pas particulièrement franc du collier, c'est en toute honnêteté qu'il avait répondu aux questions de Tripp. Le fait était suffisamment rare pour mériter d'être noté.

— Je lui ai dit qu'il devait voir cela avec toi, ajouta Tripp, car je ne pensais pas avoir mon mot à dire sur la question.

Il s'interrompit, toussota à plusieurs reprises, mais lorsqu'il reprit, sa voix était moins assurée qu'il ne l'aurait souhaité.

— Je lui ai aussi expliqué que j'avais l'intention de t'épouser, quand tu le voudras et si tu veux bien de moi, bien entendu. Ce à quoi il m'a répondu que si cela se produisait, il se pourrait qu'il surgisse juste avant que nous nous soyons dit « oui », histoire de me rendre la monnaie de ma pièce.

Puis il attendit, le cœur battant. Il n'aurait su dire comment Hadleigh prenait la chose, car elle ne bougea pas, ne parla pas. Tant et si bien que s'il n'avait pas vu le motif de sa courtepointe, il aurait sans doute paniqué.

Tant pis. Autant aller jusqu'au bout, à présent, songea-t-il avec résignation. Au moins, il serait fixé.

— Je l'ai prévenu que s'il faisait ça, il avait intérêt à savoir se battre parce que je n'hésiterais pas une minute à lui casser la figure, église ou pas église, conclut-il.

Hadleigh posa les mains sur ses épaules. Aussitôt, il lui glissa un bras autour de la taille pour la faire descendre. Son cœur battait toujours à une vitesse folle. Bon sang ! Allait-elle se décider à parler ?

— Tu veux m'épouser ? lui demanda-t-elle enfin.

Il fut incapable de prononcer un mot. Sa gorge était trop sèche pour cela. Aussi se contenta-t-il de hocher la tête.

— Et tu te battrais pour mes beaux yeux ? insista-t-elle.

Il ne pouvait garder le silence plus longtemps. Aussi se força-t-il à dire :

— Je ferais n'importe quoi, pour tes beaux yeux, comme tu dis, ma belle.

Il sentit les deux bras frêles de la jeune femme se poser sur sa nuque et ses seins somptueux se presser contre son torse…

— C'est une demande en mariage ? demanda-t-elle, d'une voix incroyablement sensuelle.

Il réfléchit à la question et laissa échapper un petit rire nerveux.

— Ma foi… oui. Cela ressemblait effectivement à une demande en mariage. Seulement comme je n'ai pas de bague à portée de main et que je suis debout au lieu d'être agenouillé devant toi, je comprendrais que tu considères cela comme un affront et que tu m'envoies promener.

Il attendit une fraction de seconde avant d'ajouter :

— Dis-moi « oui », s'il te plaît.

Il ne riait plus à présent. L'instant était trop grave.

Hadleigh pencha la tête sur le côté… et il vit ses lèvres pulpeuses s'étirer en un petit sourire.

— D'accord, Tripp Galloway. C'est oui. Oui aujourd'hui, oui demain, oui… pour toujours.

14

Et au mois de juin suivant…

Les trois amies d'enfance étaient assises côte à côte, sous le porche à l'ancienne de la maison de Bex. Profitant de la fraîcheur de ce soir d'été, elles avaient tiré des chaises de la cuisine et posé leurs pieds nus sur la rambarde blanchie à la chaux. En short et débardeur, elles admiraient leurs orteils fraîchement vernis du même rose criard, un souvenir de leurs folies de jeunesse.

Le soleil venait de se coucher, et les premières étoiles commençaient à scintiller dans le ciel, comme de petites ampoules qui se seraient allumées dans une ville distante de plusieurs années-lumière. L'air paraissait délicieusement frais, par contraste avec la chaleur caniculaire qu'il avait fait ce jour-là. Il régnait une bonne odeur de pelouse récemment tondue et de jardins juste arrosés. Des enfants surexcités jouaient dans les jardins environnants, hurlant et profitant des quelques minutes qu'il leur restait avant que leurs parents les appellent pour dîner.

Allongée sur une carpette décolorée par les ans, Muggles leva le museau vers sa maîtresse, dressa les oreilles et geignit doucement, comme pour signifier qu'elle irait bien jouer, elle aussi.

Hadleigh lui sourit et tendit une main pour lui tapoter la tête.

— Ne t'en fais pas, ma belle. Un jour, toi aussi tu auras des petits camarades de jeu.

Aussitôt, en un seul mouvement, Melody et Bex retirèrent leurs pieds de la rambarde et les posèrent bruyamment sur le plancher du porche.

— Tu n'aurais pas oublié de nous annoncer quelque chose, par hasard ? s'enquit Melody d'un ton mielleux de mauvais augure.

— Que tu es enceinte, par exemple, renchérit Bex pour le cas peu probable où Melody n'aurait pas été assez claire.

— Pas encore, non, répondit-elle en agitant gaiement les orteils.

— Autant te prévenir, si tu ne t'en doutes pas, les commères de Mustang Creek compteront les mois sur leur calendrier, l'avertit Melody. Et cela dès demain. En d'autres termes, la vérité finira par éclater au grand jour !

Hadleigh s'autorisa un petit soupir rêveur.

Demain…

Demain, elle épouserait Tripp Galloway.

— Avouez plutôt que vous voulez coiffer les commères de Mustang Creek au poteau, les filles ! répliqua-t-elle d'un ton moqueur. Il vous faut un scoop, c'est ça ?

— Quelle question ! marmonna Bex entre ses dents.

Hadleigh la regarda, surprise, et jeta un coup d'œil interrogateur à Melody qui haussa discrètement les épaules. Bex avait le sens de l'humour, d'habitude. Récemment toutefois, elle avait tellement voyagé pour ses affaires, qu'il lui arrivait d'être un peu plus sèche que nécessaire.

— Tu nous le dirais, si tu attendais un bébé, hein ? enchaîna Melody. On est tes meilleures amies, je te rappelle. Il n'y a vraiment que nous, pour accepter de porter des robes de demoiselles d'honneur jaune citron !

— En organdi ! ajouta sombrement Bex. Et à froufrous…

— En organdi et en *soie* ! précisa Hadleigh.

Les robes en question, bien qu'effectivement jaune citron, n'étaient ornées que d'un minuscule liseré de dentelle qui traversait la jupe en diagonale. Rien à voir avec les horreurs que Bex et Melody avaient pu voir sur Internet, par exemple. Elles étaient élégantes, ces robes. Longues, elles ressemblaient à des fourreaux, fendus jusqu'au-dessus du genou d'un côté, de surcroît.

On n'était jamais trop sexy, après tout !

De plus, lorsque, au terme d'une quête interminable, Hadleigh s'était finalement fixée sur les tenues gracieuses désormais suspendues dans les placards de Bex et de Melody, bien protégées par des housses, ses amies s'étaient montrées particulièrement enthousiastes. Sauf que depuis, en chipies qu'elles étaient, elles ne rataient pas une occasion de la taquiner sur ses goûts en la matière.

— Allez, vous serez les premières à savoir que je suis enceinte, le jour venu, leur promit-elle, revenant à la question du moment. Après Tripp, bien sûr.

Bien qu'il soit clair que ses amies la croyaient sur parole, elles étaient déçues, c'était évident.

Melody poussa un long soupir avant de se pencher pour fouiller dans son sac à main, d'où elle tira trois écrins de velours rouge. Après en avoir laissé tomber un sur ses genoux, elle tendit les deux autres à ses amies.

— Je voulais vous offrir ça au dernier moment, quelques minutes avant que Hadleigh se marie, mais je me suis fait une raison. J'ai beau croire en la vertu de l'amitié, je sais que tu auras autre chose en tête, demain, Had. Ce sera *ta* journée.

Hadleigh, l'écrin toujours fermé dans une main, sentit sa gorge se serrer et ses yeux se brouiller de larmes.

Ce qui fit rire Melody qui, malgré son émotion, étreignit ses deux amies avec tendresse.

— Vous n'avez pas oublié notre serment, j'imagine, dit-elle.

Hadleigh baissa les yeux vers le bracelet en or que Melody lui avait offert quelques mois plus tôt. C'était le seul bijou, mis à part sa bague de fiançailles, qu'elle ne retirait jamais, même pour dormir.

Bex hocha lentement la tête, puis agita son poignet pour montrer qu'elle portait son bracelet, elle aussi.

— Bien ! Alors ouvrez vos boîtes, leur ordonna Melody.

Ses yeux, bien que secs, brillaient toujours d'une lueur suspecte. Et ce fut dans un hoquet qu'elle ajouta :

— Nous avons quelque chose à fêter. L'une de nous trois a réalisé son rêve.

Hadleigh, de plus en plus émue, souleva le couvercle de l'écrin et, avec un cri étouffé, porta une main à son cœur. La breloque, un minuscule cheval en or en pleine course, la crinière et la queue volant au vent, était une merveille de précision. Tout y était : les yeux, les narines, les oreilles et les sabots.

— Oh ! Mel…, murmura-t-elle. C'est… magnifique.

Les deux autres écrins contenaient une réplique exacte du bijou.

— Comme tu es la première à avoir trouvé l'âme sœur, c'est le symbole de ton histoire que nous allons porter dorénavant, expliqua Melody. Ce cheval, c'est Sunset bien sûr, mais il représente aussi la liberté que tu as retrouvée en ouvrant ton cœur pour en laisser sortir l'amour que tu y avais enfermé. Tu as été très courageuse sur ce coup-là, je trouve.

— Tout à fait d'accord, renchérit Bex, un sourire radieux aux lèvres, malgré les larmes qui ruisselaient sur ses joues. Parce que je ne connais rien de plus effrayant que l'amour. Vous n'êtes pas d'accord avec moi, les filles ?

Sachant que la question était purement rhétorique, ni Melody ni Hadleigh ne prirent la peine d'y répondre. De toute façon, Hadleigh était bien trop occupée à essayer d'accrocher sa breloque à son bracelet.

Ses doigts ne lui obéissaient pas, semblait-il, tant et si bien que Melody dut lui venir en aide.

— Une pour toutes, et toutes pour une ! lança cette dernière, lorsque les trois breloques furent en place. Et je réitère ma promesse : je ne renoncerai pas avant que nous portions trois fétiches personnalisés, à l'image de l'histoire d'amour de chacune. Ainsi, quoi qu'il arrive, nous aurons de quoi nous rappeler que les rêves les plus fous finissent par se réaliser, quand on y met un peu du sien… et surtout, que l'on y croit.

— Promets-moi seulement que ma breloque ne sera pas une chaussure de sport, murmura Bex en grimaçant. Ou, pire encore, une minuscule cloche. Je risquerais de mal le prendre.

Hadleigh et Melody éclatèrent de rire.

— Bex, tu plaisantes, j'espère ! la réprimanda doucement Hadleigh. Il faudrait être sacrément atteint pour te comparer à une cloche. Tu n'as vraiment rien d'une idiote, enfin !

— Loin de là, Mlle Même-pas-trentenaire-et-déjà-parée-pour-l'aventure ! renchérit Melody. Tu es une surdouée, Bex. Tu nous as toujours dit qu'un jour tu serais riche, et tu l'es ! Tu as réussi, ma belle. C'est d'ailleurs pourquoi nous sommes si fières de toi.

Hadleigh hocha énergiquement la tête.

— Mel a raison. Tu es parvenue à ton but, à force de travail et de persévérance.

La remarque n'eut pas l'effet escompté, malheureusement, et ce fut un regard mélancolique que Bex posa sur son bracelet.

— Il ne vous est jamais arrivé d'obtenir enfin ce que vous désiriez le plus au monde, pour vous apercevoir ensuite que cela n'a rien changé, du moins en profondeur ? demanda-t-elle.

— Stop, les filles ! s'écria Melody. Un petit câlin me semble de mise.

Aussitôt, les trois amies s'exécutèrent, mêlant rire et larmes.

D'une certaine manière, cette soirée marquait la fin d'une époque.

Elles seraient toujours amies, bien sûr. Toutefois, à partir du lendemain, leur relation serait différente.

Forcément.

Tripp ouvrit les yeux dans une chambre baignée de lumière. Jim se tenait au-dessus de son lit, un sourire béat aux lèvres, et déjà habillé pour le mariage.

En un éclair, l'agacement de Tripp fit place à une panique sans nom.

— Quelle heure est-il ? s'écria-t-il, rejetant ses couvertures d'un coup de pied.

Pour le coup, Jim lui rit franchement au nez.

Il s'était remplumé, depuis son mariage avec Pauline. Grâce, sans doute, à leurs innombrables voyages. Tripp avait reçu des cartes postales en provenance de la plupart des parcs nationaux situés à l'ouest du Mississippi, des vidéos montrant les deux *jeunes mariés* devant un geyser, sur les montagnes russes de Coney Island ou devant un panneau coloré de Louisiane, sur lequel on lisait :

« Venez admirer notre étonnant reptile de trente mètres de long ! »

— Pas de panique, fiston. Il est à peine 8 heures du matin et les festivités ne débuteront qu'en début d'après-midi, si ma mémoire est bonne, et elle l'est.

Tripp poussa un soupir à mi-chemin entre le soulagement et l'exaspération, puis se passa une main dans les cheveux.

S'il continuait à travailler dur, il se levait moins tôt, depuis qu'il avait des employés fiables. En tout cas, plus à l'aurore.

Il attrapa le jean qu'il avait porté la veille, l'enfila et se leva, les yeux rivés sur le costume trois pièces de son beau-père.

— Tu n'as pas l'impression d'être légèrement en avance, par hasard ? grommela-t-il.

Malgré tout, il était d'humeur un peu moins maussade, maintenant qu'il était rassuré. Non, il n'avait pas oublié de se réveiller. Non, il ne serait pas en retard pour l'événement le plus important de sa vie.

Jim porta une main noueuse au nœud de sa cravate.

— Je fais des essayages. Et je voulais avoir ton opinion.

— Mon opinion, rétorqua Tripp, incapable de dissimuler son hilarité, c'est que tu es complètement barge, p'pa. Ce costume t'allait parfaitement quand Pauline l'a choisi avec toi, et cela n'a pas changé depuis. Content ?

Bien que Jim ait fait mine de se rembrunir, il fut trahi par la lueur espiègle qui brillait dans ses yeux.

— Je n'en jurerais pas, dit-il. D'accord, le four du camping-car est vraiment minuscule, et nous mangeons beaucoup plus sainement quand nous sommes ici, seulement je fonds comme neige au soleil, tu ne peux pas prétendre le contraire.

— Attends… Tu ne vas pas me dire que tu m'as réveillé à cette heure indue, le matin de mon mariage, pour me parler de tes problèmes de poids ! s'exclama Tripp, enfilant le premier T-shirt qui lui tombait sous la main.

— Non. Je t'ai réveillé parce que c'est un jour particulier, mon garçon, répondit Jim, redevenu sérieux. Et que j'aimerais avoir une conversation sérieuse avec toi. D'homme à homme.

— Tu ne vas pas me faire le coup des étamines et du pistil, hein ?

Jim laissa échapper un petit rire.

— Je pense que tu es au courant, depuis le temps, répliqua-t-il avant de le gratifier d'une tape sur l'épaule. Non. J'ai une bien meilleure idée. Je vais me changer, je descends seller deux chevaux, et nous allons faire une petite balade entre hommes, toi et moi. Ça te dit ?

Tripp, bien que touché par l'invitation, se rembrunit. Tout cela lui paraissait inquiétant, subitement.

— Une question, p'pa. Tu ne vas pas m'annoncer que ton cancer récidive ?

Manifestement interloqué, Jim écarquilla les yeux.

— Non, non ! Qu'est-ce que tu vas chercher là ? Je me porte comme… comme un charme, tiens !

Tripp fut si soulagé qu'il faillit se rasseoir sur son lit, le temps de recouvrer ses esprits.

— Tant mieux, parvint-il à dire d'une voix blanche. Et d'accord pour une petite chevauchée *entre hommes*, comme tu dis. Je te retrouve devant l'écurie d'ici un petit quart d'heure.

Jim hocha la tête d'un air satisfait.

Le quart d'heure écoulé, Tripp, Ridley sur les talons, alla rejoindre le Jim qu'il avait toujours connu : l'éleveur aguerri aux manières discrètes et à l'esprit suffisamment large pour accueillir dans son ranch, en plus d'une femme au caractère bien trempé, le gamin qu'elle avait eu d'un autre lit.

Il y avait toujours eu de la place pour deux, dans le cœur de Jim, songea-t-il. Même pendant ces années difficiles, à l'adolescence, où il avait été rebelle, maussade, prompt à prendre la mouche pour un rien, et où il avait testé les limites de son beau-père par tous les moyens, Jim n'avait jamais failli à son engagement envers lui, le fils d'un autre homme.

Au contraire, il avait continué à l'aimer, en silence, sans jamais se décourager.

Alors si Tripp parvenait à être aussi bon mari que Jim l'avait été pour sa mère et, à présent, pour Pauline, s'il réussissait à élever les enfants et ceux qu'il aurait avec Hadleigh en faisant preuve de la même constance que son beau-père, il serait un homme accompli. Et heureux.

Un sourire en coin aux lèvres, il rejoignit Jim qui avait sellé Apache et Rick.

— Ton Rick a besoin d'un bon dressage, lança Jim. Je ne l'ai pas encore monté qu'il trépigne déjà. Tu veux que je m'occupe de lui ?

— Ne te gêne pas. J'ai tout essayé et je peux te dire qu'il n'est pas facile. Seule Hadleigh réussit à l'approcher sans qu'il se cabre.

Jim monta en selle avec l'aisance qu'aurait eue un homme de quarante ans et ajusta son Stetson.

— Dans ce cas, il y a de l'espoir, dit-il. Si Rick a Hadleigh à la bonne, c'est preuve qu'il a bon goût et que rien n'est perdu.

Les deux hommes chevauchèrent au pas jusqu'aux pâturages. Le bétail avait si bien résisté à l'hiver qu'il y avait eu quelques naissances au printemps. Des veaux solides, en pleine santé.

— Tu as fait des merveilles avec ce ranch, déclara Jim en les voyant paître au loin. Ça me fait chaud au cœur, de voir tout ça, tu sais, fiston. C'est une renaissance, et je pèse mes mots.

Tripp ne répondit rien. Il avait le sentiment de n'avoir fait que son devoir. Après tout, il avait eu les moyens d'acheter un cheptel et d'entreprendre des rénovations indispensables. Jim, lui, avait dû se battre pour faire vivre son exploitation année après année, et il n'avait pu compter que sur son courage et son simple bon sens.

Ils s'étaient arrêtés près du ruisseau pour faire boire les chevaux, quand Jim se décida enfin à en venir au fait.

— Pauline et moi avons décidé de vendre le camping-car et de nous installer pour de bon, laissa-t-il tomber.

A priori, c'était une bonne nouvelle. Bien qu'il n'en ait rien dit, Tripp se faisait un sang d'encre quand il les savait sur les routes.

— OK, dit-il, attendant la suite.

— Seulement, nous avons pensé que nous serions mieux en ville. Surtout en hiver. Pauline est une femme sociable. Elle aimerait s'inscrire à des clubs de lecture, participer aux œuvres de la paroisse, ce genre de choses. Et comme elle adore Mustang Creek, on s'est dit qu'on pourrait s'acheter une petite maison là-bas. Vivre comme des citadins, en somme.

— Tu… tu es sûr ? lui demanda précautionneusement Tripp, un peu rassuré par le fait qu'ils n'aient pas opté pour une ville trop distante. Tu crois que tu te plairas, dans une maison ? Tu as toujours vécu dans de grands espaces. Tu es chez toi sur ces terres qui sont toute ta vie.

— J'en ai une nouvelle, de vie, désormais, mon gars. Avec Pauline. J'ajoute que je ne plaisantais pas, à l'automne dernier, quand je t'ai expliqué que j'avais eu ma dose d'hivers interminables, de bétail malade et autres joyeusetés du genre. Je comprendrais parfaitement que tu ne veuilles pas t'embarquer dans cette aventure, mais quelque chose me dit le contraire. Il suffit de voir l'énergie avec laquelle tu as remis la propriété en état. Bref, si je ne me trompe pas sur ce point… eh bien… disons que rien ne me ravirait plus que de vous voir vous occuper de ce ranch, Hadleigh et toi.

Il baissa la tête, sembla réfléchir quelques secondes, et releva vers Tripp des yeux pleins d'espoir.

— Tu t'en chargerais, fiston ? Je ne te demande qu'une tripotée de petits-enfants, en échange…

Tripp ne répondit pas tout de suite, conscient de ce qui était en train de se jouer pour lui à cet instant précis. Il adorait le ranch de son beau-père. C'était son toit à lui aussi — du moins l'avait-il toujours considéré comme tel. Pourtant, il ne pouvait accepter que Jim le lui donne, comme cela, sans contrepartie. D'autant plus qu'il était tout à fait en mesure de le lui racheter à bon prix.

Il s'apprêtait à lui exposer son point de vue lorsque son beau-père, devinant visiblement ce qu'il allait dire, se renfrogna et leva une main pour le faire taire.

— Je ne suis pas bien riche, mais j'ai tout ce qu'il me faut et plus encore, déclara-t-il d'un ton sans réplique. Bon sang, Tripp, c'est dans la nature de l'homme, de vouloir transmettre ses biens à sa descendance ! J'aurais fait pareil si j'avais eu une fille. Tu comprendras ça un jour, toi aussi. Alors pour moi, la messe est dite. Il ne me reste plus qu'à espérer que tu respecteras ma décision, parce que de mon côté, je n'ai pas l'intention de revenir dessus.

Tripp réfléchit longuement, en silence. L'offre ne constituait pas une grosse surprise en soi, Jim lui ayant tenu un discours semblable quand il était revenu au pays. A l'époque cependant, il n'avait pas mesuré l'importance que cette notion de transmission avait pour son beau-père.

Ce n'était pas une simple question d'orgueil masculin. Il y avait quelque chose de beaucoup plus profond et de solide, là-dessous. En lui donnant un ranch qui appartenait à sa famille depuis toujours, un endroit où il avait sué sang et eau et pour lequel il s'était tant battu, Jim lui disait : « Tu es mon fils. »

Il le lui avait maintes fois répété, et cela dès le départ. A présent, il tenait parole.

Tout simplement.

Et en un éclair, Tripp comprit qu'il s'était toujours bridé, dans sa relation avec Jim. Qu'il avait eu peur de croire en un don aussi énorme que l'amour paternel, qu'il avait trouvé cela trop beau pour être vrai.

Inconsciemment, il s'était considéré comme un intrus, bien traité certes, mais intrus tout de même. Dans son esprit, il faisait partie d'un marché. Enfant, il en était venu à la conclusion que si Jim aimait sa mère au point de vouloir l'épouser, il devait se résigner, bon gré mal gré, à élever le fils qu'elle amenait avec elle.

Il s'était trompé sur toute la ligne.

Cette découverte constitua un véritable choc pour lui. D'autant qu'il n'était plus un gamin et qu'il n'avait donc plus aucune excuse. Il était un homme, à présent. Un homme qui aimait une femme de tout son cœur. Or, il lui apparaissait à l'évidence que si Hadleigh avait eu un enfant d'un autre homme — voire plusieurs —, il leur aurait fait une place dans son cœur.

Tout comme Jim l'avait fait pour lui.

Parce que c'était la seule chose à faire, quand on était un homme droit et que l'on aimait.

Or, il aimait Hadleigh. Il l'aimait pour ce qu'elle était maintenant, il aimait déjà la personne qu'elle deviendrait au fil du temps et il aimait la femme qu'elle avait été avant lui. Et si elle avait amené avec elle une famille toute faite, il ne s'en serait que mieux porté.

Jim le tira brusquement de ses pensées.

— Tu te décides ou tu comptes ruminer toute la journée ? J'attends ma réponse, moi !

Tripp était si ému qu'il dut détourner la tête pendant quelques secondes. Tout juste s'il parvint à émettre un petit rire rauque.

Lorsqu'il se tourna enfin vers son père, il avait retrouvé sa contenance.

— OK, vieil entêté. Tu as gagné. Je reprends le ranch et je te promets de le faire prospérer. Je… je te serai toujours reconnaissant. Et redevable. Alors, merci, p'pa.

Il dut s'interrompre quelques secondes avant de conclure :

— Merci pour… pour tout. Je veux dire, pas seulement pour m'avoir légué une propriété que tu tiens de tes ancêtres, mais pour… Tu seras fier de moi, p'pa. Promis.

Jim resta parfaitement impassible.

— Je suis *déjà* fier de toi, mon garçon. Je l'ai été dès que je t'ai vu. Tout ce que je te demande, c'est de faire en sorte que ça dure. Tu sais que je tiens Hadleigh en haute estime.

Elle est la fille que je n'ai jamais eue. Alors tu as intérêt à la rendre heureuse, si tu ne veux pas avoir affaire à moi.

— Tu as ma parole, p'pa. Je l'aime trop pour la faire souffrir, répondit Tripp d'une voix étranglée.

Jim prit la main qu'il lui tendait et la serra fermement. L'instant d'après, il l'attirait à lui pour l'étreindre avec effusion.

Et si les deux hommes finirent par se séparer sur un rire un peu gêné, le lien qui les unissait depuis si longtemps était plus fort que jamais.

La robe était différente.

Le marié aussi.

L'église en revanche, ainsi que la plupart des invités entassés sur les bancs et que le pasteur étaient sensiblement les mêmes.

Hadleigh jeta un coup d'œil à l'intérieur en se demandant si John Deever portait sa salopette de travail sous sa soutane en prévision du travail qui l'attendait à la ferme, ce jour-là aussi. Elle ne s'attarda pas longtemps sur la question cependant, car l'homme qu'elle s'apprêtait à épouser se tenait devant l'autel, grand et droit comme un I, Spence Hogan, son témoin, à ses côtés.

L'espace d'une fraction de seconde, elle songea à Will, qui aurait dû être à la place de Spence, bien vivant et majestueux dans son uniforme d'apparat. Sentant sa vue se brouiller, elle ravala ses larmes. Ses morts étaient là, d'une certaine manière. Son frère, sa grand-mère, ses parents, tous partageraient son bonheur avec elle, de l'au-delà.

Bex, splendide dans la robe qu'elle avait tant dénigrée, lui tira doucement sur la manche et murmura :

— Hadleigh ! Tu es folle ou quoi ? On risque de te voir, si tu ne fais pas plus attention !

— Et ce serait *la* catastrophe ! ironisa Melody, superbe elle aussi.

— Ça porte malheur, insista Bex. Personne ne doit voir

la mariée avant la cérémonie. Tu imagines, si Tripp avait tourné la tête dans notre direction ?

— Je te ferai remarquer que nous la voyons, nous, la mariée, rétorqua Melody d'un ton moqueur.

Elle glissa un bras autour de la taille de Bex, l'autre autour de celle de Hadleigh et ajouta :

— Et elle est sacrément belle !

— Arrête, supplia Hadleigh, battant furieusement des cils. Si je me mets à pleurer, mon mascara va couler.

— *Là*, ce serait vraiment la cata ! décréta Melody.

Les trois jeunes femmes s'étant séparées, Hadleigh leva son bras droit vers le rayon de soleil qui s'échappait d'un vitrail. La breloque de son bracelet se mit à danser, brillant de mille feux.

— A notre pacte de mariage, pour toujours, murmura-t-elle solennellement.

Bex et Melody levèrent le bras à leur tour pour lui prendre la main.

— Pour toujours, confirma Melody.

— Ou jusqu'à ce que nous soyons toutes mariées, précisa Bex. Je commence à me demander si cela se produira un jour…

Aussitôt, Hadleigh se pencha vers elle pour lui chuchoter à l'oreille :

— Aie confiance, ma belle. Ton jour viendra, j'en suis sûre.

— Oui, renchérit Melody. A quoi ça sert, de faire un pacte, si on n'y croit pas un minimum ?

Bex n'eut pas le temps de répondre, car on frappa à la porte derrière laquelle un petit couloir menait à l'entrée principale de l'église.

Jim Galloway. Qui passa son beau visage buriné dans l'encadrement de la porte et gratifia sa future bru d'un petit clin d'œil.

— Vous êtes prête, charmante demoiselle ? demanda-t-il.

Hadleigh lui décocha un sourire radieux.

— Je suis prête, cher monsieur.

Melody et Bex firent bouffer sa jupe une dernière fois, s'assurèrent que son voile était bien en place, puis Bex sortit les bouquets de leur carton. Elle tendit à la mariée des roses jaunes émergeant d'une corolle de dentelle. Melody et elle porteraient des œillets blancs piqués de rubans assortis à leur robe.

Hadleigh fut ravie de prendre le bras de celui qui se comportait déjà en père avec elle. Ensemble, ils suivirent Melody et Bex le long du couloir, un couloir si étroit que la robe de Hadleigh en effleurait les murs en un délicieux bruissement de soie.

Le petit groupe s'arrêta un instant devant les portes ouvertes de l'église, à côté d'un présentoir rempli de bulletins paroissiaux soigneusement pliés, puis Melody fit un pas en avant, et l'organiste se mit à jouer.

Tout — et tout le monde — paraissait enveloppé d'un halo chaud et doré. Si Hadleigh avait été en train de rêver, elle aurait prié pour ne jamais se réveiller.

Melody commença à remonter l'allée centrale, Bex sur les talons.

Entendant les premières notes de la *Marche nuptiale* s'élever dans l'église, Jim se tourna vers Hadleigh et, après un petit hochement de tête, l'entraîna à l'intérieur.

Hadleigh vit à peine l'assemblée se lever ; elle n'avait d'yeux que pour Tripp qui l'attendait devant l'autel, son fameux sourire aux lèvres.

La plupart des mariées se rappelaient généralement le grand jour dans ses moindres détails. Elle, elle en doutait. Toute son attention était tournée vers Tripp. Même le pasteur Deever n'était qu'une vague forme.

Au point qu'elle mit quelques secondes à répondre à la question la plus importante qu'on lui ait jamais posée.

Si elle voulait prendre cet homme comme époux devant Dieu et devant les hommes ?

Bien sûr que oui ! Et pour toujours.

— Hadleigh ? lui souffla le pasteur, la ramenant à la réalité du moment.

— Oui ! s'exclama-t-elle avec un enthousiasme qui provoqua l'hilarité générale.

Les invités avaient été un peu crispés jusque-là, elle s'en rendit compte beaucoup plus tard, en regardant l'enregistrement de la cérémonie. Ils ne s'étaient vraiment détendus qu'après que le pasteur avait demandé si personne ne s'opposait à cette union.

Personne ne s'était interposé, cette fois. Tout simplement parce que tout le monde, à Mustang Creek, savait que Tripp et elle étaient faits l'un pour l'autre. Et si Oakley Smyth faisait exception, on ne le sut jamais car il eut la délicatesse — ou l'intelligence — de rester chez lui.

Une fois que le pasteur les eut déclarés mari et femme, Tripp souleva le voile de sa femme pour l'embrasser avec une fougue qui fit l'objet de bien des commérages pendant plusieurs mois.

L'organiste termina sur une note triomphale.

Et Tripp, toujours aussi prompt à malmener les traditions, la souleva pour la porter à l'extérieur de l'église pour la deuxième fois en dix ans.

Cette fois cependant, elle était dans ses bras, pas sur son épaule !

Et surtout, elle était aux anges, et les larmes qu'elle laissa couler, oubliant le mascara, étaient des larmes de joie.

Pas de colère.

Tripp trouva la réception interminable.

Dans sa hâte d'être enfin seul avec Hadleigh, il ne parvenait pas à profiter de la fête et n'avait qu'un souci en tête : toujours se tenir derrière une table ou derrière n'importe quel meuble qui parvienne à dissimuler son… empressement.

Il sourit aux photographes de tout poil.

Il se plia avec Hadleigh à la coutume selon laquelle l'un devait faire manger une part de gâteau à l'autre, encore que tous deux étaient tellement surexcités que le rituel faillit tourner au chahut général.

La première danse fut un mélange d'extase et de tourment sans nom. Enfin… Au moins il pouvait serrer Hadleigh dans ses bras, c'était toujours ça ! Car malgré tous ces froufrous qui les séparaient, il sentait ses courbes chaudes contre lui, presque aussi sûrement que s'ils avaient été nus.

Et seuls.

Lorsque les convenances n'exigèrent plus leur présence, il ne perdit pas une seconde. Prenant Hadleigh par la main, il l'entraîna vers la sortie la plus proche, au grand amusement des invités qui, eux, resteraient sûrement pour danser jusqu'à l'aube.

Grand bien leur fasse ! Qu'ils mangent, boivent et guinchent tant qu'ils le voulaient !

Lui, il avait d'autres projets qui requéraient une certaine intimité.

Hadleigh partit d'un rire joyeux quand Tripp la déposa sur le siège passager de son pick-up, chercha à tâtons les deux bouts de sa ceinture de sécurité et la boucla.

— Je ne sais pas pourquoi, mais ça me rappelle quelque chose, lui fit-elle remarquer d'un ton espiègle. Tu m'emmènes au Bad Billy's ?

Tripp baissa la tête pour jouer un instant avec un de ses seins, à travers la dentelle.

— Non. A moins que tu veuilles vraiment faire scandale, et déchaîner les langues, répliqua-t-il de sa voix la plus traînante.

Ses yeux bleus brillaient d'une telle ferveur qu'elle fondit complètement.

— Je suis partante pour le côté « déchaînement des langues », murmura-t-elle en rougissant quand même un tout petit peu. En revanche, je suggère que nous gardions le scandale pour nous.

— Excellente idée, ma belle.

Une demi-seconde plus tard, Tripp démarrait sur les chapeaux de roues.

Ils avaient écarté l'idée d'un voyage de noces pour la simple raison qu'ils désiraient passer leur nuit de jeunes mariés dans leur chambre, au ranch, et non dans un hôtel anonyme, sur une route quelconque.

C'était sur les terres de Jim Galloway que commençait vraiment leur histoire, après tout. Et c'était là qu'elle se déroulerait.

Tripp roula comme un fou… et finit par se garer dans un taillis, à mi-chemin.

— Hmm… Madame Galloway, si vous le voulez bien, je vais vous honorer ici même.

— Je ne demande pas mieux, monsieur Galloway, répliqua-t-elle, déjà envahie par une douce chaleur.

Il descendit de voiture, alla ouvrir la portière du passager et, après s'être débattu avec la ceinture de sécurité, la fit descendre avec un mélange d'empressement et de courtoisie.

Tous deux se tinrent un instant face à face, dans l'ombre, sans rien dire.

Puis Hadleigh pivota sur elle-même pour offrir son dos à Tripp, qui entreprit d'extraire de leur boutonnière ce qui lui parut être un millier de minuscules boules de nacre ! Une fois débarrassée de sa somptueuse tenue, elle se retourna vers lui, en bustier et jupon de soie, jarretelles et bas.

Tripp poussa un gémissement étranglé et se remit à l'embrasser.

— Ma robe, lui rappela-t-elle lorsqu'elle fut en mesure de parler.

Ils avaient décidé que leurs filles, et peut-être même leurs petites-filles la porteraient, le jour venu. Alors il fallait la préserver, cette robe !

Tripp devait en être convaincu, lui aussi, car il se baissa docilement pour rassembler l'amas de dentelle et de soie qu'il alla déposer sur la banquette avant du pick-up. Hadleigh, émue, sourit en le voyant batailler avec la masse de tissu qui tentait de lui échapper.

Il parvint à rentrer le tout, la jupe, le corset et les manches sans rien abîmer. Toutefois, ce fut avec un soulagement manifeste qu'il referma la portière.

— Cela aurait été plus simple de la mettre à l'arrière, lui fit remarquer Hadleigh lorsqu'il revint vers elle.

— J'ai une meilleure idée, pour la banquette arrière…

Sur ces mots, il la reprit dans ses bras, ouvrit la portière, et l'installa sur la banquette avant de lui retirer lentement ses jarretelles et ses bas.

Il fit glisser le jupon sur ses hanches puis le long de ses cuisses déjà entrouvertes, avec un empressement qui la fit sourire.

Pendant des semaines, elle l'avait taquiné en lui affirmant qu'elle ne porterait pas de petite culotte sous sa robe nuptiale.

Elle avait tenu parole.

Tripp finit de lui écarter les jambes à force de baisers coquins à l'intérieur d'une cuisse, puis de l'autre.

D'une main fébrile, elle défit l'agrafe qui fermait son bustier, et s'en débarrassa. Elle voulait être entièrement nue, à présent.

Elle ne portait plus rien lorsqu'elle sentit le souffle de Tripp sur l'endroit le plus intime et le plus sensible de son corps. Quand il posa ses lèvres sur le cœur de sa féminité, elle s'arc-bouta avec la luxure de la créature sauvage qu'elle devenait lorsque Tripp lui faisait l'amour.

Enfouissant les mains dans ses cheveux, elle sentit le plaisir monter et se mit à supplier. Elle le voulait en elle. Tout au fond d'elle.

Tripp en avait décidé autrement apparemment, car il continua à la caresser, à la savourer, à la titiller jusqu'à ce qu'elle jouisse une première fois, puis une deuxième.

Quand il en eut terminé, elle était exténuée et si comblée qu'elle ne pouvait plus ni bouger ni parler. Bientôt cependant, elle le savait, Tripp se remettrait à la caresser jusqu'à ce qu'elle se tortille dans tous les sens, qu'elle gémisse sous lui ou qu'elle décide de le chevaucher.

C'est ainsi qu'il en allait, les rares fois où ils ne s'endormaient pas complètement épuisés par l'étreinte.

Bien sûr, nuit de noces aidant, ils n'étaient pas rassasiés, ce soir-là.

Tripp monta dans le pick-up à son tour, fit grimper Hadleigh sur ses genoux, caressant sans relâche ses seins nus. Il attendit qu'elle le supplie de la prendre pour s'enfoncer en elle, avec une telle force qu'elle eut aussitôt un nouvel orgasme.

Un peu calmée, elle s'affaissa sur lui, le front posé sur une de ses puissantes épaules, tandis que, les mains refermées sur ses hanches, il la faisait monter et descendre sur son sexe en lui chuchotant des mots doux à l'oreille.

Bientôt, elle se remit à gémir. Tripp accéléra la cadence et jouit à son tour en hurlant son nom, ce qui amena la jeune femme à une dernière extase, encore plus puissante que les précédentes.

Ils restèrent immobiles un long moment, essoufflés, hors du temps.

— Je n'aurais jamais pensé que nous consommerions notre mariage sur la banquette arrière d'un pick-up, avoua enfin Tripp d'une voix saccadée.

Hadleigh lui sourit. Elle le serrait toujours dans son sexe, et si cela ne dépendait que d'elle, ils recommenceraient encore au moins une fois avant de regagner le ranch.

— Heureusement que tu as fait de moi une honnête femme aujourd'hui, murmura-t-elle en roulant les hanches. Autrement, je serais perdue pour la cause !

Pour toute réponse, Tripp laissa échapper un petit soupir.

Elle continua à danser sur lui.

— Bon sang ! s'exclama-t-il, tu n'as donc aucune pitié ?

Le sentant durcir en elle, elle se pencha pour lui mordiller le lobe de l'oreille.

— Aucune, cow-boy, répondit-elle, tandis qu'il se remettait à bouger sous elle. Accroche-toi. Ce rodéo-là n'est pas près de prendre fin.

Si vous avez aimé ce roman,
ne manquez pas la suite dans votre collection :

Une bague au doigt, à paraître en avril 2016
La saison des mariages, à paraître en juin 2016

Retrouvez en avril,
dans votre collection

♦ SAGAS ♦

Une bague au doigt, de Linda Lael Miller - N°31

LES MARIÉES DE BLISS COUNTY - TOME 2/3

Alors que sa meilleure amie Hadleigh vient de se marier, Melody n'a qu'un souhait : que ce soit bientôt son tour. Passionnée par son travail de conceptrice de bijoux, elle n'est cependant pas totalement heureuse car, bien malgré elle, elle est toujours sous le charme de Spence, son ex petit-ami devenu chef de police. Spence, qui lui a pourtant brisé le cœur en refusant sa demande en mariage quelques années plus tôt, et dont la réputation de don Juan est loin de la rassurer !

La rage au cœur, de Nora Roberts - N°32

LE DESTIN DES MACKADE - TOME 2/4

Lorsqu'il annonce à Savanah Morningstar, récemment installée à Antietam, que son père vient de mourir en lui laissant toute sa fortune, Jared MacKade s'attendait à tout, sauf à se voir opposer une brutale fin de non-recevoir. Et encore moins à tomber sous le charme de cette belle brune au tempérament de feu…

Composé et édité par HARLEQUIN

Achevé d'imprimer en Italie (Milan)
par Rotolito Lombarda
en janvier 2016

Dépôt légal en février 2016

Pour l'éditeur, le principe est d'utiliser des papiers composés de fibres naturelles, renouvelables, recyclables, et fabriquées à partir de bois issus de forêts gérées selon un système d'aménagement durable. En outre, l'éditeur attend de ses fournisseurs de papier qu'ils s'inscrivent dans une démarche de certification environnementale reconnue.
